W0002150

ARCHE

Marta ist Schülerin, Arthur Referendar. Arthur interessiert sich für Marta, und Marta fühlt sich von Arthur angezogen – warum, weiß keiner von beiden so genau. Marta ist unerfahren und naiv, Arthur ein wortkarger Eigenbrötler. Trotzdem beginnen sie eine Affäre, bekommen schließlich ein Kind und bleiben über vierzig Jahre lang ein Paar. Katja Schönherr erzählt von zwei Menschen, die sich trotz größter gegenseitiger Abneigung jahrzehntelang nicht trennen – und hält so mancher Beziehung einen abgrundtiefen Spiegel vor.

Katja Schönherr, geboren 1982, ist in Dresden aufgewachsen. Sie hat Journalistik und Kulturwissenschaften an der Universität Leipzig studiert sowie Literarisches Schreiben an der Hochschule der Künste Bern. Heute lebt sie als freie Autorin in der Schweiz. *Marta und Arthur* ist ihr erster Roman und war nominiert für den Klaus-Michael-Kühne-Preis.

KATJA SCHÖNHERR

Marta und Arthur

Roman

Für Florian

Sie kommt kaum voran in diesem Wind, auf dem weichen Sand, und die Nässe ist längst durch das Stiefelleder gedrungen. Außer Marta ist kein Mensch unten am Strand. Über den Boden verteilt liegen Hunderte von verlassenen Panzern, abgebrochenen, dünnen Beinen, angespülten Scheren; ein Schlachtfeld toter Strandkrabben. Der Wind schlägt Marta ins Gesicht, die Luft beißt kalt. Die Wellen prallen mit Wucht gegen die Felsbuhnen und brechen. Der schwere, grauschwarze Himmel drückt den Horizont ins Wasser. Auftakt eines tobenden Sturms.

Etwa auf halber Höhe zwischen Deich und Meer hat jemand einen Kreis aus Steinen in den Sand gelegt. Er ist fast vollständig zugeweht. Hier an dieser Stelle muss das damals gewesen sein, denkt Marta und bleibt stehen. Sie holt eine gefaltete Plastiktüte aus der Tasche ihres Mantels hervor. Dann geht sie in die Hocke und beginnt, mit ihren Händen Sand in die Tüte zu füllen. Der Sand ist feucht und dicht. Marta hantiert stoisch, schaufelt und schaufelt, während der Wind an ihr zerrt. Als die Tüte bis zum Rand gefüllt ist, klopft sie den Sand mit der flachen Hand oben fest. Das Geräusch wird vom Sturm verschluckt; er ist gefräßig in seinem Rausch, selbst das Geschrei der Möwen klingt bloß noch wie ein Echo.

Marta zieht einen weiteren Plastiksack aus ihrem Mantel, verliert dabei kurz das Gleichgewicht und fällt mit ihrem Hintern in den Sand. Sie flucht nicht. Umständlich begibt sie sich in die Hocke zurück und füllt auch die zweite Tüte. Aus Versehen schippt sie eine Qualle hinein. Erst nach einigen Schaufelhüben kommt Marta das verschüttete Tier in den Sinn. Sie holt es heraus – Gallertmasse, sandverklebt und von violetten Kanälen durchzogen –, wirft es beiseite und schaufelt weiter, bis nichts mehr hineinpasst. Dann steht sie auf, hebt die zwei Sandtüten an, stöhnt und läuft langsam los.

Marta Zimmermann ist neunundfünfzig Jahre alt und eine kleine Frau mit recht langen Armen. Die schweren Tüten schleifen beinahe auf dem Boden, während sie gegen den Sturm anläuft. Um sich vor Flugsand zu schützen, kneift sie die Augen zusammen. Einmal stolpert sie deswegen, fällt aber nicht hin. Einmal öffnet sie den Mund, und die Kälte pfeift durch ihre Zähne. Sie kommt an den Umkleidekabinen vorbei, schleppt die Säcke über den Dünenpfad und auf der anderen Seite den steilen Deich hinab.

Der Wind weht etwas schwächer, als sie die Straße erreicht. Die Laternen sind eingeschaltet. Sie werden wohl den ganzen Tag über an bleiben, von alleine wird es heute nicht hell. Die Tütengriffe schneiden in Martas Hände ein. An den Fingern klebt Sand, und sie kribbeln. Schweiß rinnt brustabwärts ihren Bauch entlang, unter dem dicken Mantel und der Bluse.

Marta setzt sich kleine Etappenziele, an denen sie anhält, um die Tüten für einen Moment abzustellen: Bis zu dem Hydranten. Bis zu der Mülltonne. Nur noch bis zu dem Briefkasten. Endlich erreicht sie ihre Wohnsiedlung, dann ihr Haus. Ein dreistöckiges Mietshaus mit kleinem Vorgarten. An der Eingangstür stellt sie die Tüten ab, stützt sie mit ihren Beinen und sucht nach dem Schlüssel. Während sie ihre Manteltaschen durchwühlt, starrt sie auf die in die Tür eingelassene Scheibe aus Noppenglas, die aussieht wie eine Fläche angetauter und wieder eingefrorener Eiswürfel.

Im Treppenhaus wird Marta auf einmal schwarz vor Augen. Reflexhaft greift sie mit der linken Hand ans Geländer und lässt dabei eine der Tüten los. Die Tüte fällt um; es wären nur noch fünf Stufen bis zur Wohnung gewesen. Marta lehnt sich an die Wand, drückt ihren Kopf dagegen. Den Griff der anderen Tüte hält sie verkrampft fest. Als der Schwindel nachlässt, öffnet sie die Augen und sieht, dass die umgefallene Tüte so gut wie leer ist. Erschöpft sinkt Marta auf eine Stufe nieder, die gerade zu zittern anfängt, wie sie glaubt, aber es ist Marta, die zittert, nicht die Stufe. Im oberen Stockwerk schließt jemand seine Wohnungstür von innen auf. Marta hält den Atem an.

Zum Glück bleibt es still, niemand kommt.

Nach ein paar Minuten gelingt es Marta, langsam wieder aufzustehen. Sie trägt die volle Tüte hoch, öffnet die Tür und hebt die Tüte über die Schwelle. Dann zieht sie ihre Stiefel aus und tritt in den dunklen Flur ihrer Wohnung. Sie nimmt Eimer, Kehrbesen und Schaufel und kehrt damit ins Treppenhaus zurück, um den Sand zusammenzufegen. Sie schüttet ihn in den Eimer, trägt ihn in die Wohnung. Zum Schluss holt sie noch die liegen gebliebene, leere Plastiktüte.

Eigentlich müsste ich jetzt die Treppenstufen sauber wischen, gründlich, damit sich keiner der Nachbarn beschweren kann, denkt Marta. Stattdessen aber schließt sie die Tür von innen zu und zieht, beinahe eine Erleichterung spürend, die regenfeuchte Strumpfhose von ihren Beinen.

Es ist kurz vor acht, und heute Nacht ist Martas Mann gestorben.

—

Streng genommen war Arthur gar nicht ihr Mann. Denn er wollte sie »auf keinen Fall« heiraten. Marta nennt ihn trotzdem »meinen Mann«; schließlich haben sie ein gemeinsames Kind und teilen sich diese Wohnung seit über vierzig Jahren. Ob Arthur sie im Gegenzug als »meine Frau« bezeichnete, sollte er je mit anderen über sie gesprochen haben, weiß sie nicht. Sie hat sich das aber oft gefragt. Bei jedem Blick auf ihr Klingelschild, auf dem zwei Namen stehen, statt nur einem, wie es sich gehört, hat sie sich das gefragt. Und wahrscheinlich wird sie sich das auch in Zukunft weiter fragen.

—

In der vorangegangenen Nacht war Marta vom Geläut der Kirchenglocke geweckt worden. Sie kniete im Bett, der Oberkörper aufrecht. Ihr Kissen hielt sie vor dem Bauch umklammert. Es war stockfinster. Die Kirchenglocke schlug drei Uhr. Obwohl deren Läuten Marta seit Jahrzehnten begleitete und zu den Hintergrundgeräuschen ihres Lebens gehörte, die sie kaum wahrnahm, schon gar nicht im Schlaf, war es diesmal ein markerschütterndes Dröhnen, das alles zum Vibrieren brachte. Erschien es Marta deshalb so laut, weil von Arthur plötzlich diese Ruhe ausging? Das nächtliche Röcheln seiner kranken Lunge klang sonst, als würde jemand mit harten Besenborsten über den Asphalt fegen. Aber nun war von Arthur nichts mehr zu hören. Nachdem die Glockenschläge verebbt waren, wurde es totenstill um Marta herum, die Dunkelheit wirkte noch dunkler.

Schließlich begann Marta, doch ein Geräusch wahrzunehmen, ganz allmählich drang es zu ihr durch: das ihres eigenen Atems. Er raste. Marta hat eine kleine, zarte Nase. Mit jedem Einatmen wurde die Kuhle in ihren Nasenflügeln ein wenig tiefer. Mit jedem Ausatmen hauchte sie eine neue Nebelwolke in die kalte Luft. Marta konnte den Nebel durch die Finsternis schweben sehen. Wie Geister. Vielleicht mischte sich in diesem Moment Arthurs Seele darunter, löste sich darin auf?

Martas Hände hielten verkrampft, fast spastisch und gleichzeitig zitternd das Kissen fest. Es kostete sie einige Anstrengung, den Griff zu lockern. Sie legte das Kissen an seinen Platz am Kopfende des Bettes zurück. Noch immer kniete sie. Von ihrer Bettseite aus schaute sie jetzt zu Arthur hinüber und ahnte seine Konturen: die vorne spitz in die Luft ragende Nase, den Oberlippenbart, den dünnen Mund, das kantige Kinn. Auf Schulterhöhe: der Ansatz der Daunendecke. Bewegte sie sich wirklich nicht mehr? Kein Heben, kein Senken, nicht einmal ein paar Millimeter?

Sechzehn Jahre Altersunterschied lagen zwischen Marta und Arthur. Es war immer die wahrscheinlichere Variante gewesen, dass er vor ihr starb, schon seiner kranken Lunge wegen. Aber – womöglich spielte Arthur nur tot, womöglich tat er gerade nur so. Als ob.

Marta schob ihre Hand zu Arthur hinüber, fasste unter seine Decke und stupste ihn in die Seite: Er rührte sich nicht. Sie machte eine Faust, stieß derber zu, spürte die Rippen dieses hageren Mannes: keine Reaktion. Dann boxte sie ihn mit Wucht: Zwar wackelte sein Oberkörper kurz, das spürte Marta, aber es war eine marionettenartige Bewegung ohne Nachhall. Marta riss nun ihre Hand unter der Decke hervor und schlug Arthur ins Gesicht. Sie atmete heftig. Eine ganze Schar von Schwadengeistern stieg vor ihr auf. Marta ging in Deckung, legte sich rasch hin, zog ihre Decke hoch bis zum Kinn. Und mit dem Hinlegen, mit dem Hineinfließen in ihre gewohnte Schlafposition, legte sich nach und nach auch ihre Aufregung. Ihr Herz pochte langsamer, die Schar wurde kleiner.

Der Winter fraß sich durch die Außenwand in den Raum hinein. An Martas Beinen, unter der Decke, war es warm, aber ringsum zugig, feucht und kalt. Im Schlafzimmer heizten sie nie, dabei hätte Marta es gerne ein bisschen wärmer gehabt. »Vollkommen unnötig«, hatte Arthur gesagt – und Marta hatte sich vorgestellt, wie gemütlich es wäre, über einer Textilreinigung zu wohnen, deren Dampf von unten durch den Boden zu ihr in die Wohnung stieg, der das Schlafzimmer wärmte und zugleich den Geruch von heißer, sauberer Wäsche verströmte. Ein Geruch, den Marta sehr mochte, fast so sehr wie den des Meeres. Sie schloss die Augen. Die Matratze unter ihr teilte sich. Marta versank in einem dämmrigen Zeitloch.

—

Als sie erwachte, war für einen kurzen Moment alles wie immer. Bis sich die Stille erneut vordrängte.

»Arthur«, flüsterte Marta.

Er antwortete nicht.

—

Marta überlegte: Wenn Arthur wirklich tot war, musste sie Michael anrufen, ihren Sohn. Das hier war bestimmt ein Grund, aus dem sie sich bei ihm melden durfte. »Im Notfall« durfte sie ihn anrufen, das hatte er ihr erlaubt. Aber wenn er jetzt käme, würde er ihr doch sofort ein neues Leben mitbringen, ihr Leben als Witwe. Und dafür war sie noch nicht bereit.

—

Von einer ungewohnten, beinahe stechenden Klarheit erfüllt, wusste Marta plötzlich genau, was zu tun war. Sie klappte ihre Decke zurück, setzte sich auf die Bettkante und fuhr in ihre Pantoffeln, die sie zunächst mit den Zehen ertasten und zu sich heranholen musste. Die Nachttischlampe schaltete sie nicht ein. Es blieb dunkel.

Ihre Kleidung von gestern hing über dem Stuhl. Marta zog sich rasch an und schlich aus dem Schlafzimmer. Ganz sachte schloss sie die Tür. Sie befürchtete weiterhin, Arthur könnte wieder erwachen, könnte sich noch einmal aufbäumen, sie doch noch einmal anherrschen; bei ihm wusste man nie. Marta zog ihre Stiefel an und den Wintermantel und steckte zwei große Plastiktüten ein. Dann lief sie hinunter zum Strand, um so viel Sand zu holen, wie sie tragen konnte. Der Wind blähte die Morgendämmerung auf.

—

Die Sandtüte, die im Treppenhaus nicht umgefallen ist, lehnt an der Wand. Den Eimer stellt Marta in die Mitte des quadratischen Flurs. Vom Flur gehen das Schlaf- und Wohnzimmer, die Küche, das Bad, das Kinder- und Arthurs Arbeitszimmer ab. Allesamt schlauchartige Räume mit jeweils einem Fenster, lediglich im Wohnzimmer gibt es zwei; sie betrachten einander übereck. Die Wände sind dünn. Früher konnte man durch sie hindurch hören, wenn die Nachbarn stöhnten, und heute, wenn sie husten oder fernsehen. Marta und Arthur haben die Wohnung kurz vor Michaels Geburt bezogen. Modern war sie damals, inzwischen aber lösen sich die Tapeten von den Wänden wie alte Häute. Und auch wenn Marta alles sauber hält – in jede Raumecke hat ein Schatten sein vergilbtes Segel gespannt.

Marta zieht ihren Mantel aus und hängt ihn auf den Garderobenbügel neben Arthurs Lodenjanker, der so ausgebeult ist, dass er gleichzeitig leblos und lebendig wirkt. Ihre Ohren jucken. Nach der Kälte draußen gewöhnen sie sich nur langsam an die Wärme in der Wohnung. Sie fährt in ihre Absatzpantoffeln und geht zum Schlafzimmer. Die linke Hand an der Klinke, korrigiert sie mit der rechten ihre Frisur. Für einen Moment schließt sie die Augen, holt tief Luft. Erst dann öffnet sie die Tür und lugt vorsichtig hinein.

—

Unter dem dicken Federbett ist Arthur kaum zu entdecken. Nur sein kleiner Kopf ragt heraus wie ein Maulwurfshügel. Höchster Punkt ist nicht Arthurs Nase, sondern das Kinn. Arthur lief immer mit erhobenem Kopf herum, was aussah, als versuchte er, Nase und Augen über Wasser zu halten. Selbst wenn er es versucht hätte – er konnte sein Kinn gar nicht senken.

Marta schleicht am Fußende des Bettes vorbei und zieht den Vorhang auf, sodass der graue Tag durch die Gardine ins Zimmer fällt. Dann dreht sie sich um, geht in Richtung Bett zurück und erschrickt: Arthur stiert mit offenen Augen an die Decke. Ein starrer, ein toter Blick. Marta flüchtet aus dem Schlafzimmer zurück in den Flur, knallt die Tür hinter sich zu und legt ihre Hand aufs Dekolleté. Bei ihrer Großmutter hat Marta sich das abgeschaut; die legte ihre Hand auch immer aufs Dekolleté, wenn sie von einem Schreck Erholung suchte.

Das Blubbern der Aquariumpumpe dringt aus dem Wohnzimmer herüber.

—

Nach einer Weile hat Marta sich so weit beruhigt, dass sie beschließt zu frühstücken. In der Küche setzt sie Kaffee auf und betrachtet ihre Porzellantasse so genau, als habe sie diese soeben erst geschenkt bekommen: Der Henkel zeichnet den Umriss eines Ohrs in die Luft, die Innenwand ist voller grauer Kratzspuren, die aussehen wie Bleistiftstriche. All ihre Tassen haben diese Striche, weil Arthur beim Frühstück immer in seinem Kaffee herumrührte, was er bloß tat, um Marta zu ärgern, da war sie sich sicher, denn er rührte selbst dann noch, wenn der Zucker sich längst aufgelöst hatte.

Marta schenkt sich Kaffee ein, bestreicht eine Scheibe Brot mit Marmelade und setzt sich an den Küchentisch. Morgen für Morgen Arthurs Löffelklirren, heute jedoch nur ihr eigenes Kauen – sie spürt es mehr, als dass sie es hört, dieses Kauen, das von der Mundhöhle aus nach oben steigt und ihr die Enge ihres Kopfes bewusst macht.

Die Marmelade schmeckt sauer, das Brot ist trocken. Marta spült die Krümel mit Kaffee hinunter und schaut nervös umher. Die zwei Zierteller starren von der Wand wie grimmige Augen. Der Kalender hängt schief. Und auf dem Küchentisch liegt ein Wachstischtuch, an dem Martas Unterarme, wenn sie nackt sind, immer kleben bleiben. Das sandfarbene Blumendekor wird an Arthurs Platz von ein paar Schlitzen unterbrochen, die daher stammen, dass er sich ein Stück Käse oder Wurst manchmal auf dem Tisch abschnitt statt auf dem Teller; eine Unart, die er umgekehrt Marta nie hätte durchgehen lassen. Aus den Schlitzen wachsen knorrige Fasern.

Arthurs Stuhl, von dem aus er sie gestern stundenlang beobachtete, ist bloß noch ein Gerippe. Ein Gerippe mit gebogenen, dunkelbraunen Knochen. Beim Essen saßen Marta und Arthur stets übereck: Arthur an der schmalen Seite des Tischs, Marta an der längeren mit Sicht aus dem Fenster. Der Ausblick führt auf eine Wiese mit alten Ahornbäumen, die nicht gefällt werden dürfen. Ein Ausblick, der sie stets ein wenig ablenkte, denn so musste sie Arthur nie direkt in die Augen schauen. Der dritte Stuhl am Tisch ist der von Michael. Er steht gegenüber Arthurs Platz und bleibt schon seit mehr als zwei Jahrzehnten leer. Während Martas Stuhl und Arthurs Stuhl allerhand Abnutzungserscheinungen zeigen, ist die Sitzfläche des dritten Stuhls straff und tadellos; es gibt keine Stelle, an der die Rattanfasern einzureißen drohen. Trotzdem kam es Marta nie in den Sinn, ihren oder Arthurs gegen diesen dritten Stuhl auszutauschen, geschweige denn, sich selbst auf den freien Platz zu setzen, von wo aus sie Arthur hätte frontal ins Gesicht blicken müssen. Zumal: Von ihrem Stuhl aus spürt sie immer ein wenig Zugluft durch die offene Küchentür, und das findet sie angenehm. Als stünde jemand, der sie gernhat, hinter ihr und hauchte ihr in den Nacken.

Das fehlende Löffelklirren beherrscht den Raum, bis Marta aufsteht und das Radio anschaltet. Es läuft ein Oldie. Sie gießt sich einen zweiten Kaffee ein, setzt sich wieder und nimmt sich vor, diese Tasse ganz in Ruhe zu trinken, bevor sie sich an die Arbeit macht. In den Radionachrichten wird vor einem Winterorkan gewarnt. Die Sprecherin ist beinahe heiser, räuspert sich, entschuldigt sich und sagt, an der Küste sei mit einer schweren Sturmflut zu rechnen. Marta versucht, weiter zuzuhören, und streckt den Rücken durch wie eine brave Schülerin. Konzentrieren kann sie sich trotzdem nicht.

Sie will die Kerze anzünden, die seit gestern auf dem Tisch steht. Gestern war ihr neunundfünfzigster Geburtstag. Hat Michael mir eigentlich gratuliert?, fragt sie sich. Habe ich das Telefon überhört? Bestimmt hat er mehrmals versucht anzurufen.

Marta holt eine Streichholzschachtel und öffnet sie. Nur schwarzhalsige Stäbchen liegen darin. Unzählige Angewohnheiten pflegte Arthur, und eine davon war es, ein Streichholz, nachdem er sich damit eine Zigarette angezündet hatte, in die Schachtel zurückzulegen. Marta lässt die verbrannten Streichhölzer nun allesamt zu Boden rieseln. Dann setzt sie sich wieder hin und nippt am Kaffee. Kurz darauf steht sie erneut auf, diesmal, um einen Löffel zu holen, und beginnt, damit in ihrer Tasse zu rühren, bis es genauso klingt wie bei Arthur.

»So weit die Meldungen«, sagt die Nachrichtensprecherin und wird nun, wo wieder Musik läuft, wahrscheinlich von dem zurückgehaltenen Husten übermannt.

Mit der rechten Hand rührt Marta unablässig weiter in der Tasse. Den Zeigefinger der linken steckt sie sich zum Befeuchten in den Mund, tunkt ihn ins Zuckerdöschen und lutscht anschließend die süßen Kristalle ab.

Sie hört Arthurs mahnende Stimme: »Nimm wenigstens einen Löffel!«

Daraufhin zieht Marta den Löffel aus ihrem Kaffee heraus und lässt ihn klirrend auf die Untertasse fallen. Sie kann unmöglich länger sitzen bleiben. Sie schaltet das Radio aus und liest die verkohlten Streichhölzer vom Boden auf; an ihrem Zeigefinger kleben noch ein paar weiße Zuckerkristalle, die sich mit dem schwarzen Ruß vermischen. Dann richtet sie den Kalender an der Wand und reißt den Februar ab. Jetzt ist Sonntag, erster März. Leichter Regen weht gegen die Scheiben. Bei diesem Wetter werden heute wohl nur die Hartgesottenen in die Kirche gehen. Soll *ich* gehen? Nein, keine Zeit. Aber es ist eigenartig: Seit über vierzig Jahren hat Marta keine Kirche mehr betreten – Arthur konnte »mit diesem Humbug nichts anfangen«, in seiner Kindheit habe er davon genug gehabt –, und trotzdem denkt sie jeden Sonntagmorgen daran, dass nun Gottesdienst ist, dass dort Menschen singend ihren Tag beginnen, dass sie gemeinsam Orgelmusik hören, sich an den Händen halten und im Chor das Vaterunser murmeln, dessen Rhythmus Marta früher jedes Mal ehrfürchtig erschaudern ließ, wenn sie mit ihrer Großmutter in einer der klapprigen Bankreihen stand.

Vater unser im Himmel,
Geheiligt werde dein Name.
Dein Reich komme.
Dein Wille geschehe,
wie im Himmel, so auf Erden.
Unser tägliches Brot gib uns heute.

Sie nimmt ihre Strumpfhose, die zwar warm ist, aber noch klamm, von der Heizung. Marta hat sie zum Trocknen dort hingehängt. Sie summt den Gebetsrhythmus weiter, die Worte im Kopf.

Und vergib uns unsere Schuld,
wie auch wir vergeben unseren Schuldigern.
Und führe uns nicht in Versuchung,
sondern erlöse uns von dem Bösen.

Sie schiebt ihren engen Rock über den Hintern nach oben und zieht sich die Strumpfhose wieder an. Das Nylon glättet die blau schimmernden, gewölbten Adern, die sich um ihre Knie ranken.

»Du hast Regenwürmer unter der Haut«, spricht Arthur, sich zwischen die Gebetszeilen drängelnd, in verächtlichem Tonfall zu ihr.

Marta zupft an der Strumpfhose herum, rückt ihren Rock zurecht und streicht ihn schließlich mit beiden Händen glatt.

Denn dein ist das Reich
und die Kraft und die Herrlichkeit
in Ewigkeit. Amen.

Beim »Amen« beginnt sie zu weinen. Um sich abzulenken, holt sie die Sektflasche aus dem Kühlschrank, die sie und Arthur vor ein paar Wochen von der Hausverwaltung bekommen haben, zusammen mit der Nachricht, dass alle Wohnungen saniert werden – und die Miete erhöht. Arthur tobte. Marta hört ihn auch jetzt wieder toben. Im Entkorken von Sekt hat sie keinerlei Übung. Ungeschickt öffnet sie die Flasche mit einem Knall, von dem sie selbst erschrickt, und gießt sich ein Glas ein. Der Sekt schäumt über. Marta prostet ihrer noch immer unberührten Geburtstagskerze zu, dann leert sie gierig das Glas. Sofort wird ihr angenehm warm in der Brust. Wahrscheinlich ging es ihrer Großmutter mit ihren Likörchen auch immer so, und ihrer Mutter mit dem sauren Rotwein, und ihrem Vater mit dem Schnaps. Der Sekt sprudelt in Martas Mund wie Brausepulver. Ein fauler Alkoholgeschmack setzt sich auf ihre Zunge und bleibt dort, während sie die Gratulationskarte vom Küchentisch nimmt, die ihr Arthur gestern geschenkt hat. Marta klappt sie auf. Verzerrte, metallische Kinderstimmen beginnen zu singen.

Alles Gute zum Geburtstag,
alles Gute für dich.
Alles Liebe
von ganzem Herzen
wünschen wir dir feierlich.

Noch mehrmals klappt sie die Karte auf und zu, auf und wieder zu, sodass die Kinder nie weiter kommen als bis »Alles Gu–«.

—

Einige Falten liegen über ihren dünn gezupften Augenbrauen auf ihrer Stirn. Ansonsten aber sieht Marta frisch aus; mit ihrer Haut hat sie Glück. Nur die Ohrläppchen sind ein wenig ausgeleiert. Schwerer Schmuck hat die Ohrlöcher über die Jahre zu Schlitzen in die Länge gezogen, und wenn Marta, wie heute, nur einen kleinen Stecker trägt, klebt dieser am unteren Rand des Läppchens, als würde er gleich abfallen. Ihr feines Haar hat sie mit vielen Nadeln locker hochgesteckt. Rotbraun gefärbt, ist der Ton um einige Nuancen dunkler als der, den ihr Haar früher hatte. Seit Marta die ersten grauen Strähnen entdeckt hat, geht sie alle drei Wochen zum Friseur. Wenn sie dort ist, vereinbart sie immer gleich den nächsten Termin. Bei ihrem Aussehen gestattet sie sich keinerlei Nachlässigkeit. Und obwohl sie manchmal Lust hätte, einfach ohne Büstenhalter durch den Tag zu laufen, tut sie das nie. Die Vorstellung, dass ihr ein Unfall passieren könnte und das Krankenhauspersonal dann feststellen müsste, dass sie ohne BH war, hält sie immer davon ab.

Es ist eine Ausnahme, dass Marta heute noch einmal dieselbe Kleidung trägt wie am Tag zuvor. Aber in der Nacht, in der Dunkelheit des Schlafzimmers, war es unmöglich, etwas anderes auszuwählen als die hautfarbene Spitzenunterwäsche, die hellbraune, fast goldene Satinbluse, in deren Vorderärmel – für alle Fälle – ein Papiertaschentuch steckt, die Nylonstrumpfhose und den engen schwarzen Rock, der ihr bis unmittelbar unter die Knie reicht und einen Ring in den weichen Bauch schneidet.

—

Nach dem Frühstück fühlt Marta sich etwas besser. Sie schleicht sich erneut ins Schlafzimmer, stellt sich an den Rand des Bettes und wagt es nun, Arthur länger anzuschauen. Sie betrachtet die Haarbüschel in seinen mit der Zeit deutlich größer gewordenen

Ohren. Sie sieht seine vorn spitze und in der Mitte breite Nase, darunter den Oberlippenbart, den er bestimmt heute wieder gestutzt hätte. Sie sieht die porige Haut mit den trüben Altersflecken, die Bartstoppeln. An Arthurs Wange, wo gestern beim Frühstück ein Schnipsel Toilettenpapier hing, weil er sich beim Rasieren verletzt hatte, haftet jetzt ein dünner Streifen Schorf. Sein Mund ist leicht geöffnet, graue Spucke klebt in den Ecken. Auf dem Kopf trägt Arthur nur noch einen lichten Haarkranz, und oben, auf der nackten Kopfkrone, ist seine Haut gespannt und glatt und glänzend wie sonst nirgends. Sein Blick richtet sich immer noch stur gen Decke. Die Farbe seiner Augen: ein klares, kühles, fast künstliches Blau. Über all die Jahrzehnte hinweg ist es dasselbe geblieben. Während sonst alles an Arthur verblasste, hat seine Augenfarbe nichts an Intensität eingebüßt. Am Außenring der Regenbogenhaut etwas dunkler, wird das Blau zur Pupille hin immer heller und leuchtender. Marta musste früher oft an Eisbonbons denken, wenn sie ihm in die Augen schaute. Denn die haben genau dieselbe Farbe, und ihr Geschmack springt – ebenso wie Arthurs Blick – von einem Moment auf den nächsten von warmsüß zu bitterkalt.

Marta versucht, ihm die Augen zu schließen. Ihre Hände schmerzen noch vom Tragen der Sandtüten. Die Haut an den Fingerkuppen ist aufgeraut, sodass sie Arthurs Lider kaum spürt. Sie lässt die Lider los, sie klappen zurück, und Arthur stiert wieder an die Decke. Marta probiert es erneut: Wieder klappen die Lider zurück. Und auch nach dem nächsten Versuch bleiben sie nicht unten. Entschlossen nimmt Marta nun seinen Kopf in beide Hände und versucht, ihn zur anderen Seite zu drehen. Aber auch der Kopf lässt sich nicht bewegen.

»Ich kann nicht weitermachen, wenn du so guckst«, faucht sie und versucht noch einmal, den Kopf zu drehen. Es misslingt.

Marta holt daraufhin ein Tuch aus der Küche und legt es ihm aufs Gesicht. »Starrkopf. Starrköpfig wie eh und je.«

—

Damals: Wenn Arthur sie anlächelte, musste er keinen einzigen Gesichtsmuskel bewegen, er konnte allein mit seinen Augen strahlen. Sie schnappten zu, und dann war Marta, für weniger als eine Sekunde nur, gänzlich eingehüllt wie in ein Blitzlicht.

Zum ersten Mal passierte das an einem Montagmorgen Anfang Mai. Marta war siebzehn und im letzten Schuljahr. Ihre Mutter hatte ihr in der Früh hinterhergeschrien: »Wenn du in diesen Schuhen wenigstens laufen könntest!«, während Marta in ihren Plateausandalen und dem engen, schrill gemusterten Kleid, dessen Farben sich mit dem Rotschimmer ihres Haares bissen, die Treppe hinunterhastete. Ihre Umhängetasche prallte gegen die Beckenknochen. Kalt hallten die Worte der Mutter durch den Hausflur, und als Marta in der Dorfschule ankam, echoten sie noch immer durch ihren Kopf. Marta stellte ihre Tasche im Klassenzimmer ab und ging, bemüht, es elegant aussehen zu lassen, zur Toilette. Als sie zurückkam, war ein Mann, den sie nicht kannte, gerade dabei, sich auf den Platz neben ihr zu setzen. Der Mann war groß und hager. Im Sitzen beugte er sich zur Seite und hängte seine abgewetzte Ledertasche an den Haken, der an der Kante des Tischs dafür vorgesehen war.

Alle anderen Schüler saßen bereits, und als schließlich auch Marta ihren Platz einnahm, drehte der Mann sich zu ihr: »Bei dir hier ist frei, gell?«

Da sah sie es: das Blitzlicht seiner eisbonbonblauen Augen. Es schnappte zu. Es fing sie ein. Es blendete. Marta nickte zur Antwort.

»Schön«, sagte er und schaute wieder nach vorn.

Marta wollte diese Augen unbedingt noch einmal sehen. Sie musterte den Mann eingehend von der Seite. Sein Nacken war kurz, sein Kinn zeigte schräg nach oben, und seine Nase lief vorne sehr spitz zu, in der Mitte aber war sie an einer Stelle breit und eingedrückt.

Pünktlich mit dem Stundenklingeln stolzierte die Deutschlehrerin herein. Das Klassenzimmer war ihre Bühne. Sie trug ein fliederfarbenes Kostüm und hatte sich mit einem viel zu dunklen Make-up geschminkt, das am Hals jäh aufhörte, eine Grenzlinie zwischen Wahrheit und Unwahrheit zog und die eigentliche Hautfarbe sichtbar machte. Die Lehrerin begrüßte die Klasse. Sie erklärte, das sei Herr Baldauf, der da hinten neben Marta sitze. Mit einer ausholenden, feierlich anmutenden Armbewegung und nach oben geöffneter Handfläche zeigte sie auf ihn, vielmehr: Sie präsentierte ihn – Herrn Baldauf. Mit Anfang dreißig habe er »bewundernswerterweise«, wie sie betonte, noch ein Lehramtsstudium aufgenommen, Deutsch und Geografie für die Oberstufe, und es sehr erfolgreich abgeschlossen. Er stamme aus dem Süden, lebe nun »hier bei uns im Norden« und werde den Unterricht ein paar Wochen lang von der Bank aus verfolgen, bevor er ab dem nächsten Schuljahr dann selbst unterrichte, »was aber aus dieser Klasse nur die Durchfaller miterleben werden«. Sie zwinkerte dem neuen Kollegen zu. Dieser schaute aufmerksam und mit konzentrierter Miene in den Raum. Herr Baldauf trug ein kariertes, kurzärmeliges Hemd in Rot- und Brauntönen, dazu eine dunkelgrüne Cordhose. Er sah herbstlich aus, während draußen der Frühling sprießte. Die Ginstersträucher auf dem Schulhof platzten vor Gelb.

Marta beobachtete ihren neuen Banknachbarn weiter. Auffällig weit oben hielt er sein Kinn, wodurch sein kurzes, hellblondes Haar am Hinterkopf auf dem Kragenansatz aufkam. Er wirkte streng, was nicht zuletzt daran lag, dass er den obersten Hemdknopf geschlossen trug. Der Adamsapfel darüber lag frei. Marta stellte sich vor, wie es wäre draufzudrücken. Die Vorstellung tat ihr weh. Um den imaginierten Schmerz zu lindern, strich sie sich über den Hals.

Im Verlauf des Unterrichts machte Herr Baldauf sich eifrig Notizen. Er hatte dünne, dennoch kräftig aussehende Finger und drückte zwischendurch mit dem Daumen regelmäßig auf seine Ohrknorpel. Vielleicht war er schwimmen und hat noch Wasser im Ohr, überlegte Marta. Sie wünschte, er würde wieder zu ihr schauen. Schließlich tat er es auch: Er drehte seinen Kopf nach links zu ihr und lächelte sie genauso einnehmend an wie vorhin. In diesem Moment wurde Marta von der Lehrerin aufgefordert, eine Frage zu beantworten, die sie nicht mitbekommen hatte.

Sämtliche Mädchen der Klasse begannen zu kichern, was die Lehrerin zu bestärken schien. Sie zog ihren Blazer aus, stellte sich so aufrecht hin, dass sie ins Hohlkreuz ging, und stemmte die Hände in die Hüften. Sie schickte Marta an die Tafel. Bei ihr mussten stets die Schüler schreiben, weil ihre Hände keine Kreide vertrugen. Marta ging also nach vorn, ein Kribbeln stieg in ihr hoch, und ihr Gesicht wurde heiß. Eine Viertelstunde lang diktierte die Lehrerin komplizierte Sätze voller orthografischer Fallstricke. Marta stand mit dem Rücken zur Klasse, spürte die Blicke auf sich, nervös spannte sie ihren Hintern an, die Sandalen waren unbequem. Als sie endlich zurück an ihren Platz durfte, warfen ihr die Nachbarszwillinge, die in der Nacht offenbar mit geflochtenen Zöpfen geschlafen hatten und nun so etwas wie Locken auf dem Kopf trugen, viele kleine Kussmünder zu und rieben ihre Zeigefingerspitzen knutschend aneinander. Marta setzte sich. Herr Baldauf ließ sich nicht anmerken, was er dachte.

Er war in sein Notizheft vertieft. Für den Rest der Stunde zwang Marta sich, nur nach vorne zu blicken. Das Kribbeln hörte nicht auf.

—

Mit ihren siebzehn Jahren hatte Marta noch nie einen Jungen geküsst, noch nicht einmal Händchen gehalten mit einem. Ihr einziges Erlebnis mit einem Jungen bestand darin, dass Hansjörg aus der Parallelklasse sie mit stimmbrüchiger Stimme gefragt hatte, ob sie mit ihm gehen wollte. Er war dafür extra zu ihr nach Hause gekommen. Zum Glück war ihre Mutter nicht da. Verschüchtert saßen sie in Martas Zimmer und starrten aneinander vorbei in die Luft.

Marta sagte: »Ja.«

Hansjörg sagte: »Gut«, und schlug sich mit beiden Händen auf die Oberschenkel, wie es auch alte Männer taten, wenn sie etwas erledigt hatten. Dann stand er auf und ging.

Danach mieden sie einander, weil keiner von beiden wusste, was als Nächstes zu tun war.

—

Marta war eine mittelmäßige Schülerin. Kunst machte ihr Spaß, denn sie war geschickt und konnte gut zeichnen. Alles andere hingegen erledigte sie ohne besonderen Eifer. Deshalb stach sie bei den Lehrern nicht mit Wissen oder Klugheit hervor, sondern damit, dass sie im Vergleich zu gleichaltrigen Schülerinnen schon sehr erwachsen wirkte. Sie hatte eine ruhige, beobachtende Art, während die anderen Mädchen ständig kicherten. Marta konnte das gar nicht: kichern. Die Zwillinge, die dabei aneinanderlehnten und sich manchmal sogar zur Seite plumpsen ließen, hatten zwar versucht, es ihr beizubringen, aber als Marta begann, im Lachen ihre Stimme zu überschlagen, klang es furchtbar unbeholfen.

»Du jodelst«, sagten die Mädchen, zogen die jeweils rechte Augenbraue hoch – etwas, wozu Marta auch nicht in der Lage war: nur eine Augenbraue hochzuziehen – und urteilten einhellig: »Lass es bleiben. Deine Stimme ist sowieso zu tief dafür.«

—

Das Dorf, in dem Marta aufwuchs, war weitläufig; nach allen Seiten hin franste es aus. Die kleinen Häuser standen auf großen, koppelartigen Grundstücken und mit viel Abstand zueinander. Marta lebte mit ihrer Mutter in einer Mietwohnung in der Klinkersiedlung am östlichen Ortsrand. Die Siedlung war das einzige Areal in diesem Dorf, in dem sich mehrere Menschen vergleichsweise wenig Platz teilen mussten, und bestand aus zwei parallel angeordneten Hausreihen mit jeweils zwei Stockwerken und vier Eingängen. Sie war auf eine ebene Freifläche gebaut, wo im Herbst und im Winter die Hecken vibrierten und der Wind sehr laut pfiff. An manchen Tagen brachte der Wind den Geruch des Meeres mit, und an diesen Tagen atmete Marta zunächst mehrere Male tief ein und aus, ehe sie ins Haus ging.

Die Zwillingsmädchen wohnten gleich nebenan. Als Kind war Marta mit ihnen durch die Siedlung getobt, wild bimmelnd Fahrrad gefahren und über Hinkelkästchen gehüpft. Sie hatten zusammen »Vater, Mutter, Kind« gespielt, wobei Marta nie der Vater sein wollte, weil sie nicht wusste, wie das ging. Beim Versteckspiel hatten sie sich in einem der Hintereingänge geduckt, die von außen über eine Treppe direkt in die Keller der Häuser führten. Hunderte Male waren sie unter den Wäschestangen hindurchgerannt, an die die Frauen ihre Leine bei jeder Benutzung neu spannten. Und im Sommer hatten sie auf der Wiese zwischen den zwei Häuserblöcken ein Zelt aufgestellt, in dem sie übernachtet, sich ihr Geschlecht gezeigt und miteinander verglichen hatten. Sie hatten sich Ahornnasen ins Gesicht geklebt, Springkrautkapseln zerdrückt, vierblättrigen Klee gesucht, Kränze aus Gänseblümchen geflochten, rohe Erbsen gegessen und Löwenzahn durch die Gitter der Hasenkäfige gestopft. Sie waren von ganz oben vom Klettergerüst gesprungen, das aussah wie das Skelett einer Rakete, und nachdem Marta im Sand gelandet war, hatte sie sich immer sofort die schwarzroten Eisenkrümel von ihren Händen geklatscht; das Klettergerüst war mit einer Kruste von Rostblasen überzogen.

—

Während die Zwillinge sich stritten, spielten oder kicherten, ging Marta oft heimlich in das Schlafzimmer von deren Eltern. Nicht dass es ausdrücklich verboten gewesen wäre, doch es war eben der Raum eines Ehepaars. Ein kühles Zimmer mit massivem Doppelbett, einem silbergerahmten Hochzeitsfoto auf dem Nachtschränkchen und geheimnisvollen Dingen in der Schublade, mit eingetrockneten Flecken auf dem Laken, die Marta sah, wenn sie die dicken Decken anhob, und mit diesem scharfen Schlafgeruch, der aus den Kissen strömte, sodass Marta glauben konnte, die Eltern der Zwillinge wären auch hier und freuten sich über Martas Besuch, hier in ihrer Sphäre.

—

An jenem Tag, an dem der neue Lehrer, Herr Baldauf, zum ersten Mal an ihrer Schule war, warteten die Zwillinge nicht auf Marta, obwohl sie normalerweise zu dritt nach Hause gingen. Marta musste rennen, um zu den Mädchen aufzuschließen. Die Zwillinge hatten den gleichen, leicht steifen Gang. Ihre Arme und Beine erinnerten an den Stellen, an denen Knochen hervortraten, am Knie etwa, an knorrige Stöcke. Die beiden besaßen eine dünne, lange Statur – ganz anders als Marta. Sie war kleiner und weich geformt. Im Gehen rieben ihre Oberschenkel aneinander, und schon mit zwölf hatte sie so viel Busen, dass es sie beim Rennen schmerzte und sie sich von ihrer Großmutter einen Büstenhalter kaufen ließ. Einen weißen aus Spitze, nicht aus besonders edler, aber immerhin aus Spitze. Marta mochte ihren BH auch deshalb, weil er auf ihrer Haut ein wenig kratzte. Im Geheimen befühlte sie ihre Brüste oft, wenn sie darin lagen. Sie war dankbar, dass die Oma ihr gleich ein so schönes Modell geschenkt hatte. Dabei hatten sie beide gewusst, dass die Mutter, die die Schwiegertochter der Großmutter war, fand, für einen Büstenhalter sei es viel zu früh. Marta zog ihn deshalb morgens erst in der Schule an und zu Hause aus, bevor die Mutter kam. Eines Nachmittags aber war die Mutter schon daheim und stand gerade im Flur, als Marta die Wohnungstür aufschloss. Marta hatte keine Chance, sich schnell in ihr Zimmer zu verkriechen, denn es gab Dinge, die sahen Mütter sofort, selbst wenn sie betrunken waren, und die Konturen eines Büstenhalters unter einem gelben Sommerkleid gehörten zweifellos dazu. Mit fahrigen Augen musterte die Mutter das Dekolleté. Sie hielt Marta, die sich gerade wegdrehen wollte, an der Schulter fest, riss einen Träger des Kleides hinunter und legte so ihre rechte, nun nur noch von weißer Spitze bedeckte Brust frei. Marta fühlte sich nackter, als wenn sie tatsächlich nackt gewesen wäre. Angeekelt verzog die Mutter das Gesicht, gab ihrer Tochter eine Ohrfeige und verbot ihr, in nächster Zeit die Oma zu besuchen. Außerdem sprach sie tagelang kein Wort, ging nicht einkaufen und schaute kein einziges Mal von ihrem Weinglas auf, während Marta sich die Wurstreste, die noch im Kühlschrank lagen, aufs Brot schmierte.

Als Marta die Zwillinge erreichte, war sie aus der Puste. Die Mädchen ignorierten sie und sprachen weiter über ihren Vater. Für den Rest des Heimwegs hatte Marta Mühe, mit den beiden Schritt zu halten.

Bei ihrem Hauseingang angekommen, sagten die Zwillinge »Klette!« zu Marta und bogen dann mit ihren langen Beinen ab.

Am Abend brachte die Mutter einen neuen Freund mit nach Hause und befahl Marta, in ihrem Zimmer zu bleiben: »Wehe, du störst uns, Flittchen!«, sagte sie.

—

Oder war es »Nutte«? Marta weiß es nicht mehr. Sie weiß bloß noch, dass sie an diesem Tag gleich mehrere Schimpfwörter mit Doppel-t abbekam und dass sie, während sie in ihrem Zimmer über den Hausaufgaben hockte und das kreischende Alkoholgelächter ihrer Mutter hörte, beschloss, dass »Mutter« auch eines war: ein Schimpfwort, und zwar ein besonders fieses. Sie dachte sich sogar noch ein neues aus: »Nutter«.

Als Marta in der Nacht aufwachte, stellte sie sich vor, dass das sie und Herr Baldauf waren, die sich gerade liebten. So wurden die Geräusche erträglicher. Am Morgen dachte sie gleich als Erstes daran, wie er sie angestrahlt hatte, mit seinen blauen Augen. Und wie sie darin versunken war.

—

In den nächsten Tagen unterhielt sich Marta manchmal mit dem neuen Lehrer. Marta hörte gern sein melodisches »Gell« am Ende eines Satzes und beantwortete es stets mit einem »Ja«, obwohl es nur in Ausnahmefällen eine Frage markierte. Ihr fiel auf, dass Herr Baldauf sehr angestrengt versuchte, ihr nur ins Gesicht zu schauen, dass ihm sein Blick aber doch hin und wieder entwich, um sich kurz auf ihrem Busen auszuruhen. Dann polterte ihr Herz, und Marta befürchtete, er könnte dieses Poltern sehen.

Wenn Herr Baldauf merkte, dass sie etwas nicht verstanden hatte, bot er ihr in der Pause an, es noch einmal zu erklären. Dann rückte sie ihren Stuhl ein Stückchen näher hin zu ihm, sodass sie den Kaffee roch, den er morgens getrunken, und die Zigaretten, die er danach geraucht hatte. Er hatte kein besonderes Talent, komplizierte Dinge verständlich zu erläutern, aber Marta tat so, als hätte sie es dank ihm nun endlich begriffen.

Einmal, als er mit einer Erklärung fertig war, schob sie ihm ein Eisbonbon hinüber. Der Unterricht war vorbei, der Klassenraum leer. Herr Baldauf schaute sie fragend an.

Sie sagte: »Das hat dieselbe Farbe wie Ihre Augen.«

Er lächelte und klapste ihr auf den Oberschenkel. Marta klapste zurück. Einen solchen Drops habe er noch nie gelutscht, sagte Herr Baldauf und steckte ihn in den Mund. Dort schob er ihn ein paarmal hin und her, bis er eine spaßhaft angewiderte Grimasse schnitt: »Und werde ich wohl auch nie wieder lutschen.«

Marta lachte.

Herr Baldauf stand auf und packte seine Ledertasche; mit einem Schnalzlaut rastete die Schnalle ein. Auch Marta räumte ihre Sachen zusammen. Sie blieben noch eine Weile am jeweils anderen Ende der Schulbank stehen.

»Hast du eigentlich Geschwister?«, fragte er, wegen des Bonbons nuschelnd.

»Nein. Zumindest weiß ich von keinen.«

»Und deine Eltern, was machen die?«

»Meinen Vater kenne ich nicht. Er ist schon lange tot. Und meine Mutter arbeitet tagsüber bei der Post, den Rest der Zeit ist sie besoffen.« Noch nie hatte Marta mit irgendjemandem darüber gesprochen, nicht einmal mit der Oma, als diese noch lebte.

»Mein Vater hat auch getrunken«, erzählte er und verzog nachdenklich das Gesicht.

Marta blickte zu Boden, ihr Haar fiel über die Schulter nach vorn. Herr Baldauf ging um die Schulbank herum zu ihr. Mit seinem Zeigefinger berührte er Martas Kinn, streichelte es und schob es sanft nach oben.

»Kopf hoch, gell«, sagte er. »Bald bist du mit der Schule fertig. Dann kannst du machen, was du willst.«

—

Über ihren Vater wusste Marta so gut wie nichts. Nur seinen Namen. Dass er der einzige Sohn ihrer lieben Oma gewesen war. Und dass er Martas dritten Geburtstag bereits nicht mehr erlebt hatte. Immerhin besaß Marta ein Bild von ihm. Das Bild lag in ihrem Kopf, es war schwarz-weiß und gar keine echte, eigene Erinnerung an den Vater, sondern bloß die Erinnerung an ein gerahmtes Porträtfoto, das auf Großmutters Nachttisch gestanden hatte – zwischen einer hellblau bespannten Nachttischlampe, die aussah wie eine pompöse, von seidig-glatten Fransen nach unten gezogene Kirchenkuppel, und dem Gehäuse einer großen, gewundenen Meeresschnecke, die Marta sich gerne ans Ohr hielt. Das Foto zeigte ihren Vater mit kantig geschnittenem Haar und einer auffälligen Narbe im Gesicht, einem Krater in der Wange. Marta kannte das Foto von jeher, und noch ehe sie als Kleinkind hatte wissen wollen, ob das eigentlich ihr Vater war, da auf dem Bild, fragte sie, warum dieser Mann sich nicht von der anderen Seite hatte fotografieren lassen, von der er bestimmt hübscher aussah.

»Er hat die Leute eben gerne geärgert«, antwortete die Oma nach einigem Zögern, und die Mutter, Omas Schwiegertochter, guckte Marta in diesem Moment sehr vorwurfsvoll und sehr enttäuscht an. Ein bisschen so, als hätte Marta in die Hose gemacht und die Mutter nun ihretwegen noch mehr Wäsche zu waschen.

Jahre später ließ die Oma in einem Gespräch mit der Nachbarin, in dem es um Martas Vater ging, das Wort »totgesoffen« fallen. Marta spielte gerade neben den Erwachsenen auf dem Teppich. Gierig las sie das Wort auf, und für die nächste Zeit dachte sie, ihr Vater sei im Meer ertrunken. Bis dann ein alter Mann im Dorf starb, der immer nur aus dem Haus gegangen war, wenn er Schnaps brauchte, oder, als er kaum noch Geld hatte, Kanister voll mit Spiritus, den er verdünnt trank. Da sagten plötzlich sehr viele Leute dieses Wort, »totgesoffen«, und Marta ging auf, dass ihr Vater zwar durchaus ertrunken war, aber eben nicht im Wasser. Seither wünschte sie sich für später einen Mann, der Alkohol nicht mochte. Über andere Kriterien machte sie sich keine Gedanken.

—

Arthurs Profil zeichnet sich deutlich unter dem Küchentuch ab, das Marta ihm übers Gesicht gelegt hat, um seine Augen zu verdecken. Mit ihrem Zeigefinger stupst sie nun auf die Spitze seiner Nase. So weit sie sich erinnern kann, hat sie die noch nie angefasst. Jetzt, wo Arthur tot und unbewegt vor ihr liegt, berührt sie seine Nase zum allerersten Mal. Vorsichtig hebt Marta das Tuch mit der linken Hand an und schiebt ihre rechte darunter in Richtung Nase. Sie will seine Haut spüren und mit ihrem Zeigefinger ein paarmal über die Nasenspitze kreisen; ähnlich dem kindlichen Verlangen, in der Drogerie auf eine dieser bunten, offen im Glas präsentierten Badeperlen zu drücken. Marta kommt bei Arthurs Nase an, da schnappt auf einmal sein Mund nach ihrem Zeigefinger. Panisch zieht Marta die Hände weg und reißt ihm dabei das Tuch vom Gesicht. Sie tritt einen großen Schritt zurück.

Er hat es nicht geschafft, sie zu beißen, zum Glück.

Als sie es nach einer Weile wagt, wieder hinzuschauen, liegt Arthur unverändert da. Reptilienartig sein Blick. Marta breitet das Tuch erneut über seinem Gesicht aus.

—

Marta war dreizehn gewesen, als die Großmutter anfing, lauter zu lachen als sonst, sich auf ausufernde Weise zu wiederholen und beim Backen Salz und Zucker zu verwechseln. Einmal brachte Marta ihr einen Strauß Margeriten mit. Die Oma bedankte sich herzlich, dann schnitt sie die Köpfe der Blumen ab und stellte die Stiele in die Vase.

Über den Tag verteilt trank die Großmutter nun mehrere »Likörchen«. Sie tat alles andere als heimlich damit. »Andere *essen* Süßigkeiten, und ich *trinke* sie eben«, sagte sie, wenn sie vor der Vitrine mit ihren bunten Flaschen stand und überlegte, worauf sie Appetit hatte. Eine Flasche, an die Marta sich gut erinnern konnte, hatte die Form eines Stöckelschuhs und war mit rosa Kirsch-Vanille-Likör gefüllt.

Marta kostete es nun zunehmend Überwindung, die Oma zu besuchen. Trotzdem ging sie weiterhin fast jeden Nachmittag zu ihr. Was wollte sie auch zu Hause bei ihrer Mutter? Einmal versprach die Oma, gleich nachdem Marta zur Tür hineingekommen war, ihr ein altes Kleid von sich zu zeigen, und lotste sie ins Schlafzimmer. Während die Großmutter hektisch im Schrank stöberte und Bügel um Bügel beiseiteschob, schaute Marta wieder das Foto ihres Vaters an, zwischen der Nachttischlampe und der Meeresschnecke. Nach einer Weile nahm sie ihren Mut zusammen, tippte auf das Bild, an die Stelle der Kraternarbe, und fragte, ohne mit einer Antwort zu rechnen: »Ist die eigentlich vom Krieg?«

Die Großmutter drehte sich um. Aus dem Dunkel ihres Schranks auftauchend, schien sie nicht gleich zu wissen, wovon Marta sprach. Als sie schließlich den Finger ihrer Enkelin sah, lachte sie mit ihrem Likörlachen auf und holte einen Lappen. Sie wischte den entstandenen Fleck vom Glas des Bilderrahmens, anschließend gleich noch den Staub von den Parfümflakons auf der Kommode und erzählte dabei, dass in die Wange ihres Sohnes ein Granatsplitter eingedrungen, quer durch den Kopf geschossen und unmittelbar unter der Schläfe wieder ausgetreten war. »Das war lange vor deiner Geburt, vierzehn Jahre, ja, vierzehn Jahre müssten es gewesen sein«, sagte sie. »Er hatte ein Loch im Gaumen und musste beim Trinken immer den Kopf hochnehmen, wie eine Gans, damit nicht alles wieder zur Nase rauslief. Später haben sie ihm das Loch zugenäht. Dann brannte der Schnaps nicht mehr so.«

Und nun sollte Marta endlich das Kleid anprobieren. Es passte: »Wie angegossen!«

—

Indem sie immer verwirrter wurde, verabschiedete die Oma sich langsam. Und doch war sie dann, ein paar Wochen nach Martas fünfzehntem Geburtstag, ganz plötzlich weg.

Die Oma hatte Marta stets aufwendige Zöpfe geflochten, ihr das Haar gebürstet, dabei gesungen und nie geklagt, dass das Haar strohig sei, strohig wie bei einer Hexe, was die Mutter getan hätte, hätte sie Marta jemals das Haar gebürstet. Anders als mit ihrer Mutter, verband Marta mit ihrer Oma jede Menge liebevoller Rituale: Das Auskratzen roher Teigreste aus der Backschüssel, um dann den Löffel abzulecken. Das Anstecken uralter Glitzerbroschen. Das Verarzten aufgeschlagener Knie mit Zinksalbe. Das Entfernen eingezogener Holzsplitter. Das Nähen kleiner Schweinchen aus rosa Scheuertüchern, mit einem Zweilochknopf als Nase. Im Sommer hatte die Oma ihr gezuckerte Erdbeeren hingestellt oder Radieschenscheiben, die mit Butter und Salz bestrichen waren, und im Winter warmen, dampfenden Milchreis.

—

Seit die Zwillinge sie »Klette« genannt hatten, ging Marta allein zur Schule und allein nach Hause. Morgens war sie früher auf den Beinen als sonst, denn sie wollte eine Chance haben, Herrn Baldauf noch vor Beginn des Unterrichts zu begegnen. Meistens stand er bereits rauchend vor dem Schulhof, und Marta hoffte, er hätte sich nur ihretwegen dorthin gestellt. Im Vorbeigehen rief sie ihm ein neckisches »Gell« hinüber, als Begrüßung, und bekam zur Antwort: das blaue Blitzlicht seiner Augen, das zeitgleich mit der Zigarette aufglomm, an der er sog.

Viermal in der Woche hatte sie ihn neben sich sitzen, und von diesen wenigen Stunden zehrte Marta. Jeder Satz, den er sagte, jeder Blick und jede Geste lieferten ihr neuen Stoff für ihre Träume am Tag und für die Fantasien abends beim Einschlafen. Sie stellte sich vor, wie er mit ihr ans Meer fuhr. Wie er sie aus dem Wasser rettete, als sie einen Wadenkrampf bekam. Wie er ihr Modell saß, während sie ihn zeichnete, und wie begeistert er dann über das Ergebnis wäre. Wie er mit ihr die Dünen entlangspazierte, seine Jacke über ihren Schultern. Wie er ihre Hand dabei nahm. Wie er ihr über die Wange strich oder noch einmal so übers Kinn, wie er es tatsächlich schon getan hatte. Wie er sie umarmte und die leere Luft um sie herum ausfüllte. Wie er sie küsste.

Einmal wies Herr Baldauf sie im Unterricht auf einen Rechtschreibfehler hin, indem er auf ihr Blatt tippte. Die Tinte verwischte. Er hinterließ einen Abdruck seiner Zeigefingerkuppe in Martas Heft. Daheim zeichnete Marta den Abdruck im A3-Format nach. Stundenlang saß sie über diesem Labyrinth – und bekam mit jeder Linie das Gefühl, diesem Mann näherzukommen.

—

Aber eigentlich. Eigentlich gefiel ihr Herr Baldauf doch gar nicht. Wenn sie ihn heimlich ansah, fand sie jedes Mal etwas anderes, das sie störte. Die Zähne: gelblich verfärbt vom Rauchen. Der Kragen: viel zu streng. Die Nase: deformiert. Der Oberlippenbart: onkelhaft. Trotzdem konnte Marta nicht anders, als unentwegt an diesen Mann zu denken. Sie genoss es, ihm zu gefallen, und fieberte jedem Wiedersehen entgegen.

—

Der Juni hatte gerade erst begonnen, aber es war so heiß wie sonst nur im August. Viele der Oberstufenschüler saßen nachmittags mit ihren Lehrbüchern im Freibad. In drei Wochen standen die Abschlussprüfungen an. Alle waren nervös, rätselten über die Themen und versuchten, Hinweise herauszuhören, die die Lehrer mitunter gaben. An Marta perlte jegliche Prüfungsaufregung ab. Während des Unterrichts zeichnete sie jetzt oft in ihr Heft; nicht verträumt, sondern durchaus mit Kalkül, denn sie wollte Herrn Baldauf auf ihr künstlerisches Talent aufmerksam machen.

In einer Geografiestunde beugte er sich zu ihr hinüber und flüsterte: »Du kannst wirklich gut zeichnen, Marta.«

Sie spürte seinen warmen Hauch in ihrem Ohr. Gerade war sie dabei, mit filigranen Strichen einen eingerollten Farnwedel zu zeichnen, der die Form eines Seepferdchens hatte.

Herr Baldauf sprach weiter: »Trotzdem solltest du lieber zuhören. Der Stoff ist prüfungsrelevant, gell.«

Rasch legte Marta den Bleistift beiseite. Heißrote Flecken stiegen ihr ins Gesicht. Und für den Rest der Stunde hatte sie keine Lust mehr, Herrn Baldauf anzuschauen. Danach verabschiedete sie sich auch nicht von ihm.

Zu Hause legte sie sich ins Bett, auf den Bauch, und schaute mit nassen Augen zu Boden. Auf dem Linoleum wippten die Schatten windbewegter Blätter. Vor Martas Fenster stand eine Linde, deren Spiel sie jetzt ein bisschen beruhigte. An einem Wandkalender bei ihrer Großmutter hatte sie einmal gelesen, dass es im Japanischen ein eigenes Wort dafür gab – für die Sonne, wenn sie durch die Blätter schien: »Komorebi«. Marta sagte es leise vor sich hin. Sie würde ihm so gerne erzählen, dass sie ein japanisches Wort kannte, eines, das sich nicht übersetzen ließ. Bestimmt würde ihn das beeindrucken, den Herrn Baldauf, dessen Vornamen sie noch immer nicht wusste.

Marta begann zu überlegen, wie er heißen könnte. Sie kam auf »Ernst«. Der Name ihres Vaters war das gewesen. Hoffentlich hieß er nicht so, dachte sie. Obwohl es zu ihm passen würde; ernst, wie der Herr Baldauf war.

»Komorebi, Komorebi.« Marta döste eine ganze Weile auf ihrem Bett. Ihre Wimpern klebten aneinander, als sie die Augen leicht öffnete. Sie schaute auf ihren Wecker. Gegen fünfzehn Uhr kam ihre Mutter immer von der Arbeit, sie dürfte bald da sein. Marta packte ihre Badesachen, steckte das Geografieheft dazu und ging ins Freibad. Auf dem Weg dahin dachte sie weiter an Herrn Baldauf. Sie nahm sich vor, wieder freundlich zu ihm zu sein, sobald sie ihn das nächste Mal sah, wieder mit ihm zu spaßen. Es würde erwachsener wirken, wenn sie sich unverletzt gab, nicht so ewig schmollend, wie sie das von ihrer Mutter kannte.

In der Umkleidekabine zog Marta ihren lilafarbenen Bikini an. Dann ging sie an einigen Klassenkameradinnen vorbei, die sich wegdrehten, als sie kam. »Die soll bloß nicht herkommen«, hörte Marta eine von ihnen sagen und suchte sich einen abgelegenen Platz im Schatten.

Im Schwimmbad roch es nach Chlor und Pommes frites. Marta blätterte ihre Schulaufzeichnungen durch, nebenher feilte sie sich die Nägel, ab und an schaute sie hoch. Die Kinder tobten, machten Wasserbomben und Bauchklatscher. An der Tischtennisplatte wurde Chinesisch gespielt. Marta fiel eine Frau auf, deren Nabel auf dem Bauch klebte wie eine weiße Kugel aus Knete. Kurz darauf entdeckte sie einen weiteren Kugelnabel und dachte, dass man damit jederzeit an irgendetwas hängen bleiben und sich wehtun könnte. Gut, dass sie einen Nabel hatte, der sich nach innen wölbte. Während dieses Gedankens sah sie auf einmal Herrn Baldauf vom Beckenrand ins Wasser springen. Augenblicklich bereute sie es, nicht schon an anderen Nachmittagen hierhergekommen zu sein.

Marta stand von ihrem Handtuch auf und näherte sich dem Schwimmerbecken. Sie beobachtete Herrn Baldauf dabei, wie er gehetzt vom einen Ende zum anderen kraulte. Seine Bewegungen waren ruckartig, er war alles andere als ein eleganter Schwimmer. Wenn er sich vom Beckenrand abstieß, keuchte er, und das Wasser um ihn herum schäumte. Am Anfang war die Bahn voll gewesen, aber nach einer Weile hatten alle anderen sie gewechselt.

Als Herr Baldauf aus dem Becken stieg, war er völlig außer Atem. Er holte sein Handtuch, wickelte es sich um die Hüfte und ging direkt auf Marta zu. Er japste. Zwei, drei Minuten vergingen, bis er endlich in der Lage war, ein Wort zu sagen, kaum hörbar inmitten des Kindergeplärrs. Die Hände in die Seiten gestemmt, fragte er schließlich: »Eis? Das schmeckt bestimmt besser als deine blauen Bonbons.«

Marta nickte.

Ihre Arme berührten sich, während sie am Kiosk anstanden. Martas war warm, seiner noch kühl vom Wasser.

»Und? Wie kommst du mit dem Lernen voran?«, wollte er wissen, als sie ihr Eis aßen.

»Ganz gut«, log sie.

Marta schaute an seinem Handtuch entlang nach unten. Nass und dunkel klebten die Haare an seinen Beinen. Seine zweite Zehe war jeweils länger als die große. Herr Baldauf aß sein Eis rasch. Marta hingegen nahm sich Zeit, um den Moment hinauszuzögern, der bereits wegzuschmelzen drohte. Ihr Eis tropfte auf den Rasen. Herr Baldauf ging zum Papierkorb. Noch war Frühsommer, aber in ein paar Wochen würde das Schwirren manischer Wespen aus dem Mülleimer dringen. Man würde es hören, sobald man sich ihm näherte. Herr Baldauf warf seine Waffel hinein, auf dem Rückweg klatschte er sich die Hände sauber.

»Die Waffeln schmecken nie, ich weiß. Aber ich esse sie trotzdem«, sagte Marta.

»Ich habe es mir abgewöhnt«, antwortete er. »Wo ist dein Platz?«

Marta zeigte in Richtung Bäume. Mit einer Kopfbewegung bedeutete er ihr, dorthin zu gehen, und folgte ihr. Aus dem Augenwinkel heraus sah Marta die Zwillinge tuscheln, die jetzt auch gekommen waren. Herr Baldauf setzte sich ins Gras. Marta überlegte, sich bäuchlings vor ihm hinzulegen und auf ihre Unterarme zu stützen, sodass er in ihr Dekolleté schauen konnte, das von den straff im Nacken zusammengebundenen Bikiniträgern gehoben wurde. Sie setzte sich dann aber doch einfach neben ihn auf ihr Handtuch und zog die Beine an. Er nahm ihr Geografieheft und begann, sie abzufragen. Nervös drehte sie sich mit dem Zeigefinger Löckchen in eine ihrer Haarsträhnen. Die ersten Fragen konnte sie beantworten. Als sie dann aber einmal länger nachdenken musste, packte er plötzlich ihr Handgelenk.

»Jetzt hör doch mal auf, so herumzunesteln!«, sagte er. »Konzentrier dich!«

Marta entzog sich seinem Griff. Der Griff war grob gewesen, nicht schmerzhaft, aber grob. Gekränkt schaute sie Herrn Baldauf an.

Er stellte ihr übergangslos eine neue Frage – es ging um die Entstehung von Hochgebirgen –, aber Marta weigerte sich nun zu sprechen. Stattdessen wandte sie ihren Blick nach unten auf das grau gewordene Weiß ihres steifen Frotteetuchs und massierte sich demonstrativ das Handgelenk.

Er stellte die Frage erneut, seufzte mit hörbarer Ungeduld.

Sie schwieg weiter.

Irgendwann schlug er das Heft zu. »Marta«, sagte er. Er sagte ihren Namen noch dreimal mit seinem südlich geschwollenen R, bis sie wieder hoch und in seine Augen schaute. »Ich will doch bloß, dass du die Prüfungen schaffst«, flüsterte er. Der Oberlippenbart schien seine Worte zusätzlich zu dämpfen. »Ich würde dich gern öfter sehen, aber das geht erst, wenn du nicht mehr in der Schule bist. Leider.«

Marta spürte, wie ihr das Blut in den Kopf stieg. Sie nickte, als hätte sie seine Worte verstanden, obwohl sie nicht hinterherkam mit dem Denken. Er hielt ihr das Heft hin, sie nahm es zögernd entgegen. Dann stand er auf und machte sich auf den Weg zur Umkleidekabine. Nach ein paar Schritten drehte er sich noch einmal um. Er musste blinzeln, weil er in die tief stehende Sonne schaute, und rief: »Gibst dir also Mühe, gell!«

Als er weg war, lief Marta zum Sprungbecken. Sie sprang, das einzige Mal in ihrem Leben, von einem Fünfmeterturm ins Wasser. Sie dachte überhaupt nicht an die Höhe, auch nicht mehr an dieses derbe Zupacken. Während des Sprungs dachte sie nur: Hatte er wirklich »leider« gesagt?

—

Die Begegnung im Schwimmbad hatte Marta zum Lernen angespornt. Nachdem sie alle Prüfungen hinter sich hatte, musste sie auf die Ergebnisse warten. Es waren zwei öde Wochen, die sich dadurch noch weiter in die Länge zogen, dass kein Unterricht mehr stattfand und sie Herrn Baldauf nicht sah. Obwohl der Sommer vielversprechend begonnen hatte, hielt er nun kaum noch Badewetter bereit. Ständig klebten Wolken am Himmel, die sich entweder entleerten oder nicht, aber selbst wenn nicht, war es zu kühl, um im Schwimmbad herumzuliegen. Marta langweilte sich, sie liebesträumte, sie zeichnete, sie bewarb sich um eine Ausbildungsstelle. Und sie ging ans Grab ihrer Oma, jeden Nachmittag.

Auf dem Dorffriedhof stand nur ein einziger Baum, eine hochgewachsene Fichte. Darunter lag die Großmutter. Marta fand, dass sie den schönstmöglichen Platz bekommen hatte: schattig im Sommer, windgeschützt im Winter und, durch die Wurzeln des Baums ein bisschen erhöht, so prominent, wie diese Frau es verdient hatte. Zur Begrüßung strich Marta meist über die geschwungene Oberkante des schwarzen Granitgrabsteins. Er glänzte glatt, und Marta war fasziniert davon, dass ein so hartes Material derart fehlerlos geschliffen werden konnte. Sie mochte, wie die Regentropfen von dem Stein abperlten und wie er die Wärme der Sonne aufsog. Sich seitlich über das Grab beugend, fuhr Marta oft mit ihren Fingern die weiß gepinselte Gravur entlang: Name, Tag der Geburt, Tag des Todes, dazwischen ein kurzer Bindestrich. Ein kurzer Bindestrich für ein ganzes Leben. Die Oma war am ersten April gestorben, und jedes Mal, wenn Marta mit der Kuppe ihres Zeigefingers die Eins des Sterbedatums entlangfuhr, wünschte sie sich, ihr Tod wäre bloß ein Aprilscherz gewesen, wenn auch ein unmöglich blöder, und die Oma würde gleich wieder aufstehen, »April, April!« rufend.

Vier Gräber weiter rechts in der Reihe lag Martas Vater. Er genoss weder den Schatten noch den Windschutz der Fichte, und um sein Grab kümmerte sich niemand mehr. Unmittelbar vor ihrem Tod – als hätte sie es gewusst – hatte die Großmutter es noch mit Efeu bepflanzt, was wohl davon ablenken sollte, dass nie jemand frische Blumen brachte.

—

Und eines schwülen Nachmittags stand auf einmal Herr Baldauf neben Marta am Grab, legte seine Hand kurz auf ihre Schulter, als wollte er sie trösten, und fragte, wer diese Frau gewesen war.

Marta schaute auf die leuchtenden Primeln, die sie selbst eingepflanzt hatte, und erzählte von ihrer Großmutter: Davon, dass die Oma nachts in ihrem Haus die Treppe hinuntergestürzt und dann im Krankenhaus gestorben war. Davon, dass die Oma ihre Lider beim Reden immer viel zu lange geschlossen gehalten hatte, weshalb Marta es gewohnt gewesen war zu warten, bis sie wieder in diese lieben Augen schauen konnte. Im Krankenhaus habe sie dann umsonst gewartet.

»Ich habe versucht, mir das anzutrainieren, dieses Mit-geschlossenen-Augen-Reden«, sagte Marta, »aber länger als zwei oder drei Wörter habe ich es nie ausgehalten.«

Herr Baldauf hörte aufmerksam zu. Ab und an nickte er oder strich sich mit Zeige- und Mittelfinger, die dabei auseinandergingen wie eine Schere, über den Oberlippenbart.

Auf dem Grab kreisten mehrere Mückenschwärme, tief und lahm. Bald dürfte es gewittern, zumal Möwen über den Friedhof flogen; so weit entfernten sie sich von der Küste normalerweise nicht. Marta hörte auf zu reden. Sie bekam drückende Kopfschmerzen.

Sie schwiegen eine Weile, bis Herr Baldauf sich räusperte und sagte: »Deine Großmutter würde sich sicherlich freuen zu hören, dass du alle Prüfungen bestanden hast.« Erwartungsvoll drehte er seinen Kopf zu Marta. »Eigentlich darf ich dir das aber gar nicht verraten. Also behalte es für dich.«

»Wirklich?«, fragte Marta ungläubig.

Er nickte: »Wirklich.«

Marta hüpfte. Dann legte sie das Gesicht in ihre Hände und schüttelte den Kopf. »Ich kann es gar nicht glauben«, sagte sie. Für einen Moment vergaß sie sogar ihr Kopfweh.

»Du warst eben fleißig«, lobte er und fügte hinzu, dass sie ihn jetzt »Arthur« nennen und »du« sagen durfte.

In Martas Gedanken verschmolzen ihre beiden Vornamen zu »Marthur«. Zu Hause würde sie das wieder und wieder auf ein Blatt Papier kritzeln.

Arthur schob sie ein bisschen am Rücken, und sie setzten sich in Bewegung. Sie gingen zwischen den Gräbern hindurch bis zum Kiesweg. Beim Grabstein ihres Vaters, Ernst Zimmermann, schaute er Marta fragend an. Sie nickte, sagte aber nichts. Die Kopfschmerzen machten ihr mehr und mehr zu schaffen. Arthur trug die Zinkgießkanne, mit der Marta das Grab ihrer Großmutter gewässert hatte, und stellte sie neben dem Trog ab.

»Wie geht es denn jetzt weiter?«, fragte er.

Marta wusste nicht, was er meinte. Mit ihnen beiden?

Wahrscheinlich sah er ihr die Frage an und präzisierte deshalb: »Was für eine Ausbildung wirst du machen?«

Sie spazierten an der weißen Kapellenmauer entlang, über ihnen schlug es halb sechs. Die Insekten, besoffen vom Wetter, verfolgten sie. Marta und Arthur fuchtelten, um sie zu verscheuchen. Als sich ihre Hände in der Luft trafen, hielt er ihre Finger fest. Diesmal empfand Marta seinen Griff als zärtlich, nicht grob, und blieb stehen.

Mit dünner Stimme sagte sie, sie würde gern Schaufenstergestalterin werden. In Taubeck habe gerade ein neues Kaufhaus aufgemacht. »Vielleicht nehmen sie mich dort.«

»Das klappt bestimmt«, meinte Arthur. Er streichelte über ihren Handrücken, dann nahm er sie in die Arme.

Marta roch seinen Hals. Sein Hals roch herb, sehr herb, und war wie immer zur Hälfte in den Hemdkragen gezwängt.

»Ich kenne das Kaufhaus«, sagte er ihr ins Ohr. »Ich wohne in Taubeck.«

Arthur begann, sie zu küssen. Wobei er mehr saugte, als dass er küsste.

Marta wurde heiß. Sie schwitzte. Sie hatte Durst. Ihr Rachen war trocken. Ihr Kleid klebte. Die Kopfschmerzen pochten dumpf. Und diese Schwüle. Die Mücken. Die Fliegen. Arthurs kratzender Bart. Seine Zunge. Der warmnasse Kuss, der nach Zigaretten schmeckte. »Küsse niemals einen Raucher«, hatte Martas Großmutter immer gesagt. »Dann kannst du auch gleich einen Aschenbecher auslecken.«

Marta wand sich aus der Umarmung und schob Arthur von sich. »Hör auf! Hör auf!«, flüsterte sie. Es kam ihr vor, als würde sie schreien.

Arthur ließ sie los, zog den Kopf zurück und hob die Hände, um seine Unschuld zu beteuern. Dann wedelte er wieder gegen die Insekten an.

Marta rannte nach Hause. Die Mutter lag schon im Bett; auch sie war wetterfühlig. Das Gewitter zog vorbei, brachte anderswo Erleichterung. Die Schwüle blieb im Dorf und mit ihr Martas Kopfweh.

—

Die geschminkte Deutschlehrerin überreichte Marta das Abschlusszeugnis. Für jeden, der nach vorne getreten war, hatte sie einige wohlwollende Zukunftsworte übrig gehabt, doch zu Marta sagte sie bloß: »Bitte schön!«, ehe sie den Nächsten aufrief.

»Das mit Herrn Baldoof hat die dir ganz schön übel genommen«, sagten die Zwillinge hinterher.

»Was denn?«, fragte Marta.

»Jetzt tu bloß nicht so! Er hat dich doch ständig angeglotzt.«

»So ein Quatsch!«, echauffierte sich Marta. Dabei freute sie sich wie verrückt – bis ihr wieder einfiel, dass sie weggerannt war. Dass sie weggerannt war, anstatt mitzuküssen, wie es eine erwachsene Frau getan hätte.

—

Hat Arthur wirklich versucht, in ihren Finger zu beißen? Marta fasst den Vorsatz, sich nicht noch einmal einschüchtern zu lassen. Sie wird Arthur ab jetzt betrachten wie eine Schaufensterpuppe, die darauf wartet, hergerichtet zu werden. Marta tritt wieder ans Bett. Erst zögert sie, doch dann schlägt sie Arthurs Decke umso entschlossener zurück. Erneut weicht sie einen Schritt nach hinten aus. Weil nichts passiert, weil Arthur reglos liegen bleibt, nähert sie sich ihm wieder und beginnt, das Hemd seines Schlafanzugs aufzuknöpfen. Den oberen Hemdknopf schafft sie, obwohl ihre Hände zittern, aber schon beim zweiten verliert sie die Geduld und holt eine Schere. Sie schneidet in das Pyjamahemd und reißt es anschließend in Fetzen, die sie einzeln von Arthurs Bauch ziehen kann. Ein großes Stück Stoff bleibt unter seinem Rücken zurück. Danach zerschneidet sie seine Hose und schält ihn auch aus dieser. Er hat Wasser gelassen beim Sterben, er ist noch nass.

Arthur liegt nun nackt vor ihr, nur das Gesicht ist bedeckt. Seine Haut glänzt wächsern. Marta schaut auf den verdorrten Penis, der sich in einem Nest aus rund wucherndem Kraushaar versteckt. Es kommt ihr verboten vor, aber einmal angefangen, kann sie nicht mehr weggucken. Noch nie hat sie sein Glied dermaßen eingehend und ungestört betrachten können. Arthur lief nicht nackt durch die Wohnung. Selbst beim Sex blieb er bekleidet, öffnete nur die Hose oder zog sie, so lange wie nötig, herunter und danach gleich wieder hoch. Marta kennt seinen Körper deshalb kaum. Bis eben wusste sie nicht, dass seine Brustwarzen verblichen sind. Und das Muttermal oberhalb des Bauchnabels sieht sie zum ersten Mal.

Marta nimmt Arthurs Glied zwischen Daumen und Zeigefinger und zieht einige Male daran, aber sachte, nicht so, dass es ihm wehtun könnte. Dann legt sie den Penis wieder ab und beginnt ihn zu streicheln. Sie schaut genau hin. Keinesfalls darf sie den Moment verpassen, in dem er größer wird und fester, den Moment, in dem er ihr ein Zeichen gibt, einen bedauernden Abschiedsgruß vielleicht.

—

Nichts.

—

Enttäuscht besinnt sich Marta auf ihr eigentliches Vorhaben und geht in den Flur. Von dort holt sie den mit Sand gefüllten Eimer, kehrt damit zurück ins Schlafzimmer. Sie versucht, den Eimer so weit hochzuheben, dass sie ihn über dem Bett ausleeren kann, doch er ist zu schwer. Marta spürt, dass sich ein neuerlicher Schwindel den Weg vom Kopf in ihre Beine bahnt. Sie muss den Eimer abstellen und einen Stuhl zu sich heranziehen. Sie setzt sich hin. Mit dem Handrücken wischt sie sich über die Stirn. Ihre Satinbluse hat sich in den Achseln dunkel gefärbt, der Glanz der Seide ist an dieser Stelle weggetaut.

Über dem Bett hängt der vergrößerte Abdruck von Arthurs Zeigefinger, den Marta als Schülerin gemalt hat. Seit sie hier wohnen, hängt er dort. Marta fokussiert die verblassten Tintenlinien, während sie auf dem Stuhl sitzt. Nach ein paar Minuten kann sie wieder aufstehen. Sie holt eine Schöpfkelle aus der Küche und schüttet den Sand nun damit auf Arthurs Körper. Der feuchte Sand lässt sich nur schwer verteilen. Um ihn aus dem Eimer zu schöpfen, muss Marta sich wieder und wieder nach unten beugen. Der Marsch vom Morgen sitzt ihr noch in den Knochen, und sie schnauft erleichtert, als der Eimer endlich so weit geleert ist, dass sie den Rest über Arthur auskippen kann. Nach einer weiteren Pause holt sie die Tüte aus dem Flur und verfährt nach derselben Methode.

Am Ende ist es weniger Sand, als Marta erwartet hat. Zu wenig. Viel zu wenig. Unzufrieden betrachtet sie die dünne Schicht auf seiner Haut. Eigentlich war es ihr Ziel, Arthur einzubuddeln, nicht, ihn bloß ein bisschen mit Sand zu bestreuen. Marta reibt ihre Hände aneinander, bis sich der unangenehme Entschluss in ihr verfestigt: Sie muss noch einmal hinunter zum Strand. Seufzend faltet sie die leere Plastiktüte zusammen und legt sie in den Eimer. Dann zieht sie ihren Mantel an und, draußen vor der Wohnungstür, die Stiefel. Sie geht mit dem Eimer nach unten.

—

Als Marta die Haustür öffnet, schlägt ihr der Sturm mit noch derberer Wucht entgegen als am frühen Morgen und reißt ihr den Eimer aus der Hand. Der Eimer eiert über den Gehweg. Mehrmals kommt er zum Stillstand, nur um kurz darauf erneut vom Wind vor sich hergetrieben zu werden. Marta eilt ihm hektisch hinterher, dann begibt sie sich auf alle viere und stürzt sich auf den Eimer, damit er ihr nicht davonrollen kann. Sie hält ihn fest umklammert und meint schon, diesen Kampf mit dem Wind für sich entschieden zu haben, da greift sich der Wind die Plastiktüte, zieht sie aus dem Eimer und bläst sie weg. Marta schaut der Tüte nach, wie sie durch den Himmel tost, sich über ihr aufplustert, während sie selbst auf dem Boden kniet. Neben ihr zittert ein rot-weißes Absperrband zwischen zwei Pfosten. Als der nächste starke Windstoß kommt, löst es sich und beginnt den Asphalt zu peitschen. Ein schmerzvoller Hieb trifft Martas Wange. Daraufhin gibt sie sich geschlagen und beschließt umzukehren. Sie kriecht ein paar Meter, den Eimer mit sich schleifend, bis ihr einfällt, dass sie ganz bestimmt von der Frau mit dem Häkelkissen beobachtet wird, die gegenüber wohnt und immer aus dem Fenster schaut. Marta wagt keinen Blick in deren Richtung, steht nun aber rasch auf. Eine Laufmasche wandert ihre Strumpfhose empor, vom Knie bis zur Hüfte, als würde ein Reißverschluss von unsichtbarer Hand geöffnet.

Jetzt, wo Marta steht, zerrt der Wind wieder mit aller Kraft an ihrem Körper. »Wind ist kälter als Schnee.« Diesen Satz hat Arthur vor ein paar Monaten aus einem Buch vorgelesen, einmal, ein zweites und ein drittes Mal, mit jeweils gestiegener Erwartung in der Stimme. Er, ganz der Lehrer, schaute über seine Lesebrille hinweg zu Marta, die bloß mit den Achseln zuckte, weil sie seine Begeisterung nicht teilen konnte. Während sie nun mit dem leeren Eimer vor der Brust gegen den Wind anläuft, fällt ihr dieser Satz wieder ein.

Eine Stockente tapst einsam übers Trottoir.

—

Die Frau von gegenüber: Sie hat kurzes, schwarz gelocktes Haar. Noch nie hat Marta die Frau auf der Straße getroffen. Sie steht immer nur am offenen Fenster, glotzt mit ihren hervorquellenden Augen – stundenlang, bei jedem Wetter –, grüßt niemanden und stützt sich dabei auf ihr Häkelkissen. Ein buntes Häkelkissen mit Zickzackmuster.

—

Marta bekam den Ausbildungsplatz im Kaufhaus. Ab September fuhr sie jeden Morgen eine Dreiviertelstunde mit dem Bus nach Taubeck und am späten Nachmittag zurück. Morgens stand sie früher als nötig an der Haltestelle, um den Bus, der nur einmal in der Stunde fuhr, bloß nicht zu verpassen. Ein paar Minuten lang war sie allein, ehe die anderen Fahrgäste kamen.

Die Bushaltestelle befand sich an der Hauptstraßenkreuzung, eine Art Zentrum dieses zerfaserten Dorfs. Es gab zwei reetgedeckte Wartehäuschen, die, durch die Straße getrennt, einander gegenüberstanden und beschmiert waren mit Liebeserklärungen, Schimpfwörtern und Kaktuspenissen. In den Ecken roch es nach Urin, weshalb Marta sich auch bei Regen nicht hineinsetzte. Abends traf sich hier die Dorfjugend, zu der sie nie Anschluss gefunden hatte. Auf dem Boden neben den Mülleimern lagen Zigarettenstummel, gekrümmt und zertreten, manche blutrot vom Lippenstift der Mädchen. Der Mülleimer auf der Seite, wo der Bus Richtung Taubeck fuhr, hatte einen angekokelten Deckel. Auf der Seite, wo der Bus aus Taubeck ankam, stand ein alter Kastanienbaum; das einzig Schöne an diesem Ortskern. Unter dem Baum versammelten sich im Herbst all jene Kinder, die sich noch nicht zu alt dafür fühlten, und warteten auf den nächsten Windstoß. Sie hielten ihre zu weiten Jacken wie das Sterntaler-Mädchen sein Leinenhemd und rannten nach den herunterfallenden Kastanien. »Ich,

ich!« – »Gib die her!«, riefen sie, und das Kind, das zuerst da gewesen war, hatte sich die in der Nacht gefallenen Kastanien bereits eingeheimst und verschenkte keine einzige. Oft war Marta dieses Kind gewesen. Sie bastelte dann Figuren daraus, mit Staksbeinen aus Streichhölzern, und die Oma malte Gesichter auf die weißen Stellen.

—

Als sie die Nachmittage noch gemeinsam verbrachten, hatte Marta einmal mit den Zwillingen an der Bushaltestelle herumgelungert. Ihnen war langweilig, und die Zwillinge sagten: »So, Marta, wer als Nächstes kommt, den wirst du heiraten.«

Eine ganze Weile lang passierte nichts. Dann aber war aus der Ferne Geknatter zu hören. Das Geknatter wurde lauter, kam näher. Ein klappriges Moped bog um die Ecke. Auf ihm saß ein dicker, alter Mann mit einer Fliegermütze, deren Riemen offen im Wind flatterten, obwohl das Moped nicht halb so schnell fuhr, wie der Lärm hatte erwarten lassen.

Die Zwillinge kicherten nicht. Stattdessen krümmten sie sich vor Lachen. Marta lachte lauthals mit. Sie versuchte so, den Aberglauben zu übertönen, der in einem dunklen Winkel ihres Kopfes hockte und sich gerade den Staub von den Schultern klopfte.

—

Drei Wochen nachdem Martas Ausbildung und auch der Herbst richtig begonnen hatten, hielt morgens an der Haltestelle ein Auto am Bordstein an. Am Steuer saß Arthur. Er kurbelte das Fenster runter und ließ den Motor weiterlaufen. Marta trat zu ihm.

»Fährst du jetzt jeden Tag nach Taubeck?«, fragte er. »Ich habe dich schon ein paarmal morgens hier stehen sehen.« Er trug wieder sein rot-braun kariertes, kurzärmeliges Hemd. Seine rechte Hand ließ er locker am Lenkrad, den linken Ellenbogen lehnte er aus dem Fenster. Er schaute zu Marta hinauf.

»Ja, das mit dem Kaufhaus hat geklappt«, antwortete sie.

»Na dann, herzlichen Glückwunsch! Macht's denn Spaß?«

»Ja. Viel mehr als das Rumsitzen in der Schule. Und wie geht's Ihnen?«

»Dir!«

»Und wie geht es dir?«, korrigierte sie sich.

»Ganz gut so weit. Aber ich fand es schade, dass du neulich vom Friedhof so schnell weggerannt bist.«

»Das war doof«, gab sie zu und hielt einen Moment inne, bevor sie weitersprach. »Ich hatte Kopfschmerzen. Und diese Mücken. Und das schwüle Wetter. Mir war auf einmal alles zu viel.«

»Trotzdem muss man ja nicht gleich wegrennen.«

»Ich weiß«, sagte sie kleinlaut.

Arthur schaute in den Außenspiegel. Marta folgte seinem Blick und sah darin, dass sich eine Frau der Bushaltestelle näherte. Rasch zog Arthur seinen Ellenbogen ein und legte die linke Hand aufs Lenkrad zurück.

»Jetzt muss ich aber weiter«, sagte er. »Die Schule ruft.« Er schaute nicht mehr zu Marta, sondern bereits durch die Windschutzscheibe nach vorne, von wo nun noch zwei weitere Fahrgäste kamen.

Marta wurde augenblicklich klar, dass ihr keine Zeit blieb für Überwindungskämpfe, also sagte sie, überrascht über sich selbst: »Holst du mich heute Nachmittag ab? Um vier habe ich Feierabend.«

Er wandte sein Gesicht noch einmal zu Marta. Ein skeptischer Blick. Arthur zögerte, doch dann ging sein Zögern über in ein leises Nicken. »Das müsste gehen«, sagte er. »Also, bis später.« Er legte den Gang ein und fuhr mit offenem Fenster in Richtung Schule.

Beim Einsteigen sagte der Busfahrer zu Marta: »Wie gut, dass meine Lieblingspassagierin auch heute wieder dabei ist.« An seinem Innenspiegel baumelte ein Vanille-Duftbäumchen.

Die ganze Fahrt über, bis nach Taubeck, lächelte Marta in sich hinein.

—

Taubeck war eine mittelgroße Kleinstadt. An einigen Ecken ließ sich noch erkennen, dass der Ortskern früher schön gewesen war. Jetzt jedoch prägten klobige Graubauten das Bild. Marta gefiel Taubeck trotzdem; die Stadt kam ihr riesig vor. Sie hatte allerhand Geschäfte, lag direkt an der Küste, besaß einen Strand, und die Luft roch nach Meer, egal, in welche Richtung der Wind gerade ausatmete. Vor allem aber war Marta froh, den Tag anderswo verbringen zu können. Anderswo als zu Hause. Anderswo als im Dorf.

—

An dem Tag, an dem Arthur morgens neben ihr angehalten hatte, schüttete Marta sich Kaffee über die Hose. Sie kaufte sich eine neue, eine mit weitem Schlag. Als Mitarbeiterin musste sie nicht den vollen Preis zahlen. Marta war nervös, konnte nichts essen und wusste nicht, wovor sie mehr Bammel hatte: davor, dass Arthur kommen, oder davor, dass Arthur nicht kommen würde. Die Stunden zogen sich in die Länge.

Am frühen Nachmittag ergab sich ein wenig Ablenkung: Eine Frau mit Mundschutz und Skistöcken in den Händen fuhr mit der Rolltreppe abwechselnd hoch und runter und brüllte: »Seid ihr bescheuert oder was? Seid ihr bescheuert oder was?« Auf der nach unten fahrenden Treppe ging sie jeweils in die Hocke wie beim Abfahrtslauf. Die Leute hinter ihr mussten aufpassen, keinen Hieb der Skistöcke abzubekommen, aber sie hielten ohnehin reichlich Distanz.

Marta versammelte sich mit ihren Kollegen am Glasgeländer im obersten Stockwerk, um das Schauspiel zu beobachten. Es gab Gelächter und Kopfschütteln, und als die Frau nach einer Viertelstunde von der Polizei nach draußen gezerrt wurde, klatschten viele. Eigentlich klatschten alle – alle bis auf Georg. Als Marta ihn sah, schob sie ihre Hände schnell in die Gesäßtaschen ihrer neuen Jeans.

—

Georg machte eine Ausbildung in der Herrenmode-Abteilung. Er war im letzten Lehrjahr. An Martas erstem Tag hatte er sie durchs Kaufhaus geführt und ihr alles gezeigt. Am längsten hatte es gedauert, ihr die Personalküche zu zeigen, weil sie dort zwei Tassen Kaffee tranken.

Georg erinnerte Marta an die Art junger Männer, die ihre Großmutter immer als »Schönlinge« bezeichnet hatte: perfekt aussehend, wie es fast nicht zu glauben war, schmeichlerisch und höflich, aber unehrlich. »So glatt, dass die Frauen ausrutschen.«

Georg hatte braunes, etwas längeres, leicht lockiges Haar

und Koteletten, die auf der Höhe seiner Ohrläppchen endeten. Während des Rundgangs hatte Marta sich gefragt, warum Koteletten bei Frauenfrisuren unüblich waren, bis ihr einfiel, dass das Haar dafür vom Bart kam und nicht vom Schopf. Als sie ihren Gedanken in der Küche äußerte, mussten sie beide lachen.

»Bloß gut, dass du nicht Friseurin werden willst«, sagte Georg. »Findest du die doof?«

»Was?«

»Die Koteletten.« Er strich sie mit beiden Händen nach.

»Nein, nein, sieht gut aus.«

»›Koteletten‹ – was für ein furchtbares Wort. Ich muss da an ›Kotelett‹ denken. Und an ›Buletten‹.«

»Bloß gut, dass du nicht Fleischer werden willst«, konterte Marta.

Georg prustete vor Lachen einen Schluck Kaffee in seine Tasse zurück.

—

Jetzt, oben beim Glasgeländer, sah Marta Georg zum ersten Mal wieder. Als die verrückte Frau hinausgebracht worden war, löste sich die Mitarbeitertraube auf. Jeder ging in seine Abteilung zurück. Eine Verkäuferin äffte auf der Treppe die Skihocke nach. Georg blieb noch eine Weile mit verschränkten Armen stehen, stoisch wie jemand, der im Kino den Abspann bis zum Schluss sehen wollte, obwohl um ihn herum schon alle standen, sich die Jacken anzogen und als schwarze Schatten über die Leinwand liefen. Als Georg merkte, dass Marta zu ihm guckte, zog er die Augenbrauen vielsagend nach oben. Zum Gruß tippte er sich mit Zeige- und Mittelfinger an die Schläfe, dann machte auch er sich wieder an die Arbeit. Marta überlegte, ob ihr Georg gefiel, dachte dann aber schnell an Arthur und ihre Verabredung: nur noch zwei Stunden.

Kurz vor vier Uhr band Marta sich auf der Toilette die Haare zusammen, damit sie nicht wieder daran herumnesteln würde, und auch, damit Arthur möglichst viel von ihrem Hals sehen konnte. In der Drogerie im Erdgeschoss besprühte sie sich mit einem Parfüm aus einem Testflakon.

Jemand rief: »Nicht so viel! Um Himmels willen!«

Georg sprang von der letzten Stufe der Rolltreppe herunter. Marta stellte eilig das Parfüm zurück, als sei sie erwischt worden beim Stehlen. Er ging auf sie zu und schnupperte – noch mit genügend Abstand, um nicht aufdringlich zu wirken – an ihrem Hals.

»Riecht es gut?«, fragte Marta.

Georg rümpfte die Nase. »Da fragst du den Falschen«, sagte er. »Mit Parfüm kann ich überhaupt nichts anfangen.«

Marta dachte, dass er so höflich wie Großmutters »Schönlinge« gar nicht war, auch wenn er zweifellos aussah wie einer, noch dazu in seinem dunkelblauen Verkäuferanzug, der ihn sehr erwachsen wirken ließ. Wie alt mochte er sein? Zwanzig, einundzwanzig?

Gemeinsam steuerten sie auf den Ausgang zu.

»Wieso hast du vorhin eigentlich geklatscht?«, wollte Georg wissen.

»Weil alle geklatscht haben«, antwortete Marta.

»Dämlicher Grund. Wenn alle aus dem Fenster springen, springst du dann hinterher?«

»Ist ja gut«, sagte Marta, »ich habe doch ganz schnell wieder aufgehört.«

Als sie in die Föhnschleuse traten, wurden sie umweht von warm blasender Luft. Georgs Haar flog auf.

Er sagte: »Das war meine Tante.«

»Was war deine Tante?«

»Die Frau auf der Rolltreppe.«

»Oh Gott.«

»Ja, ›oh Gott‹. Aber als Kind fand ich sie am normalsten von allen. Und als vorhin alle geklatscht haben, weil sie weggeräumt wurde, ging es mir wieder genauso.«

Sie gelangten nach draußen. Marta vergaß, was sie erwidern wollte, denn auf der gegenüberliegenden Straßenseite sah sie Arthur warten. Über seinem karierten Hemd trug er jetzt eine Jacke aus dunkelgrünem Loden, die ihn direkt als jemanden entlarvte, der nicht von hier kam. Er rauchte und stand neben dem Mülleimer, weil er seine Zigarette an dessen Ascherhaube abstreichen konnte. Die Ampel schaltete auf Grün.

»Also, tschüs«, sagte Marta.

Georgs Blick folgte Martas; sie schaute in Richtung Arthur.

»Ach so«, sagte er und lief ein paar Schritte rückwärts auf dem Bürgersteig, die linke Hand in seiner Hosentasche. Georg wünschte ihr einen schönen Feierabend und tippte sich wieder so altmodisch an die Schläfe, bevor er sich umdrehte und in sein normales Gehtempo wechselte.

—

Arthur drückte seine Zigarette aus und kam Marta einen Schritt entgegen. »Dein Freund?«, fragte er, Georg nachblickend, der nun um die Ecke des Kaufhauses bog und verschwand.

»Quatsch! Bloß ein Kollege. Er hat mir am ersten Tag alles gezeigt«, sagte Marta mit viel Nachdruck in der Stimme. Sie schlug Arthur vor, ihm die Herbstdekoration im Schaufenster zu zeigen, die ihre Idee gewesen war. Aus Pappmaché hatte sie große, absichtlich unvollkommene Kugeln geformt, braun eingefärbt und mit Holzstäben zu Fantasiefiguren zusammengesteckt. In ihren Gesichtern klebten Wimpern aus Baumnadeln und an der Stelle des Herzens jeweils ein herbstrotes Kastanienblatt; die Blätter hatte Marta morgens an der Bushaltestelle gesammelt. Die Figuren trugen Schals, Hüte und Handschuhe aus dem Kaufhaus, eine hielt auch einen Regenschirm.

Arthur musterte sie mit großem Interesse. »Das sind ja Skulpturen, richtige Kunstwerke!«, lobte er und rezitierte die erste Strophe eines Goethe-Gedichts über Kastanien: »An vollen Büschelzweigen / Geliebte, sieh' nur hin! / Lass dir die Früchte zeigen / Umschalet stachlig grün.«

—

Marta hatte sich einmal vorgestellt, dass Gedanken in Seilbahngondeln durch den Kopf transportiert wurden. In ihrem Kopf verliefen mehrere Seilbahnen parallel zueinander, und wenn Marta zwei, drei oder gar vier Gedanken gleichzeitig hatte, befanden sich die Gondeln gerade auf derselben Höhe. An diesem Nachmittag war eine der Gondeln besetzt mit der ungläubigen Frage: »Triffst du dich wirklich gerade mit diesem Mann?« In einer der anderen Gondeln saß Georg.

—

Arthur und Marta gingen hinunter zum Meer. Sie schlenderten über den Holzsteg, der den Strand entlangführte. An einigen Stellen knarrten ihre Schritte. Marta erfuhr, dass Arthur dreiunddreißig war – wobei sie aber fand, dass er noch älter aussah – und dass er zu Hause im Süden als Bergführer gearbeitet hatte.

Während einer Sommertour mit einer Jugendgruppe sei ihm die Idee gekommen, Lehrer zu werden.

»Ich wollte sowieso immer studieren, und Bergführer braucht man hier im Flachland ja nicht«, sagte er.

Marta lachte kurz auf. »Wieso bist du überhaupt hierhergekommen, ins Flachland?«, fragte sie.

»Ach, das ist eine lange Geschichte.«

»Na und? Man kann doch auch lange Geschichten erzählen.«

»Oder sie kurz machen«, entgegnete Arthur. »Ich wollte möglichst weit weg, ich habe es dort nicht mehr ausgehalten. Achthundert Kilometer schienen mir gerade ausreichend.«

»Und wieso wolltest du weg?«, hakte Marta nach.

»Meine Güte, wir sind aber ganz schön neugierig heute, gell.«

Marta fühlte sich ermahnt.

Zum Glück zwinkerte Arthur ihr nun neckisch zu, und nachdem er sich eine Zigarette angezündet hatte, redete er weiter: »Beinahe hätte ich geheiratet. Kurz vorher hat es sich meine Verlobte aber anders überlegt.« Eines Abends habe sie ihn plötzlich angeschaut, als sähe sie ihn zum allerersten Mal. Sie habe ihren Kopf zur Seite gedreht wie ein Kleinkind, das keinen Hunger mehr hat, und gesagt: »Nein, lieber nicht.«

»Zwei Tage später lief sie dann schon mit ihrem Neuen durchs Dorf – meinem Bruder.«

»Wie gemein«, sagte Marta. In ihr rumpelte nun, da sie von dieser Frau wusste, die ihn nicht wollte, ein Klumpen Eifersucht. Andersherum wäre es Marta lieber gewesen: wenn er sie verlassen hätte. »Wie heißt sie denn?«, fragte sie.

Arthur räusperte sich. »Iris«, sagte er leise.

»Und was haben deine Eltern gesagt?«

»›Ich habe es ja immer gewusst: Dieser Bub bringt's zu

nix. Der lässt sich sogar vom jüngsten Bruder die Braut ausspannen‹«, gab Arthur mit starkem Dialekt und bauchig-tiefer Stimme wieder. Dann redete er im normalen Ton weiter: »Deshalb sieht übrigens auch meine Nase so aus: Weil ich mich deswegen mit meinem Vater geprügelt habe.« Arthur deutete auf die eingedrückte Stelle am Nasenrücken, die seine markante Nasenspitze umso spitzer wirken ließ.

»Und diese Iris und dein Bruder, haben die geheiratet?«

»Ja, aber da war ich schon weg. So, und jetzt langt's mir, Marta. Das Thema verdirbt mir die Laune.« Arthur warf seine Zigarette weg.

»Ist gut«, gab Marta nach. Der Klumpen in ihr rumpelte weiter.

Es war kühler geworden und windig. Damit ihnen kein Sand ins Gesicht flog, blieben sie im Windschatten der Umkleidekabinen, sodass sie auf dem Steg stets dieselben fünfzig Meter auf und ab liefen. Marta trug große Creolen aus Silber und spürte, wie das Metall die Kälte in ihre Ohrläppchen leitete. Die zugesperrten Strandkörbe erinnerten an Hasenkäfige. Und von den Masten der am Strand geparkten Segelboote wehte ein Scheppern herüber, als räumte jemand Geschirr in den Schrank.

Marta sagte, sie sei sehr gerne hier, sie liebe die frische Luft am Meer.

Arthur hingegen gestand: »Mir fehlen die Berge – viel mehr, als ich erwartet hatte. Strände mag ich eigentlich überhaupt nicht.«

Marta schaute ihn ungläubig an.

»Überall dieser Sand«, erklärte er. »Und man wird ihn nicht los: Man schleppt ihn mit nach Hause. Dann hat man ihn auf dem Teppich und im Bett und selbst nach dem Waschen noch in den Hosentaschen. Er kratzt. Vor allem aber klebt er an einem.«

»Aber Sand ist doch so schön weich – und ganz wichtig: Ohne Sand könnte man fast nichts bauen«, wandte Marta ein. Über Sand hatte sie im Geografieunterricht einmal einen Kurzvortrag gehalten. »Sogar in Zahnpasta ist Sand.«

»Ich habe ja auch nicht gesagt, dass Sand unnütz ist. Ich will ihn trotzdem weder in meinen Schuhen haben noch in meinen Taschen, geschweige denn irgendwo am Körper. Wenn ich jetzt so darüber nachdenke, weiß ich, was mich an Sand am meisten stört.«

»Nämlich?«

»Es ist die Masse. Diese dämlichen Körner können nie einfach nur für sich sein, nur in der Masse ergeben sie Sand. Sie sind nicht in der Lage, allein zurechtzukommen.« Arthur begann, sich durch seine Lodenjacke hindurch am Bauch und an den Oberarmen zu kratzen. »Mich juckt es überall, wenn ich nur an ein sandiges Handtuch denke. Oder an Sand im Bauchnabel.«

»Du legst dich nie zum Sonnen an den Strand?«

»Um Himmels willen, das würde mir nie einfallen. Aber es ist trotzdem schön, jetzt mit dir hier zu sein, Marta.«

»Auch wenn du danach Sand in deine Wohnung einschleppst.«

»Den werde ich diesmal ausnahmsweise als Souvenir betrachten.«

»Und dann schnell wegsaugen.«

»Ganz schnell, ja«, sagte er und griff nach ihrer Hand.

Marta drehte ihren Kopf zu ihm, lächelte, schaute wieder geradeaus. Sie sah die Verrückte mit dem Mundschutz am Strand sitzen, ihre Skistöcke hatte sie neben sich in den Sand gesteckt. Marta fand es schade, dass die Frau durch ihren Mundschutz das Meer gar nicht riechen konnte. Die Frau starrte aufs Wasser und drückte dabei, als wäre es Luftpolsterfolie, auf einem

Streifen Blasentang herum, der vertrocknet war und hart und wahrscheinlich knackste. Marta fiel nun wieder ein, dass diese Frau Georgs Tante war, also die Schwester seiner Mutter oder die Schwester seines Vaters. Die Frau legte den schwarzen Tang beiseite, griff in ihre Jackentasche und holte eine Handvoll Brotkrumen heraus. Sie warf sie zu den Möwen in die Luft, deren Schnäbel gierig danach schnappten. Binnen Sekunden wurde aus vier, fünf Möwen ein kreisender, kreischender Schwarm, der nach mehr verlangte. Aber die Frau griff nicht noch einmal in ihre Jackentasche, sie rührte sich nicht, so als habe sie mit der Forderung der Vögel überhaupt nichts zu tun.

»Diese Irre da, die ist auch nicht wie Sand«, sagte Arthur. »Die macht einfach, was ihr in den Sinn kommt. Wahrscheinlich geht es ihr sogar gut dabei.«

Marta bemerkte, wie wenig es brauchte, um gleich auf den ersten Blick als verrückt zu gelten. Mundschutz und Skistöcke reichten, und schon war man entlarvt. Marta erzählte Arthur von dem Auftritt der Frau vorhin auf der Rolltreppe. Dass sie Georgs Tante war, behielt sie für sich.

Sie gingen weiter, Hand in Hand, er streichelte ihre mit seinem Daumen. »Dein Parfüm riecht gut«, sagte er und blieb vor einer Umkleidekabine stehen, deren Tür nach innen offen stand. Fragend schaute er Marta an. Sie verstand nicht gleich, dann aber trat sie hinein. Er folgte ihr, riegelte ab. Es wurde dunkel wie in einer Höhle, obwohl die Tür oben einen Spalt hatte und auch durch die Bretterritzen etwas Licht kroch.

»Darf ich dich heute küssen?«, flüsterte er Marta ins Ohr.

Er war jetzt wieder so nah, dass sie seinen Hals riechen konnte. Sie roch ihn noch mehr, als Arthur den Kragenknopf seines Hemds öffnete, den eingezwängten Hals freiließ. Marta nickte und fragte sich, ob Arthur ihr Nicken hier drinnen überhaupt sehen konnte, da spürte sie schon seinen Bart auf ihren

Lippen und dann seine Zunge in ihrem Mund. Er hielt ihren Kopf in seinen Händen. Sie starrte auf das quer liegende Lichtband oberhalb der Tür. Wieder fühlte sich Arthurs Küssen an wie ein Saugen. Sie schloss die Augen und bemühte sich, diesmal mitzumachen, so zu tun, als wüsste sie, wie es ging. Sie versuchte, den Rhythmus zu erkennen, ihre Zunge um seine zu kreisen. Es war anstrengend, und noch ehe Marta sich an das Küssen hatte gewöhnen können, öffnete er schon ihre Hose.

Arthur stöhnte erleichtert auf, als er ins Feuchte griff. Er stöhnte direkt in ihr Ohr. Plötzlich musste Marta an einen der Freunde ihrer Mutter denken, an den mit der schwarzen Lederhalskette. Eigentlich hatte sie es geschafft, ihn aus der Gondel in ihrem Kopf zu schmeißen, aber nun schlich sich dieser Typ wieder in ihr dunkles Zimmer, schob seine speckigen Finger in Marta hinein und stöhnte, genau wie Arthur, ganz leise und ungemein erleichtert. Sogar den warmgärigen Bieratem von damals roch sie jetzt. Sie zwang sich, sich ganz auf Arthur einzustellen, und bewegte ihre Zunge schneller.

Arthur hielt abrupt inne. Ein unbewegter Moment, dann zog er seine Hand aus Martas Slip und machte, fast schon fürsorglich, ihre Hose wieder zu. Er sank auf das schmale Sitzbrett. Hörbar kämpfte er gegen seine Erregung, stützte die Hände auf die Knie und schlug dann seinen Hinterkopf mehrmals mit Wucht gegen die Holzwand der Kabine. Marta setzte sich neben ihn. Sie nahm seine Hand, er riss sie weg.

»Habe ich etwas falsch gemacht?«, fragte sie.

Arthur stand auf, öffnete die knarzende Kabinentür und lief hinunter zum Wasser, um sich die Hände zu waschen. Anschließend rauchte er eine Zigarette; wegen des Windes hatte er sie nur mit Mühe anzünden können. Georgs Tante war nicht mehr zu sehen. Frierend wartete Marta im Türrahmen der

Kabine. Ich habe alles falsch gemacht, ich hätte mich richtig auf ihn konzentrieren müssen, dachte sie.

Als Arthur sich wieder auf den Weg nach oben machte, warf er einen genervten Blick auf seine nassen Schuhe, an denen der Sand kleben blieb. Zielstrebig kam er zurück zur Kabine, schob Marta hinein und schloss die Tür. Wieder im Höhlendunkel, brauchten ihre Augen eine Weile, bis sie Arthurs Gestalt wahrnehmen konnten. Er knöpfte sich seinen Hemdkragen zu.

»Das geht so nicht«, sagte Arthur schließlich.

Marta erwiderte nichts. Lange blieb es still, bis sie zu weinen anfing.

»Hör auf, bitte«, sagte er und verstrich die Tränen in ihrem Gesicht. Seine Hand war kalt. Marta roch das Salzwasser daran und sich selbst und die Zigarette.

»Was geht nicht?«

»Alles«, antwortete Arthur. Er fuhr mit seinem Daumen, nur ganz leicht, ihren Mund entlang, eine Ellipse. »Du bist zu jung, Marta. Und ich bin Lehrer«, sagte er. »Am Ende verliere ich meine Stelle oder komme in den Knast.«

»Aber es weiß doch niemand.«

»Das war ein völliger Blödsinn, den ich da angefangen habe. So etwas spricht sich immer herum.«

»Ich erzähle es niemandem«, versprach Marta. Sie schluchzte. »Und in ein paar Monaten werde ich doch schon achtzehn.«

Arthur schwieg zunächst. Dann hakte er nach: »Wann denn? Wann wirst du denn achtzehn?«

»Eigentlich am 29. Februar«, antwortete sie. »Aber weil nächstes Jahr kein Schaltjahr ist, feiere ich einen Tag früher.« In Nicht-Schaltjahren betrachtete Marta den 28. Februar als ihren Geburtstag. Dem Februar fühlte sie sich näher als dem März.

Schwerfällig, als kämen sie von einer Beerdigung, verließen sie den Strand und gingen zu Arthurs Auto. Er hatte es vor dem Haus geparkt, in dem er wohnte. »Dritter Stock«, verriet er, deutete auf eines seiner Fenster und bat Marta, ihre Schuhe vorm Einsteigen gut abzuklopfen.

Arthur brachte sie ins Dorf zurück. Weil an der Bushaltestelle gerade niemand stand, ließ er sie dort raus.

»Ist es wirklich völliger Blödsinn mit mir?«, fragte Marta zum Abschied.

Arthur zuckte mit den Schultern, seufzte. Und schließlich schlug er ein Wiedersehen für den 28. Februar vor, um vier Uhr in derselben Kabine.

Erleichtert willigte Marta ein.

Dann fuhr Arthur los. Weil Marta die Beifahrertür nicht fest genug zugeschlagen hatte, musste er nach ein paar Metern noch einmal anhalten, um es selbst zu tun.

—

Am Abend weinte sie sich in den Schlaf. Sie träumte von ihren Milchzähnen. Mit der Zunge fuhr sie unter einen der vorderen Schneidezähne, der bloß noch an einem Faden hing, und riss ihn ab. Der Zahn lag auf der Zunge. Martas Mund füllte sich mit Blutgeschmack.

—

Zurück in der Wohnung, platziert Marta den leeren Eimer wieder in der Mitte des Flurs. Sie zieht ihren Mantel aus und geht zu Arthur ins Schlafzimmer. Sein Gesicht ruht nach wie vor unter dem Geschirrtuch, sein Körper unter der zu dünnen Schicht aus Sand. Mit der Handfläche beginnt Marta, über seinen Oberkörper zu fahren, um den Sand etwas besser zu verteilen. Auch wenn Arthur nichts dafür kann: Sie ärgert sich über ihren missglückten Versuch, mehr Sand zu holen, und wischt nun zunehmend rabiat über seinen Oberkörper. Dann berührt sie ihn wieder sachter, nimmt eine Prise Sand zwischen die Finger und lässt sie in Arthurs Bauchnabel rieseln. Marta überlegt, was sie stattdessen tun könnte; wenn sie schon nicht genug Sand hat besorgen können, um Arthur einzubuddeln. Obwohl es kalt ist im Schlafzimmer, friert sie gerade nicht. Als ihr das bewusst wird, kommt ihr eine Idee. Sie dreht die Heizung bis zum Anschlag auf, wendet sich Arthur wieder zu und sagt: »Gleich wird es schön mollig.« Die Heizung gluckert wie zur Bestätigung.

—

Wann beginnt ein toter Mensch zu riechen?

Seit sie zusammengezogen sind, hat Marta versucht, den Rauchgeruch von Arthurs Zigaretten zu tilgen. Jeden Tag verteilte sie Schälchen mit Essigwasser in der Wohnung. Essigwasser, denkt sie, könnte auch jetzt nicht schaden. Also geht sie in die Küche, um im Wasserkocher einen Liter Wasser aufzukochen, gibt aber statt der üblichen drei Spritzer eine halbe Flasche Tafelessig in einen Topf. Unterdessen trinkt sie noch zwei Gläser Sekt. Den Topf trägt sie langsam ins Schlafzimmer. Das Wasser schwappt, doch Marta schafft es, nichts zu verschütten. Sie stellt den Topf auf Arthurs Nachttisch ab. Neben dem Topf liegt eine von Arthurs Lesebrillen und guckt nun zu, wie Marta auf dem Stuhl am Bettrand Platz nimmt.

Zögernd breitet die Dämmerung sich über Arthur aus. Draußen hagelt es. Nach dem Sturm werde ich die Fenster putzen müssen, denkt Marta. Ob Arthur dann noch hier ist? Sie weiß gerade selbst nicht, ob sie ausruht oder Totenwache hält. Eine Totenwache, bei der sie darüber zu wachen hat, dass der Tote nicht wieder aufwacht.

Die Fetzen von Arthurs Schlafanzug liegen auf dem Boden. Mit jeder Böe prasseln neue Hagelkörner an die Scheiben. Es klingt, als würden ungezogene Kinder mit Kieselsteinen werfen. Wasser rauscht durch die Heizung. Nach einer Stunde beginnt Marta, nervös auf ihrem Stuhl hin- und herzurutschen. Sie versucht, es hinauszuzögern. Dann muss sie niesen, und ihr entweicht ein Tropfen. Sie hastet zur Toilette.

—

Ein paar Tage nach dem Strandspaziergang mit Arthur kam Georg während der Arbeit zu Marta. Sie war gerade dabei, eine Werbeschrift von innen an die Schaufensterscheibe des Kaufhauses zu kleben.

»Das A ist schief«, sagte er mit zur Seite geneigtem Kopf.

»Dein Kopf auch«, antwortete Marta. »Die Buchstaben *sollen* schief sein.«

»Aber das A ist schiefer als die anderen Buchstaben.«

»Sag mal, hast du nichts zu tun?«

»Im Moment nicht, nein. Deswegen dachte ich, ich gehe mal bei dir vorbei«, erklärte Georg.

»Das ist schön für dich. Aber ich habe gerade keine Zeit.« Marta zog ein L von der Folie ab und wandte sich wieder dem Fenster zu. Im Hintergrund dudelte Musik.

»Ich wollte dich auch nur kurz etwas fragen.«

»Jetzt bin ich aber gespannt«, sagte Marta.

»War das dein Vater?«

»Wer?«

»Diese Rotzbremse.«

»Rotzbremse?«

»Kennst du das nicht? Ist mein Lieblingswort für ›Schnurrbart‹«, sagte Georg und hielt seinen Zeigefinger quer unter die Nase. »Diesen Mann mit dem Schnurrbart meine ich, der neulich draußen auf dich gewartet hat.«

Sofort stiegen Marta die Tränen in die Augen. Sie schaute durch die Scheibe nach draußen. Die Autos, die Passanten, die Striche zwischen den Gehwegplatten, die nunmehr kahlen Bäume – alles verschwamm und klarte erst wieder ein wenig auf, als die Tränen über ihre Lider getreten waren.

Georg schaute sie von der Seite an. »Oha. Er ist also keine Rotzbremse; er ist sogar alles andere als eine Rotzbremse. Er ist das Gegenteil von einer Rotzbremse. Brauchst du ein Taschentuch zum Rotzbremsen?«

Marta verneinte. »Du nervst«, sagte sie. Ein bisschen bemühte sie sich, es scherzhaft klingen zu lassen.

»Ja, das finden viele«, gab er zu. Schließlich entschuldigte er sich für seine Frage. Er kratzte sich verlegen am Kopf, und weil Marta nichts mehr sagte, gab er sich geschlagen. »Also gut, ich gehe dann mal wieder. Vielleicht finde ich ja doch noch irgendwo eine Beschäftigung.« Bevor er ging, tippte er auf das frisch angeklebte L. »Das ist übrigens besonders schön schief geworden«, lobte er.

»Du nervst wirklich«, rief Marta ihm hinterher. Mittlerweile war sie sich ganz sicher, dass er kein glatter Schönling war, sondern allerhand krude Gedanken mit sich herumtrug, und dass Ehrlichkeit, vielmehr Direktheit, bei ihm vor Höflichkeit ging.

Eine Kundin, die das Gespräch von ihrem Posten zwischen den Damenhüten belauscht hatte, guckte Marta böse an. »Wenn Sie mit dem jungen Mann so umspringen, wird das aber nichts«, sagte sie mit sehr, sehr spitzen Lippen.

—

Als Georg das nächste Mal zu ihr kam, gab er ihr ein Stofftaschentuch, das mit lilafarbenen Blumen bestickt war, schaute ihr dabei lange in die Augen, um ihre Verwunderung bis ins Letzte auskosten zu können, und verschwand dann wieder, ohne ein Wort gesagt zu haben.

—

Weiterhin stand Marta jeden Morgen überpünktlich an der Bushaltestelle. Jeden Morgen klopfte ihr Herz zu schnell, jeden Morgen fuhr Arthur zu schnell vorbei, jeden Morgen verlangsamte er das Tempo nicht, jeden Morgen grüßte er nicht.

—

Georg kam Marta nun regelmäßig während der Arbeit besuchen. Immer öfter fing aber auch sie ihn ab. Sie gingen spazieren oder ins Café. Auf der Kirmes fuhren sie Riesenrad und bewarfen sich mit gebrannten Mandeln. Kurze Zeit später lud Georg sie zur Silvesterfeier eines Freundes ein, wo sie Blei gossen – bei Marta kam eine Biene heraus, bei Georg ein Stöckelschuh – und um Mitternacht miteinander anstießen und sich eng umarmten. Georg flüsterte »Frohes Neues« in ihr Ohr, und Marta spürte, ein bisschen unterhalb ihres Bauchnabels, sein Glied. Danach tanzten sie und schliefen frühmorgens auf dem Sofa ein, auf dem irgendjemand Wein verschüttet hatte und auf dem sich Marta jedes Mal, wenn sie leicht wach wurde, wieder näher an Georg schmiegte. Als sie ganz aufwachte, war es in dem Wohnzimmer hell, aber dunstig und der Schweiß des Feierns erkaltet. Die leeren Bierflaschen verströmten den Geruch von Hefe. Aus den Ecken stieg unstetes Schnarchen, das sich in den Girlanden verfing, die geschwungen von der Decke hingen. Eines der schlafenden Mädchen hatte Knutschflecke am Hals. Marta schaute auf die Uhr. Es war halb zwölf. Sie musste sich beeilen, wenn sie ihren Bus erwischen wollte; der nächste würde erst am Abend fahren. Marta stand auf und trat dabei auf einen Kronkorken, der mit den Zacken nach oben auf dem Teppich lag. Sie unterdrückte ein Jaulen. Ehe sie ging, strich sie Georg sanft über eine seiner Koteletten. Er schlief tief, die Lippen ein wenig geöffnet, die Beine angewinkelt, ein kleines Loch in der Socke, vorne am großen Zeh.

Im Bus sitzend, wünschte sie sich, sie wäre neben Georg liegen geblieben. Wieso bloß hatte sie es so eilig gehabt wegzukommen? Was wollte sie denn zu Hause? Die Haltestelle im Dorf sah noch trostloser aus als sonst. Der ausgehängte Fahrplan war, mit Brandlöchern übersät, unlesbar geworden. Aber der Bus fuhr ohnehin so selten, dass jeder die Zeiten auswendig kannte. Die Überreste von Silvesterknallern lagen auf dem Asphalt. Außerdem: Pappfetzen, Weinflaschen, Bierflaschen und Zigaretten. In einem schmutzigen Schneehaufen steckten Raketenstiele. Nähme ich jetzt einen davon in die Hand, würde ich mir mit Sicherheit einen Holzsplitter einziehen, dachte Marta. Und die Oma wäre nicht mehr da, um ihn zu entfernen.

Zu Hause stolperte Marta über den Garderobenständer; er lag auf dem Boden im Flur. Marta richtete ihn auf.

Von diesem Poltern wurde die Mutter wach und rief: »Lässt sich die Dorfmatratze also mal wieder zu Hause blicken.«

»Ich wünsche dir auch ein schönes neues Jahr«, erwiderte Marta.

—

Ein paar seiner Achselhaare kleben an Arthurs Deoroller, lugen unter der Kappe hervor. Auf der Toilette sitzend, spürt Marta die Erschöpfung in sich; vom Fliesenboden aufwärts hat sie sich bis nach oben in ihren Kopf genagt, und nun kostet es Marta allerhand Überwindung aufzustehen, weiterzumachen mit diesem Tag. Es ist später Nachmittag. Vor zwölf Stunden hat Arthur aufgehört zu atmen.

Die Toilettenspülung rauscht laut und plätschert lange, während Marta hinüber zum Becken tritt und sich die Hände wäscht. Dunkelbraune Sandkörner wirbeln in den Abfluss hinein. Sie schiebt ihre Blusenärmel einen Zentimeter zurück – mehr geht nicht, ohne aufzuknöpfen – und hält die Pulsadern unter das heiße Wasser. Das tut sie oft, wenn sie friert, wenn ihre Hände so steif sind vor Kälte, dass sie die Finger kaum bewegen kann. Diese immerkalten Hände: von ihrer Mutter hat sie die. Deren Hände waren auch immer eisig. Eisig, spröde und klein. Lediglich beim Ohrfeigen fühlten sie sich heiß an auf Martas Wange. Marta dreht den Hahn weiter auf und blickt in den Spiegel. Aus meinen Sommersprossen sind Altersflecken geworden, denkt sie.

—

Die Zwillinge wussten, wie sehr Marta ihre Sommersprossen hasste. Deshalb erzählten sie ihr, dass sich Sommersprossen mit Schneckenschleim entfernen ließen. Marta sammelte daraufhin sechs braune Nacktschnecken in einem Becher, legte sich ins Gras und setzte die Tiere auf ihr Gesicht. Schweigend schauten die Zwillinge zu. Es dauerte lange, bis die Schnecken sich zu rühren begannen und langsam über Martas Nase und Wangen, über Stirn und Kinn glitten. Nachdem jede Partie einmal überquert worden war, nahm Marta – neun oder zehn Jahre alt war sie damals – die Tiere einzeln ab und setzte sie zurück in den Becher. Eine Schnecke klebte auf dem rechten Augenlid, und Marta musste ihre Wimpern mit dem Zeigefinger fest andrücken, um die Schnecke abziehen zu können. Dann wartete sie, bis der Schleim getrocknet war, rannte nach oben in die Wohnung und wusch sich das Gesicht. Als Marta sich und ihre Sommersprossen, die ein wenig glänzten, schließlich im Spiegel sah, beschloss sie, es einfach ein zweites Mal zu versuchen. Zum Glück hatte sie die Schnecken aufgehoben.

—

Der Hieb des Absperrbands hat auf ihrer Wange einen dünnen Striemen hinterlassen. Marta hält ihr Gesicht näher vor den Spiegel. Je älter ich werde, desto ähnlicher sehe ich meiner Mutter, denkt Marta und nimmt mit nassen Händen den Badezimmerspiegel ab. Damit er nicht umfällt, lehnt sie ihn gegen den Rand der Wanne und schaut nun in die blinde Schablone, die der Spiegel an der Wand hinterlassen hat. Sie zieht ihre Augenbrauenbogen mit braunem Kajalstift nach, trägt Rouge auf, hellblauen Lidschatten und zum Schluss noch Wimperntusche.

Auf einmal hört sie ein Schnappen. In regelmäßigen Abständen kehrt das Geräusch wieder. Ein Geräusch, das so klingt, als würde Arthur sich die Nägel schneiden, was er einmal in der Woche zu tun pflegte, immer dienstags, mit einem vergoldeten Knipser. Aber heute ist nicht Dienstag, heute ist Sonntag. Steht Arthur etwa in der Dusche und versucht erneut, sie zu erschrecken? Mit einem heftigen Ruck reißt Marta den Duschvorhang beiseite. Sie rechnet damit, dass Arthur schadenfroh grinsend in der Badewanne steht, aber es ist bloß der Duschhahn, der tropft.

Marta ermahnt sich, es endlich zu begreifen: Arthur ist tot. Arthur lebt nicht mehr, atmet nicht mehr, raucht nicht mehr, hustet nicht mehr, schimpft nicht mehr. Ja, vielleicht hasst er sie jetzt auch nicht mehr.

—

An Martas erstem Arbeitstag im neuen Jahr lächelte Arthur sie zu ihrer Überraschung kurz an, als er mit dem Auto vorbeifuhr. Nur noch acht Wochen bis zu ihrem vereinbarten Wiedersehen.

Als sie das Kaufhaus betrat, kam sofort Georg auf sie zu. Unmittelbar hinter der Föhnschleuse hatte er auf sie gewartet.

»Hallo«, sagte sie und merkte, wie sehr es sie freute, ihn zu sehen.

Georg wollte sie auf die Wange küssen. Marta wich aus.

»Gut, dann eben nicht«, sagte er. »Ich muss mal mit dir reden. Können wir uns heute nach der Arbeit treffen?«

Marta willigte ein und fragte sich den ganzen Tag über, was er mit ihr zu besprechen haben könnte.

Sie gingen ins Café »Säbelschnäbler« und bestellten Eiergrog.

»Wusstest du, dass ›groggy‹ von ›Grog‹ kommt?«, fragte Georg.

»Du mit deinen Wörtern. Liegt bei dir eigentlich ein Duden unterm Kopfkissen?« Marta trank einen Schluck. Sie verbrannte sich die Zunge daran.

»Kannst ja mal nachschauen kommen«, sagte er und blickte schnell nach unten. Von seiner Untertasse reichte er ihr die Waffel hinüber. »Also, was ich dir sagen wollte«, setzte er an, nahm aber zunächst auch einen Schluck Grog, stellte ihn sofort wieder ab und schimpfte: »Viel zu heiß.«

»Ja, ich habe mir auch gerade die Zunge verbrannt.«

»Zunge verbrannt – das ist ein gutes Stichwort. Ein Stichsprichwort.« Marta verdrehte die Augen, Georg redete weiter: »Ich habe einen Vorsatz für dieses Jahr, und der betrifft auch dich.«

»Und der wäre?«

»Ich habe mir vorgenommen, öfter zu sagen, was ich denke.«

»Noch öfter?«, scherzte Marta, obwohl sich die Nervosität schon auf ihre Stimme gelegt hatte.

»Ja, noch öfter. Eigentlich immer. Das ist mein Ziel, und deshalb fange ich jetzt sofort damit an.« Er holte tief Luft, ehe er weitersprach: »Marta, ich fand es an Silvester sehr schön, überhaupt finde ich es jedes Mal sehr schön mit dir. Ich würde gerne mehr Zeit mit dir verbringen. Aber gleichzeitig will ich nicht länger dein Hampelmann sein.«

»Was?«, fragte sie entsetzt.

»Bitte tu jetzt nicht so.«

»Ich verstehe nun mal nicht, was du meinst.«

»Du lässt mich zappeln, und darauf habe ich keine Lust mehr. Entweder möchtest du mit mir zusammen sein oder nicht. Du kannst mir nicht andauernd Hoffnungen machen und danach wieder einen Rückzieher.«

Georg sagte das ganz sachlich und leise. Er hatte sich das

alles vorher überlegt, während Marta nichts zu erwidern wusste. Sie war davon ausgegangen, mit Georg könnte es noch eine Weile so weitergehen wie in den vergangenen Wochen. Auf angenehme Weise lenkte er sie von Arthur ab, vom Warten.

Vorsichtig nahm sie einen neuen Schluck Grog. »Jetzt kann man ihn trinken«, sagte sie. »›Georg‹, fällt mir gerade auf, klingt übrigens auch fast wie ›Grog‹.«

»Siehst du, du weichst schon wieder aus.«

»Ja, aber was soll ich denn jetzt dazu sagen?«

»Es wäre ja eigentlich ganz einfach.«

»Ist es aber nicht.«

»Wieso denn nicht?«

»Das geht dich nichts an.«

»Hast du was mit diesem alten Schnurrbart? Ist es das?«

Marta guckte zur Seite. Georg hob sein Glas an, aber anstatt zu trinken, knallte er es auf die Untertasse zurück. Dann beugte er sich über den Tisch nach vorne. Mit seinem Atem blies er aus Versehen das Teelicht aus, das in einem Glasschälchen auf dem Tisch stand und bis eben einen strahlenden Ring um sich geworfen hatte. Georg lehnte sich wieder zurück. Keiner sagte mehr etwas. Der Kerzendocht rauchte. Marta tunkte ihre Zeigefingerspitze in das durchsichtige, noch flüssige Wachs des Teelichts und ließ es an der Luft fest werden.

Nach ein paar Minuten des Schweigens sagte Georg: »Marta, der Typ ist viel zu alt. Das ist doch völliger Blödsinn.« Georg stand auf und zog sich, offenkundig zögernd, seine Jacke an, wohl um Marta, die weiter schwieg, Zeit zu geben, sich doch noch zu erklären. Dann holte er sein Portemonnaie aus der Hosentasche und legte einen Schein auf den Tisch. »Weißt du was? Jetzt nervst *du*«, sagte er und verließ das Café.

—

Marta versuchte, Georg aus der Gedankengondel zu werfen, in der er nun saß und immer mitfuhr, während sie an Arthur dachte. Sie scheiterte. Wie sie auch daran scheiterte, sich Arthur im Ganzen vorzustellen. Nie schaffte sie es, die einzelnen Elemente zu verbinden: die blau blitzenden Augen, die spitze Nase, die drahtige Figur, seine Hände mit den kurzen, sauberen Fingernägeln. Marta war sogar froh, dass ihr das Zusammensetzen nicht gelang. Denn sonst sähe sie womöglich die Details nicht mehr.

—

Es ist dunkel geworden. Marta schaltet das Licht in der Küche an und erblickt ihr Spiegelbild in dem schwarzen Fenster. In der Küche hängt, anders als in den anderen Zimmern, keine Gardine, nur ein Vorhang umrahmt die Scheiben. Die Küche befindet sich auf der Rückseite des Hauses. Es gibt keine anderen Wohnungen gegenüber, niemanden, der hineinspähen und sie beobachten kann – vor allem keine alte Frau mit Häkelkissen –, weshalb Marta nie das Verlangen spürte, hier eine Gardine anzubringen.

Draußen windet es, die Äste des Ahorns peitschen ihr Spiegelbild. Marta meint, den Schmerz zu spüren. Ich werde ausgepeitscht, denkt sie, dreht sich und dem Fenster den Rücken zu, sodass sie jetzt frontal vor dem Herd steht. Marta gibt der Verlockung nach, eines der Kochfelder anzuschalten. Das Gas rauscht. Von Neuem ärgert es sie, dass alle Streichhölzer aufgebraucht sind. Gerne würde sie ein brennendes Zündstäbchen übers Gas halten, die Stelle aufflammen sehen; den blauen Strahlenkranz, der sie beim Kochen jedes Mal an die Sonne erinnert. An die gleißende Sonne und deren erbarmungsloses Brennen an jenem drückend heißen Sommertag, den sie mit

Arthur und Michael am Strand verbracht hat. Marta hält ihr Gesicht dichter über die Kochstelle. Das Rauschen wird lauter, das Gas lässt sich nicht riechen. Marta zieht ihren Kopf zurück und dreht den Herd ab. Dann leert sie die Sektflasche.

—

Als die Kirchenglocken läuten, fällt Marta zu spät ein, dass sie mitzählen wollte. Sie hat keinerlei Gefühl für die Uhrzeit, wo sie doch sonst mit ihren Schätzungen auf die Minute genau richtigliegt. Aber jetzt könnte es genauso gut acht Uhr abends sein, wie weit nach Mitternacht.

Sie verlässt die Küche und geht hinüber zu Arthurs Büro. Obwohl sie das Licht anschaltet, bleibt das Arbeitszimmer ein schummriger Raum, der den Rauch von Arthurs Zigaretten über die Jahre aufgesogen hat. Die Gardine hängt müde am Fenster, an der Wand kleben einige seiner tausendteiligen Landschaftspuzzles. Der Schreibtisch ist aufgeräumt wie immer. Am Rand stehen ein Stiftehalter, ein Aschenbecher und ein Briefbeschwerer aus Granit in der Form einer Eule mit bösen Augen. Hinter dem Schreibtisch: ein schwarzer Drehstuhl. Und gegenüber, auf der anderen Seite des Tischs: der abgewetzte, hellgrüne Polstersessel mit schrägen Armlehnen aus Holz. Auf dem Sessel liegt das Schaffell, auf dem Marta ein paarmal mit ihm geschlafen hat; an den Tagen danach entdeckte sie oft noch einzelne weiße Kräuselhärchen an sich. Ohne diesen Sessel, ohne dieses Schaffell gäbe es Michael nicht.

»Arthur?«, flüstert sie. »Arthur?« Wie lebendig er ihr in diesem Raum nun wieder vorkommt. Es würde sie nicht wundern, wenn er jetzt an seinem Schreibtisch säße, über ein neues Puzzle gebeugt, mit einer Zigarette in der Hand, deren Glut dringend abgestreift werden muss, damit sie nicht von allein hinunterfällt.

Rechts von Marta befindet sich Arthurs Regal. Darin stehen Ordner, Bücher und sämtliche seiner Kreuzworträtselblöcke. Jeden Morgen nach dem Frühstück löste Arthur ein Kreuzworträtsel, das war sein festes Ritual. Beim Ausfüllen war er über die Jahre immer schneller geworden, weil er an keiner Stelle überlegen musste, sondern alle Begriffe auswendig kannte. Sämtliche Blöcke hat er aufgehoben. Es sind 43 Stück. Pedantisch wie Arthur war, sind sie durchnummeriert: Auf ein zugeschnittenes Heftpflaster hat er jeweils die aktuelle Ziffer geschrieben und dann auf das Deckblatt geklebt. »Ratespaß für ein ganzes Jahr« steht vorne drauf. Wenn Arthur morgens mit einer Seite fertig war, sah Marta ihm immer an, wie gern er umgeblättert und ein weiteres Rätsel ausgefüllt hätte, aber eine derartige Disziplinlosigkeit gestattete Arthur sich natürlich nicht. Jeden Tag nur eins.

Marta türmt die Kreuzworträtselblöcke auf Arthurs Schreibtisch zu fünf unterschiedlich hohen Stapeln. Ein paar blättert sie durch. Arthurs Hand ist mit der Zeit zittriger geworden, fällt ihr auf. In den früheren Rätseln sind seine Buchstaben akkurater geschrieben. Auch hat er regelmäßig den Stift gewechselt, sodass sich mal blaue, mal schwarze, mal graue und manchmal rote Wörter vor Marta auftun. Aber ausnahmslos Kugelschreiber hat er benutzt, nie einen Füllfederhalter oder Bleistift, als habe er sichergehen wollen, dass seine klugen Lösungen niemals verblassten.

»Minenfelder«, spricht Marta vor sich hin. Sie schließt die Augen und fährt mit ihrer Handfläche über eine der Seiten. Sie spürt das zarte Relief auf dem Papier: sowohl die leichten Erhebungen, die von den schwarz gedruckten Kästchen und Wortumschreibungen stammen, als auch die Vertiefungen, die

Arthurs mit festem Druck geschriebenen Buchstaben werfen. Marta kommt das Papier vor wie Haut.

Nach einer Weile erträgt sie dieses Gefühl nicht mehr und beginnt, mit ihren Fingernägeln wild über die Seite zu kratzen. Das Blatt zerreißt. Der Nagel ihres rechten Mittelfingers knickt um. Sie zischt einen Schmerzlaut und stülpt den Nagel mit ihrem Daumen wieder zurück.

—

Marta schiebt die Gardine im Arbeitszimmer zur Seite. In der Wohnung gegenüber brennt Licht. Wie gewöhnlich lehnt die Frau auf ihrem Häkelkissen und schaut neugierig herüber. Marta läuft ein Schauer über den Rücken. Während sie das Fenster ankippt, versucht sie, dem scharfen Blick der Frau standzuhalten. Die kalte Luft zieht den Raum sofort zusammen. Nicht einmal dieses Wetter macht der Alten etwas aus, denkt Marta. Draußen stürmt es noch immer. Hagelkörner fliegen herein und rollen, aufgeregt wie kleine Styroporkugeln, über Arthurs Schreibtisch. Die Frau mit dem Häkelkissen beginnt nun, heftig zu lachen. Ihr ganzer Oberkörper bebt dabei. Lacht die mich aus?, fragt sich Marta. Sie schließt das Fenster und zieht die blickdichte Gardine zu. Verärgert geht sie zum Schreibtisch zurück und setzt sich auf den Drehstuhl. Darauf hat sie noch nie gesessen, noch nie den Raum aus dieser Perspektive gesehen, noch nie von hier aus in den Flur geschaut und auf die Puzzles an der Wand: ausschließlich Bergregionen, die Arthur mit größter Konzentration und Geduld zusammengesetzt und auf Pappe geleimt hat. Sie sind vergilbt, leicht gewellt – und jedem fehlt ein einziges Teil.

Obwohl der Drehstuhl kein teurer Stuhl ist, fühlt Marta

sich regelrecht erhaben, als sie ihre Arme auf den Lehnen ablegt. Aufrecht sitzt sie nun da. Auf Arthurs Thron. Nach einer Weile beugt sie sich nach vorne und öffnet die oberste der drei Schreibtischschubladen. Sie ist so aufgeräumt, so sauber sortiert wie immer. Marta kennt den Inhalt. Wenn Arthur nicht da war, hat sie die Schubladen regelmäßig aufgezogen und einen Blick hineingeworfen, es aber nie gewagt, etwas herauszunehmen und zu durchstöbern. Mit Sicherheit hatte er Fallen ausgelegt, um sie zu überführen, ein Haar zwischen zwei Blatt Papier zum Beispiel.

In der oberen Schublade befinden sich Arthurs Schlüsselbund, an dem wahrscheinlich noch Schlüssel von früher aus der Schule hängen, außerdem ein Locher, ein Hefter, ein Becher mit Büroklammern und Gummiringen, ein Spitzer, ein uralter Radiergummi, diverse Stifte und ein Tintenfässchen. An zwei Stellen ist ein bisschen Tinte in die Maserung des Holzbodens gesickert. Zwischen den Stiften liegt auch der gravierte Füller, den sie ihm geschenkt hat. Er hat ihn also aufgehoben.

Die mittlere Schublade klemmt. Marta muss mehrmals ruckeln und vom Stuhl aufstehen, um sie zu öffnen. Dort findet sie allerhand Papiere, zuoberst ein Schreiben von seiner Lebensversicherung. Selten lag in ihrem Briefkasten etwas anderes als Werbung, Rechnungen, formelle Briefe oder eine neue Ausgabe der Aquaristik-Zeitschrift, die Arthur abonniert hatte; höchstens einmal, und das ist lange her, eine bunte Einladung zum Kindergeburtstag für Michael. Marta hebt den Stapel aus der Schublade, setzt sich wieder und geht ziellos die Unterlagen durch. Zum Blättern benetzt sie ihre Finger.

Kurz darauf klingelt es an der Tür. Marta erstarrt. Nach einer knappen Minute schellt es erneut, diesmal so lang, dass Marta schon befürchtet, der Klingelknopf sei stecken geblieben. Doch das Klingeln hört auf, nur um gleich wieder einzusetzen – in kurzen, schnellen Intervallen. Da beschleicht Marta eine

Ahnung, wer es sein könnte. Einen Moment später hegt sie schon keinen Zweifel mehr an ihrer Vermutung. Sie geht leise zur Tür. Im Flur überprüft sie, ob die Schlafzimmertür auch wirklich geschlossen ist, und fährt sich noch einmal richtend übers Haar. Martas Hände zittern, als sie aufschließt und die Klinke hinunterdrückt.

—

Der 28. Februar fiel auf einen Sonntag. Als Marta aufbrechen wollte, um nach Taubeck zu fahren, fragte die Mutter: »Wo willst du denn hin? Ich dachte, wir feiern ein bisschen zusammen.«

Marta sah an ihrem Blick, an den glasigen Augen, dass sie getrunken hatte. »Wir haben doch auch die letzten Jahre nie miteinander gefeiert. Wieso denn jetzt auf einmal?«

»Weil doch heute ein besonderer Geburtstag ist. Hurra! Du bist jetzt erwachsen! Achtzehn!« Die Mutter sprach mit einer dermaßen schlecht gespielten Fröhlichkeit, dass Marta sich vorstellte, wie sie sich ein Partyhütchen aufsetzte und aus der Küche einen Käseigel holte.

Marta keifte, dass sie »genau deshalb«, weil sie erwachsen sei, jetzt gehe, und zog die Wohnungstür rabiat hinter sich zu.

Die Mutter riss die Tür wieder auf. »Dann brauchst du auch nicht mehr wiederzukommen!«, schrie sie.

—

Arthur hatte in der Umkleidekabine geraucht. Marta roch es und sah zwei ausgetretene Zigarettenstummel auf dem Boden, als sie die Tür öffnete und hineintrat.

Arthur saß auf der schmalen Bank und schenkte ihr eine Rose. »Herzlichen Glückwunsch, große Marta«, gratulierte er, stand auf und nahm sie in die Arme.

Erleichtert ließ sie sich in diese Umarmung fallen. Sofort begann sie zu weinen.

Er streichelte ihr über den Hinterkopf. »Nicht weinen, bitte, hör doch auf. Ist ja gut jetzt«, sagte er und streichelte weiter. Dann begann er, ihren Kopf nach unten zu drücken, tiefer und tiefer, bis sie auf dem sandigen Holzboden vor ihm kniete. Die Rose legte Marta neben sich ab. Arthurs Gürtelschnalle klapperte beim Öffnen. Sie hing nun träge herab, während er angespannt versuchte, den Bund seiner Hose festzuhalten, ihn schließlich aber doch losließ, wobei die Schnalle auf den Boden knallte.

Als er fertig war, machte Arthur eilig seine Hose zu. Dann zog er auch Marta, die noch am Boden kniete, wieder hoch. Er flüsterte »Danke!« und küsste sie auf die Stirn. Kurz darauf fuhr er sie ins Dorf zurück. Weil ein paar Jugendliche an der Bushaltestelle saßen, hielt er diesmal an einer anderen Ecke. Marta wollte ein nächstes Treffen vereinbaren, aber sie bekam kaum ein Wort über die Lippen. Schon die ganze Fahrt über war ihr übel gewesen. Sie hatte Hunger und Durst, trug noch den Geschmack seines Spermas auf der Zunge, und ihr tat der Kiefer weh. Vielleicht hatte sie ihn vorhin ausgehängt wie eine Schlange, die ihre Beute verschlang.

»Sehen wir uns bald?«, fragte Arthur.

Marta nickte und glitt von der Sitzbank nach draußen. Sie achtete darauf, die Autotür diesmal richtig zuzuschlagen. Obwohl sie fror, ging sie nur langsam nach Hause. Bestimmt würde die Mutter ihr sofort ansehen, was sie gemacht hatte.

—

Im Treppenhaus saß Georg. Unter seiner offenen Jacke trug er etwas, das er selbst wahrscheinlich als »Wollrollkragenpullover« bezeichnen würde; gemütlich sah er aus. Seit ihrem Zwist im Café hatten sie einander während der Arbeit nicht mehr aufgesucht, zudem schien Georg einen Hintereingang des Kaufhauses zu benutzen, um ihr nicht über den Weg zu laufen. Nur einmal hatte Marta ihn von Weitem gesehen.

»Deine Mutter hat mich nicht reingelassen«, erklärte er und erhob sich dabei von der Stufe, »aber sie kennt mich ja auch nicht.«

Marta blieb zwei Stufen unter ihm stehen und schaute ihn erstaunt an.

»Einen Versuch, dachte ich, wage ich noch. Ich wollte dir zum Geburtstag gratulieren, Marta«, sagte er. Sein Blick wanderte nun auf die lädierte Rose in Martas Hand. »Und wie ich sehe, bin ich nicht der Einzige.«

»Nein, bist du nicht«, antwortete Marta. Es klang bissig, obwohl sie es gar nicht bissig hatte sagen wollen. Ihr war nach dem langen Schweigen schlicht die Stimme entglitten.

»Dann hätten wir das ja endlich geklärt«, sagte er und steckte das kleine Geschenk, das er gerade erst hervorgezogen hatte, zurück in seine Jackentasche. »Mach's gut, Marta!« Georg schob sich an ihr vorbei. Danach beschleunigte er, nahm immer gleich zwei Stufen auf einmal.

Die Tür fiel unten ins Schloss. Keine drei Minuten hatte ihr Wiedersehen gedauert.

—

Marta konnte die Wohnungstür nicht aufschließen, der Schlüssel steckte von innen. Sie ruckte mehrmals erfolglos am Schloss, dann klingelte sie. Als sich nichts tat, klopfte sie laut. Die Mutter öffnete nicht.

»Jetzt mach doch auf, bitte«, rief Marta. »Bitte, Mama!«

»Ich habe dir doch gesagt, du brauchst nicht wiederzukommen«, lallte die Mutter durch die Tür. »Verpiss dich endlich, du Schlampe!«

Marta drückte noch mehrmals auf die Klingel. Dann gab sie es auf und setzte sich auf die Treppe. Sie rutschte eine Stufe nach unten, dorthin, wo Georg eben gesessen hatte. Zunächst war die Stufe angenehm warm, doch dann wurde sie so heiß, dass Marta fürchtete zu verbrennen. Sie sprang hoch und lief die Treppe hinunter. Die Frau im Erdgeschoss öffnete ihre Tür einen neugierigen Spaltbreit. Marta rannte an ihr vorbei.

Draußen wurde sie verschlungen von dem regnerischen Februarabend, aus dem sie gerade erst gekommen war. Der in ein paar Stunden übergehen würde in die Nacht. Und dann in den März.

—

Marta schaffte es nicht rechtzeitig. Sie sah die Rücklichter des Busses nur aus der Ferne. Die Jugendlichen, die vorhin an der Haltestelle herumgesessen hatten, waren weg. Ihr Gepöbel und Gelächter hallte noch durch die Luft.

Vom Rennen war Marta aus der Puste. Sie beugte sich nach vorn und stützte die Hände auf die Knie, bis sie wieder ruhiger atmete. Wo konnte sie hingehen? Niemand im Dorf fiel ihr ein. Sie blieb an der verlassenen Haltestelle, als bestünde die Hoffnung, dass doch noch ein Bus kam, obwohl der, in dem Georg gerade saß, der letzte für heute gewesen war.

Marta beschloss, ihre Oma zu besuchen. Sie überquerte

die Kreuzung und ging, an der Kapelle vorbei, hinüber zum Friedhof. Am Eingang wurde der Pfad mit vier Laternen dumpf beleuchtet, dahinter blieb alles schwarz. Keine Sterne am Himmel, es war zu bewölkt. Der Kies knirschte unter Martas Sohlen, spitze Eisnadeln stachen sie ins Gesicht und schmolzen dann auf ihrer Haut.

»Du Schlampe.«

»Mach's gut, Marta.«

»Die soll bloß nicht herkommen.«

»Dorfmatratze.«

»Das ist doch völliger Blödsinn.«

»Jetzt nervst *du*.«

»Du bist ein fickriges Luder, weißt du das?«

Die Worte echoten durch Martas Kopf. Ein paarmal sagte sie »Du Schlampe« laut vor sich hin und schmeckte dabei wieder Arthurs Sperma, als würde sich der bittere Geschmack durch die Luftzufuhr erneuern. Vor lauter Durst nahm Marta gleich mehrere große Schlucke aus dem rostigen Wasserhahn, an dem die Leute tagsüber ihre Kannen füllten, um die Gräber der Verwandten zu gießen. Das Wasser war eiskalt. Beim Trinken wurden ihre Haare nass.

Trotz der Dunkelheit fand Marta das Grab ihrer Großmutter sofort: unter der riesigen Fichtengestalt, deren Arme von Windstößen geschüttelt wurden. Wie bei jedem ihrer Besuche streichelte Marta den glatten Grabstein, fuhr die gravierten Buchstaben und Lebensdaten ab. Im Dunkeln fühlten sie sich noch schöner an. Sie hockte sich ans Grab, legte Arthurs Rose darauf ab und begann, ihre Finger in die Erde hineinzubohren. Marta scharrte und bohrte, bis ihre Finger bis zu den Mittelgelenken in der festen Masse verschwunden waren, und noch ein bisschen weiter. So verharrte sie eine Weile. Sie stellte sich Maden vor, die sich um ihre Finger wanden, und Käfer, die ihr unter die Nägel krochen. Als Marta ihre Hand wieder herauszog, sah sie ihre Großmutter durch das entstandene Loch nach oben klettern. Sie war so klein, dass sie hindurchpasste, und sie bestand nur aus Nebel. Sie schaute Marta von unten an und sagte: »Schlampe!« Dann stieg sie wieder runter in ihr Grab.

Marta schüttete das Loch hastig zu, stand auf und trat die Erde mit den Füßen fest. In diesem Dorf hält mich nichts mehr, dachte sie und lief los – die Landstraße entlang in Richtung Taubeck, wo sowohl Georg als auch Arthur wohnten. Nichts außer einer kleinen Handtasche hatte sie dabei. Marta fragte sich, wie lange sie zu Fuß brauchen würde. Sechs Stunden? Acht Stunden? Wahrscheinlich würde sie die ganze Nacht unterwegs sein, aber was blieb ihr anderes übrig?

Es war stockfinster, kaum Autos unterwegs. Wenn eines kam, drosselte es sein Tempo, die Nebelscheinwerfer gingen aus, langsam und in einem weiten Bogen fuhr es an Marta vorbei, dann beschleunigte es wieder. Marta kam nicht auf die Idee, den Daumen hochzuhalten. Ihr fiel auch gar nicht ein, dass in einem Auto Menschen saßen. Während sie durch diese Nacht lief, bedeutete ein Auto für sie lediglich einen zunächst scharf blendenden, dann angenehm hellen Moment. Einen Moment, in dem sie sehen konnte, dass ihre Hände mit schwarzer Erde beschmiert waren. Dass der Asphalt in der Nässe glänzte wie frisch geteert. Dass auf ihm glitzernde Punkte klebten, als wären die Sterne heruntergefallen und der Himmel deshalb so leer. Dass mitten auf der Fahrbahn eine tote Katze lag, die auf den ersten Blick aussah wie ein Papagei und auf den zweiten schon wieder im Dunkel versank, weil das Auto sich entfernt hatte, sein Licht und seine Geräusche mit sich ziehend.

Marta lief sich warm und gewöhnte sich an die Kälte, die sie umgab. Die schwarz-weißen Leitpfosten verwandelten sich in kleine Männchen mit reflektierenden Augen. Mit ihrer Hand tätschelte sie jedem, den sie passierte, den Kopf. In den Kurven waren die Abstände zwischen ihnen kürzer. Marta zählte ihre Schritte von einem Pfosten zum nächsten. Sie setzte die Füße ganz dicht voreinander, sodass die Spitze des einen Schuhs die Ferse des anderen berührte. Sie tätschelte Hunderte Leitpfostenköpfe. Die Luft roch nach nichts außer Kälte. Marta nahm ihre Handtasche über die andere Schulter, ging zehn Schritte, wechselte die Seite wieder. Schulterwechsel alle zehn Schritte. Der Eisregen wurde stärker.

Sie hörte Georg im Treppenhaus sagen: »Mach's gut, Marta.« Und Arthur hinterher in der Kabine: »Das Wiedersehen hat sich ja gelohnt.« Und ihre Mutter durch die Tür und ihre Großmutter aus dem Grabloch: »Schlampe!« Marta summte ein Lied, um die Sätze zu übertönen. Sie summte lauter. Weil es nicht half, schlug sie mit jedem Mal derber auf den Kopf eines Leitpfostenmännchens. Marta begann, schneller zu laufen, sodass sie sich auf den Rhythmus konzentrieren konnte, den das Klacken ihrer Absätze auf dem Asphalt hinterließ. Ihr fiel der Hunger wieder ein, den sie seit Stunden hatte, und ihr taten die Füße weh. Marta wollte auf dem weicheren Gras weiterlaufen. Als sie an den Rand trat, knickte ihr rechter Fuß um, und sie rutschte in den Straßengraben.

Sie blieb ganz ruhig. Schieflagen kannte sie, die war sie gewohnt. Aber das mit Georg, das hatte sich zu gut angefühlt. Damit würde sie niemals zurechtkommen.

—

»Guten Abend, Frau Zimmermann! Ein Mistwetter da draußen, nicht wahr?«, sagt die Frau von gegenüber. Sie hat ihr buntes Häkelkissen dabei, hält es unter den rechten Arm geklemmt und deutet mit ihrem Blick auf die dreckigen Stiefel, die Marta vor der Tür stehen gelassen hat.

Eigenartigerweise ist Marta über den Besuch nicht überrascht. Und obwohl sie noch nie mit der Frau gesprochen hat, kommt ihr die Stimme vertraut vor. Aus der Entfernung sind Marta bislang nur das Häkelkissen, die hervorquellenden Augen und die schwarzen Locken aufgefallen. Nun, zum ersten Mal unmittelbar vor ihr stehend, wirkt die Nachbarin viel größer als am Fenster. Oberhalb ihrer Mundwinkel schimmert ein Damenbart, der mit dem dunklen Haar auf ihrem Kopf korrespondiert. Die Frau trägt ein altmodisches, cremefarbenes Rüschenkleid.

»Darf ich reinkommen?«, fragt sie.

Marta zögert zunächst, dann nickt sie und macht die Tür weiter auf.

Die Nachbarin bewegt sich, als sei sie schon viele Male in dieser Wohnung gewesen. Zielsicher steuert sie aufs Wohnzimmer zu, durchschreitet den Vorhang aus Muscheln, der das Wohnzimmer vom Flur trennt, und nimmt auf dem Sofa Platz. Sie zieht ihr Häkelkissen aus der Achsel hervor, um es sich auf den Schoß zu legen. Während sie es flach klopft, sagt sie: »Das hat mir mein Sohn geschenkt.«

Marta setzt sich wortlos zu ihr aufs Sofa und schaltet den Fernseher an. Gemeinsam schauen sie den Sonntagabend-Krimi, als sei dies, und das schon seit Jahren, ihrer beider Gewohnheit.

—

In dem Film geht es um ein jüngeres Ehepaar. Die Frau wird von einer bekannten Schauspielerin verkörpert, ist sehr hübsch und einen Kopf größer als der Mann.

Der Mann will unbedingt Kinder haben, seine Ehefrau nicht. Weil es ihm nicht gelingt, sie zu überreden, nimmt er Spielplatzgeräusche auf Tonband auf. Von einer Abseite des Dachbodens aus, über dem Schlafzimmer gelegen, lässt er das Kindergeschrei dann Nacht für Nacht laufen. Die Frau kann deshalb nicht mehr schlafen, nicht mehr arbeiten, und bald sieht sie auch nicht mehr so hübsch aus. Der Mann sagt, sie bilde sich die Geräusche ein; das sei ihr unterdrückter Kinderwunsch, der sich jetzt eben doch Bahn breche. »Wahrscheinlich würde es sofort weggehen, wenn du schwanger wärst«, flüstert er ihr manchmal zu.

Fortan ist die Frau permanent daheim. Ein Psychiater verschreibt ihr Tabletten, doch die kommen gegen die Geräusche ebenso wenig an wie die Ohrenstöpsel, die sie im Bett trägt. Tagsüber tigert sie ruhelos durchs Haus. Eines Nachmittags entdeckt sie die Abseite – und das Tonbandgerät. Ein verzweifelter Lachkrampf überkommt sie.

Als sie ihren Mann am Abend darauf anspricht, sagt dieser: »Dein Wahn wird ja immer schlimmer«, und streichelt ihr besorgt über den Kopf, wobei er seinen Arm leicht nach oben strecken muss.

»Wahrscheinlich hast du recht, Schatz«, sagt die Frau und beginnt, das Abendessen zuzubereiten. Mit der Käsereibe zerbröselt sie drei Schlaftabletten und mischt sie in den Kartoffelbrei ihres Mannes.

Beim Essen beobachtet sie ihn so intensiv, dass er fragt: »Ist was?«

Nachdem er eingeschlafen ist, erstickt die Frau ihren Mann mit einem Kissen und verbringt die Nacht neben ihm im Ehebett. Am nächsten Vormittag ruft sie die Polizei. Bereits am Telefon gesteht sie die Tat.

Als ihr Pflichtverteidiger sie später fragt, warum sie sich

mit dem Anruf so viel Zeit gelassen hat, erklärt die Frau: »Ich wollte wenigstens einmal richtig durchschlafen, bevor ich ins Gefängnis muss.« Sie erzählt ihm außerdem, was sie zu dem Verbrechen bewogen hat. Der Film endet damit, dass der Anwalt sagt: »Aber im Haus wurde nirgends ein Tonbandgerät gefunden.«

—

Während der Abspann läuft, kehrt in Martas Bewusstsein zurück, dass Arthur im Nebenzimmer liegt; tot, nackt und unter Sand begraben. Eine Schweißperle rinnt unangenehm kitzelnd ihre Stirn entlang. Marta springt eilig vom Sofa auf, zu eilig, denn nun spürt sie wieder einen leichten Schwindel. Sie geht in den Flur, öffnet ausladend die Tür und hält sich an der Klinke fest.

Die Nachbarin folgt Marta, verlässt die Wohnung und schaltet das Licht im Treppenhaus an. Vorsichtig steigt sie die ersten Stufen hinab. Ehe sie ganz versinkt, dreht sie sich aber noch einmal um und sagt: »Eine traurige Geschichte.« Den Film scheint sie nicht zu meinen, denn mit ihrem Zeigefinger deutet sie auf das Klingelschild neben Martas Tür. Es glänzt im Schein der Flurlampe.

—

Der Hinweis auf ihr Klingelschild versetzt Marta einen Stich. Auf das Aluminiumplättchen sind statt eines gemeinsamen, wie man es bei richtigen Familien sieht, zwei Nachnamen graviert: Oben steht »Baldauf«, darunter »Zimmermann«, weder ein

»und« noch ein Plus oder ein Ampersand dazwischen. Marta muss jedes Mal hinsehen. Bei jedem Ausgehen, bei jedem Heimkehren guckt sie auf dieses Schild. An besonders dumpfen Tagen geht sie sogar extra daran vorbei, nur um diesen Schmerz zu spüren. Dann geht sie zum Briefkasten, obwohl sie ihn bereits geleert hat, oder in den Keller, obwohl sie von dort überhaupt nichts braucht.

—

Marta holt ihre schmutzigen Schuhe in die Wohnung und schließt die Tür. Erschöpft lehnt sie sich für einen Moment dagegen. Sie hält die Hand an ihre feuchte Stirn; vielleicht hat sie Fieber. Trotzdem geht sie noch einmal hinüber ins Schlafzimmer und schaltet das Deckenlicht ein.

Der Anblick Arthurs: auf dem Gesicht ein Küchentuch, nackt der Körper, nur mit der dünnen Sandschicht bedeckt. Das Plumeau am Fußende ist umgeklappt. Marta greift darunter und kniet sich auf den Boden, um Arthurs Füße zu massieren. Die Füße sind trocken, rau und steif wie Holzbretter. Wenn diese Füße sprechen könnten, würden sie Marta jetzt vielleicht von den Wegen erzählen, die Arthur ohne sie gegangen ist – den allermeisten seiner Wege. Sie würde erfahren, wie es in der Gegend aussieht, aus der Arthur stammt, wie hoch die Berge dort sind, wo die Baumgrenze liegt und welche Blumen auf den Wiesen wachsen. Sie würde erfahren, wo Arthur nach Michaels Geburt seine Nachmittage verbrachte, während sie darauf lauerte, dass er nach Hause kam. Sie würde erfahren, in welcher der drei Taubecker Zoohandlungen er das Futter für seine Fische kaufte und wie es sich für Arthur, der Sand nicht mochte, anfühlte, barfuß am Strand zu laufen.

Marta nimmt eine Prise Sand und reibt ihm damit die Sohlen ein. Mit dem kleinen Finger fährt sie zwischen jede seiner Zehen. »Ab und an ein Strandspaziergang hätte deinen Füßen gutgetan«, sagt sie und zieht Arthur ein Paar Wollsocken an, für die Nacht. Sie macht den Vorhang zu. »Schlaf gut«, haucht sie, als sie das Licht im Zimmer löscht.

—

In jener Nacht, in der ihre Mutter sie nicht mehr in die Wohnung gelassen hatte, war Marta unter Schmerzen den Rest der Strecke nach Taubeck gehumpelt. An den Leitpfostenmännchen hatte sie sich jeweils abgestützt. Die Distanz von einem zum nächsten war ihr unendlich vorgekommen. Als sie am Morgen sein Haus erreichte, war Arthur gerade mit seiner schweren Ledertasche auf dem Weg zum Auto, um zur Schule ins Dorf zu fahren, in die Richtung, aus der Marta gerade kam. Irritiert blieb er vor der Eingangstür stehen, schaute Marta von oben bis unten an.

»Was ist denn mit dir passiert?«, fragte er.

Marta stützte sich an der Hauswand ab. »Meine Mutter hat mich rausgeschmissen. Und mein Fuß tut weh«, erklärte sie, mehr apathisch als jammernd. Sie sah zerzaust aus, schmutzig und nass.

»Oha«, sagte Arthur. Er begann in die Luft zu starren, nur ein paar Millimeter an Marta vorbei. Der Blick seiner klaren, blauen Augen kehrte sich ganz langsam nach innen. Arthur überlegte so konzentriert, als sei ihm die Tragweite, die seine Entscheidung haben würde, bereits jetzt bewusst.

Der Morgen war trüb. Neben der Eingangstür tropfte Wasser aus dem offenen Ende des Regenrohrs. Oben wühlte eine Nebelkrähe in der Rinne nach Futter, indem sie mit ihrem Schnabel schwarzes Laub nach unten warf. Die Blätter rieselten neben Marta zu Boden. Inzwischen stützte sie sich nicht mehr nur mit einer Hand, sondern mit dem ganzen Oberarm an der rau verputzten Hauswand ab.

Arthurs Erstarrung ließ nach. Er fuhr sich mit Zeige- und Mittelfinger über den Bart. Wohl aus Ärger über seine Schwäche seufzte er nun so heftig, dass sein Brustkorb bebte und dies trotz der dicken Lodenjacke zu sehen war. »Also gut, komm«, sagte er, stellte seine Tasche im Hauseingang ab und half ihr die Treppe hoch. Er trug Marta in seine Wohnung hinein und setzte sie auf das schmale Sofa.

Trotz der Schmerzen fiel Marta auf, wie sauber und ordentlich es bei ihm war. Ganz anders, als sie es von zu Hause kannte, wo es in jeder Schublade klebte, wo auf allen Flächen ein schmieriger Staubfilm lag, lediglich unterbrochen von den dunkelrot gepunkteten Abdrücken der Weinflaschenböden, und wo, wenn Marta barfuß herumlief, stets Krümel an ihren Fußsohlen hängen blieben. Den ganzen Weg über hatte sie sich ermahnt durchzuhalten, aber jetzt riss ihr der letzte Strang der Beherrschung, und sie begann zu bibbern und zu zittern. Ihre Haare waren kalt und nass. Arthur holte eine Decke und legte sie um ihre Schultern. Dann hockte er sich vor Marta und zog ihr die schlammigen Schuhe aus. Beim rechten Fuß schrie sie auf. Das Gelenk war blau und geschwollen.

»Wahrscheinlich ein Bänderriss«, sagte er. »Das habe ich beim Wandern oft gesehen. Ich fahre dich gleich zum Arzt.« Arthur ging hinunter, um seine Tasche zu holen und sich von der Telefonzelle aus in der Schule krankzumelden. Als er zurückkam, sagte er: »Das habe ich *genau einmal* gemacht, hörst du?«

Sie nickte.

Er führte Marta ins Badezimmer. Das kleine, fensterlose Bad versank im Dampf, während sie duschte. Die Wärme kribbelte unter ihrer Haut. An den Innenseiten ihrer Oberschenkel lief Blut entlang; ihre Periode hatte eingesetzt. Marta musste sich an einem Griff festhalten, weil sie mit ihrem rechten Fuß nicht mehr auftreten konnte. Unter dem heißen Wasser wurde der Schmerz am Fuß noch schlimmer. Gleichzeitig tat es ihr gut zu spüren, wie die Kälte aus ihrem Körper wich. Nie wieder wollte sie aufhören zu duschen.

Irgendwann aber hörte sie Arthur an die Tür klopfen und rufen, sie sollte jetzt mal wieder herauskommen: »Sonst ist bald das Meer leer«, rief er.

Marta musste bei diesem Kalauer an Georg denken und stellte das Wasser, bevor sie es ausmachte, für einen Augenblick auf die allerheißeste Stufe. Sie zog ein Unterhemd von Arthur an, einen Pullover und eine weite Trainingshose, die sie dreimal umschlagen musste. Trotz des Duschens war noch Graberde unter Martas Fingernägeln zurückgeblieben; schwarze Mondsicheln.

—

Arthur hatte richtiggelegen. Der Arzt diagnostizierte einen Bänderriss am Sprunggelenk und bandagierte Martas Fuß. Außerdem schrieb er sie für einen Monat krank. Auf dem Rückweg rief Marta im Kaufhaus an, um sich zu entschuldigen. In der Telefonzelle stank es nach Metall und kaltem Zigarettenrauch, und an dem schwarzen Hörer roch Marta den Geruch Hunderter fremder Münder. Sie spürte wieder ein leichtes Zittern aufkommen. Kurz nach dem Telefonat bekam sie Schüttelfrost und hohes Fieber. Das Fieber, zusammen mit den Schmerzmitteln, versetzte Marta in einen Tage währenden Dämmerzustand.

Sie schlief im Bett, Arthur auf dem Sofa. Die Teekanne, die er ihr morgens auf den Nachttisch stellte, war nachmittags, wenn er heimkam, noch voll. Marta schlief fast die ganze Zeit. In ihren unruhigen Träumen sah sie Georg beim Verlassen des Treppenhauses, sie sah den Blick der alten Frau durch den Türspalt im Erdgeschoss und sich selbst beim sinnlosen Klopfen an die Wohnungstür. Sie sah die kleine Oma, die nur aus Nebel bestand. Sie hörte die Zwillinge kichern und »Klette« zu ihr sagen – und wieder und wieder die Worte, die sie schon während ihres Fußmarschs durch die Nacht verfolgt hatten. Das Laken war jedes Mal schweißnass, wenn sie erwachte. Obwohl sie Durst hatte, rührte sie den Tee kaum an, weil sie die Anstrengung fürchtete, die es anschließend bedeuten würde, auf die Toilette zu gehen, zumal mit dem bandagierten Fuß. Nach drei Tagen ging es ihr ein wenig besser, nach vier Tagen war sie zum ersten Mal fieberfrei, aber ihr Husten besserte sich nicht, sodass er sich zu einer Bronchitis auswuchs, die sie erneut fiebern ließ. Am Ende hatte Marta drei Wochen lang im Bett gelegen und sich über die Selbstverständlichkeit gewundert, die im gesunden Zustand alles hatte: das Essen, das Trinken, das Gehen, das Bücken, das Wasserlassen. Das Atmen.

—

Einmal kam Arthur später als gewöhnlich nach Hause. Er brachte drei Umzugskartons mit und stellte sie im Schlafzimmer ab.

Marta richtete sich im Bett auf. »Was ist das?«

»Deine Sachen«, antwortete er.

»Sie hat dich reingelassen?«

»Irgendwann schon.« Arthur wollte es dabei bewenden lassen und ging Richtung Tür. »Vergiss nicht, deinen Tee zu trinken. Die Kanne ist ja noch voll.«

»Wie hast du das denn hinbekommen, dass sie dich reingelassen hat?«

»Das ist doch egal. Hauptsache, du hast jetzt, was dir gehört.«

»Ich möchte es aber wissen«, sagte sie.

»Meine Güte«, stöhnte er und schlug mit der flachen Hand gegen den Türrahmen, in dem er stand. »Sie wollte deinen Wohnungsschlüssel. Den habe ich ihr gegeben. Und sie wollte Geld, unverschämt viel Geld. Das habe ich ihr auch gegeben.«

»Hat sie ... «

»Nein, sie hat sich nicht nach dir erkundigt. Sie hat nur gesagt, du brauchst dich nie wieder bei ihr blicken zu lassen. Geht es dir jetzt besser, wo du das weißt?«

»Nein«, antwortete Marta kleinlaut, dann trank sie einen Schluck Tee.

—

»Tropisches Lurchtier?«

»Nebenfluss des Niger?«

»Akrobatischer Tanz?«

»Nicht nah?«

Marta war noch krankgeschrieben, aber allmählich ging es ihr besser. An einem Morgen stand sie kurz nach Arthur auf. Er hatte schon gefrühstückt und löste, bevor er zur Arbeit musste, sein Kreuzworträtsel. Während er schrieb und sein Kugelschreiber hektisch nach oben und nach unten und zur Seite preschte, ließ Marta spaßeshalber ein paar Fragen auf Arthur niederprasseln. Die Beispiele hatte Marta im Kopf, weil sie am Tag zuvor gelangweilt in dem Block herumgeblättert hatte. Kurz hatte sie sogar überlegt, sich an einem der Rätsel zu versuchen, es dann aber lieber bleiben lassen.

Sie fragte weiter, und als sie ankam bei »Kfz-Kennzeichen von … «, nahm Arthur seinen rechten Zeigefinger vor den gespitzten Mund und schaute sie finster an: »Halt jetzt endlich deinen Rand!«

—

Als ihr zum ersten Mal wieder danach war, ein paar Stunden außerhalb des Bettes zu verbringen, wusch sie Arthurs Wäsche. Sie bekam einen Hustenanfall, ihre Rippen vibrierten, trotzdem hängte sie die Wäsche hinterher noch auf und räumte ihre Sachen in die Fächer, die Arthur in einer Kommode für sie freigeräumt hatte. In einem der Kartons fand sie das Stofftaschentuch wieder, das Georg ihr geschenkt hatte. Sie legte es zwischen ihre Kleider.

Arthur kam heim und schien sehr zufrieden. Fortan – und obwohl sie ihren Fuß schonen sollte – kümmerte sie sich mit großem Eifer um Arthurs Haushalt; zum Glück hatte ihr die Großmutter alles Wichtige beigebracht.

—

Wenn Marta sah, wie Arthur am Wohnzimmertisch lange Anmerkungen unter einen Aufsatz schrieb, war sie jedes Mal froh, nicht seine Schülerin gewesen zu sein. Bei besonders schlechten Arbeiten riss er sich vor Wut einzelne Wimpern aus.

Überhaupt pflegte er zahlreiche Marotten: Er hatte einen Föhn in seinem Klassenzimmer, damit er die Tafel nach dem Abwischen trocknen und schneller weiterschreiben konnte. Beim Frühstück ermahnte er Marta, ihr Brötchen nicht in den Kaffee zu tunken; ihm werde allein vom Zusehen übel. Und wenn er heimkam, kämmte er zunächst die Fransen des Flurteppichs, weil es ihn nervös machte, wie er sagte, wenn sich die Fransen ineinander verwoben, anstatt starr und gerade wie Bleistifte in gleichmäßigen Abständen parallel zueinander zu liegen. Auch schnitt er die Tuben seiner Rasiercreme auf, um sie gänzlich entleeren zu können, und beim Zähneputzen hielt er den gebeugten, rechten Arm exakt auf der Höhe seines Mundes; angespannt wie ein Soldat stand er da und fuhr mit kreisenden Bewegungen durch seinen Mund. Einmal kitzelte Marta ihn dabei in der weit offen stehenden Achselhöhle und sagte: »Killekille.«

Reflexhaft zuckte Arthur zusammen. Dann spuckte er ihr ins Gesicht. Marta spielte, dass sie lachte, während sein schaumiger Zahnpastaspeichel an ihrer Nase hinunterlief.

—

Zu seinem vierunddreißigsten Geburtstag schenkte Marta ihm einen Füllfederhalter. Sie hatte ihn im Kaufhaus, wo sie jetzt wieder arbeitete, gravieren lassen.

Arthur lächelte milde, als er »Marthur« auf der Kappe las. Er sagte nicht: »Danke.« Er sagte: »Ach, Marta, du Träumerin.«

—

Marta sitzt im Bus. Im Arm hält sie ein Neugeborenes. Auf dem Sitz neben ihr steht eine Reisetasche. Der Bus fährt im Kreis. Er fährt immer wieder an ihrem Haus vorbei, ohne anzuhalten. Marta versucht, dem Fahrer zuzurufen, dass er sie rauslassen soll, aber sie kann den Mund nicht öffnen, ihre Lippen kleben trocken aneinander, keinen einzigen Laut bringt sie hervor. Dann merkt sie, dass es gar keinen Fahrer gibt und sich das große Lenkrad von ganz allein bewegt. Außer ihr und dem Kind gibt es auch keine anderen Passagiere. Vorne am Innenspiegel baumelt ein Vanille-Duftbäumchen. Der Bus fährt immer im Kreis. Marta schaut nach unten. Aus ihrer Wade wächst ein Stromkabel. Es verläuft im Zickzack, ist lang und schwarz und wedelt hin und her. Jedes Wedeln klingt wie ein Peitschenhieb, der die Luft zerschneidet. Das Kabel wird dicker und beginnt, auf den Boden zu hämmern. Die Schläge erschüttern den Bus. Aus dem Radio dröhnt Kindergeschrei. Marta drückt den Kopf des Babys derb gegen ihre Brust.

Ein dumpfer Knall weckt Marta. Zuerst glaubt sie, das Geräusch sei ihrem Traum entsprungen. Aber dann hört sie es noch vier weitere Male. Sie steht auf und geht zum Fenster. Hinter der Gardine blickt sie in die Nacht. Die Laternen werfen ihre Lichtkegel, darin: Schraffuren feinen, schräg gespannten Nieselregens. Ein Mann überquert die Straße. Er trägt einen Koffer und einen Hut mit breiter Krempe. Er geht zu seinem Auto, legt Koffer und Hut auf den Rücksitz, setzt sich ans Steuer, lässt den Motor an, fährt los. Die Scheibenwischer winken. Im Fenster im Haus gegenüber erscheint jetzt die Nachbarin, die Frau mit dem Häkelkissen. Weil in ihrer Wohnung Licht brennt, sieht sie aus wie ein Schattenspiel. Eine flache, tiefschwarze Figur mit Locken. Sie dreht ihren Kopf zur Seite und hebt den Zeigefinger. Er ist grotesk groß, länger als ein Kochlöffel. Die Frau tippt sich damit an die Stirn, zeigt einen Vogel. Dann richtet sie ihr Gesicht nach vorn und deutet mit ihrem Riesenfinger direkt auf Marta.

—

Marta schreckt hoch. Sie sitzt im Bett, ihre Bluse ist nass geschwitzt, ihr Mund ausgetrocknet, ihre Kehle kratzt. Marta räuspert sich mehrmals.

Normalerweise spürt sie während des Schlafens, dass ein Traum bloß ein Traum ist, aber dieser eben ist ihr so real vorgekommen, dass sie sich fragt, ob sie jetzt vielleicht noch in einem nächsten gefangen sein könnte. Wie verwirrend: zu träumen, aus einem Traum zu erwachen.

Die Kirchenuhr schlägt. Diesmal passt Marta auf und zählt mit: Es ist fünf Uhr in der Früh. Etwa zu dieser Zeit gestern ist Arthur gestorben. Sie denkt an die Stille und ihre verkrampften Hände zurück und daran, wie sie Arthur in die Seite geboxt und dabei seine Rippen gespürt hat.

Über Marta leuchten Sterne. Sie sieht den Großen Wagen an der Decke, die Verbindungslinien treten hervor. Ist es Zufall, oder hat sie die Sterne absichtlich so angebracht? Allmählich begreift Marta, dass sie im Kinderzimmer liegt, im Bett ihres Sohnes. Zwanzig Jahre lang hat Michael vorm Einschlafen auf dieses Firmament geblickt – und seit seinem Auszug keine einzige Nacht mehr hier verbracht.

Benommen steht Marta auf, schüttelt das Kissen auf, faltet die Decke zusammen, streicht den Stoff glatt. Handlungen, die selbst im Dunkeln mit größter Gewohnheit aus ihr fließen. In der Küche trinkt sie ein Glas Wasser und reibt sich die schmerzhaft pochenden Schläfen mit Tigerbalsam ein. Sie mag die kleine rotgoldene Metalldose und das Brennen auf der Haut. Dann geht sie hinüber ins Wohnzimmer.

»Das darf doch nicht wahr sein!«, ruft sie.

—

Die Nachbarin hat ihr Häkelkissen vergessen. Hochkant steht es auf dem Sofa mit einer leichten Kerbe in der Mitte, als sei es extra schön hergerichtet worden. Die zwei oberen Ecken ragen auf wie Katzenohren. Marta nimmt das Kissen und hält es sich vor die Nase. Sie riecht das neblig-süße Parfüm der Frau. Dann setzt Marta sich aufs Sofa, dorthin, wo die Nachbarin gestern Abend saß, und legt das Kissen auf ihren Schoß. Die Zickzacks sind schwarz, türkis, gelb und koralle; dreimal wird der Farbverlauf wiederholt. Sie streicht über die Wolle. Das Kissen ist unsauber gehäkelt, geradezu lustlos, die Maschen sind zu lose. Marta beginnt, in die Zwischenräume zu fahren. Sie schiebt ihren Zeigefinger in ein Loch, dann ihren Mittelfinger in ein anderes, dann ihren kleinen Finger.

Wenn ich mich jetzt hinlegen, wenn ich jetzt tot spielen würde, denkt Marta, niemand würde es merken.

—

Vom Sofa aus starrt Marta in Arthurs Aquarium. Eine hellgrün schimmernde Lichtquelle. Die Pumpe blubbert. Marta beugt sich nach vorne und zählt die Luftbläschen auf der Wasserdecke; unentwegt kommen neue hinzu, die Pumpe arbeitet eifrig. Wie viele Stunden mochte Arthur, als er noch lebte, hier gesessen haben, stoisch, mit seinen Gedanken durch dieses Becken schwimmend? Marta beugt sich nach vorne und zieht den Pumpenschlauch rabiat aus dem Wasser. Nun spuckt er rhythmisch in die Luft.

Pffff, pffff, pffff, pffff.

Der Wels klebt an der Scheibe. Ein Schwarm Neonfische schwebt im Mooskraut. Zwei Guppys stoßen mit ihren Mündern aneinander. Es scheint ihnen nichts auszumachen, dass die Pumpe fehlt. Marta holt einen Müllsack aus der Küche, dann langt sie mit einer Hand ins Aquarium. Aufgescheucht schwimmen die Fische auseinander, zum Rand des Beckens. Marta beginnt, sämtliche Algen aus ihrer Verankerung in den kleinen Steinen zu reißen, und wirft sie in den Sack. Danach nimmt sie sich den kleinen Kescher, der neben dem Aquarium liegt, und rührt damit zunächst langsam, dann schneller durch das Becken. Sie findet Gefallen an dem sanften Widerstand, den das Wasser ihrem Kescher gibt, besonders beim Wechseln der Richtung. Nach einer Weile stülpt sie den Kescher über den ersten Fisch und hebt ihn aus dem Aquarium. Marta spürt sein Gewicht. Es ist der Wels. Er zappelt, sodass Marta einige Wasserspritzer ins Gesicht bekommt. Zunächst will Marta ihn wegwerfen. Doch dann sieht sie, wie der Fisch halbrund gebogen im Keschernetz liegt, und überlegt es sich anders. Sie bringt ihn in die Küche und legt ihn auf ein Schneidbrett. Er ist etwa zehn Zentimeter lang, seine Rücken- und Bauchflossen haften an ihm wie nasse Kleider, die Schwanzflosse zappelt weiter.

Marta geht mit dem Kescher zurück ins Wohnzimmer und jagt den nächsten Fisch. Diesmal hält sie ihren Kopf weiter weg, um nicht wieder angespritzt zu werden. Es ist ohnehin bloß ein Guppy. Marta wirft ihn in die Mülltüte. Sie fängt nun Fisch um Fisch. Jeden einzelnen schmeißt sie zu den Algen in den raschelnden Plastiksack. Nachdem sie auch den Letzten erwischt hat, verknotet sie die Tüte. Im Aquarium schwimmt nun nichts mehr, es liegen bloß noch weiße, graue und schwarze Steinchen darin. Marta steckt den Schlauch der Pumpe zurück ins Wasser. Das Blubbern setzt wieder ein, und Marta holt die zwei Tintenfässer aus Arthurs Arbeitszimmer. Sie leert die Fässchen, indem sie die gesamte Tinte ins Becken kippt. Gemächlich lösen sich die Schwaden auf, das Wasser färbt sich hellblau. Dann sucht Marta ihre Nagellacke zusammen, korrigiert bei dieser Gelegenheit die Kratzer an ihren Fingernägeln und malt viele, viele Sterne außen an das Aquarium. Währenddessen summt sie unablässig. Am Schluss betrachtet Marta ihr Werk: einen hellen Glasquaderhimmel mit glitzernden Sternchen.

Aber etwas fehlt noch, denkt sie und greift nach der blassen Porzellanpuppe, die seit Jahrzehnten auf der Sofalehne sitzt und alles belauschte, was sie und Arthur nicht miteinander besprachen. Marta wirft die Puppe ins Wasser. Leider geht sie nicht unter, sie ist zu leicht, denn nur Hände, Füße und Kopf bestehen tatsächlich aus Porzellan, den Rest des Körpers bildet ein ausgestopftes, cremefarbenes Stoffkleid voller Rüschen, an denen sich die aufsteigenden Luftbläschen nun nach und nach festhalten. Die Puppe schwimmt auf dem Rücken, starrt mit ihren hübschen Mädchenaugen genauso an die Decke wie Arthur gestern. Ihre Wimpern sehen aus wie Spinnenbeine, ihr Mund glänzt hellrosa, ihr schwarzes, gelocktes Haar klebt auf der Wasseroberfläche. Marta dreht die Puppe um, sodass wenigstens ihr Gesicht unter Wasser bleibt. Da soll sie jetzt hingucken, ohne Luft zu kriegen, nach da unten, auf diese Steinchen, die die Schleierschwänze immer in ihr rundes Maul nahmen, nur um sie gleich wieder auszuspucken. Ständig blieben Steine darin stecken, und die Fürsorge, mit der Arthur diese dann mit einer Pinzette entfernte, machte Marta jedes Mal furchtbar eifersüchtig.

—

»Wen findest du eigentlich schöner – diese Iris von früher oder mich?«

Ein regnerischer Samstagmorgen. Seit fünf Monaten lebte Marta bei Arthur, und seit sie wieder gesund war, teilten sie sich auch das Bett. Sie lagen unter der Decke. Ein säuselnder Wind verfing sich draußen in den Bäumen, prallte an den Dachschrägen der Häuser ab. Regen rann durch die Rinnen, und Arthurs Sperma aus Marta. Sie presste die Beine zusammen.

»Wen findest du eigentlich schöner – diese Iris von früher oder mich?« Nachdem Marta das gefragt hatte, zog Arthur seinen Arm unter ihrem Kopf hervor und nahm sich eine Zigarette aus der Schachtel auf dem Nachttisch. Arthur rauchte, blieb lange wortlos. Schließlich stellte er eine Gegenfrage: »Was ist eigentlich mit diesem Jungen, deinem Kollegen aus dem Kaufhaus?«

»Nichts. Was soll denn mit dem sein?« Dass Georg an ihrem Geburtstag auf sie gewartet hatte, kam Marta inzwischen unwirklich vor; diese ganze Nebelnacht kam ihr unwirklich vor. Georg und Marta gingen einander seither aus dem Weg. Nur neulich war er einmal an ihr vorbeigelaufen. Sie hatte ihn gespürt, ohne ihn zu sehen, und beim Zuschneiden einer Schablone sehr beschäftigt getan, um nicht aufschauen zu müssen.

»Triff dich doch mal mit ihm«, schlug Arthur vor, ganz lapidar.

»Wozu denn? Ich habe doch dich«, sagte Marta und schob sich näher an Arthur.

Er stand auf, zog den Schlafanzug aus und stieg in seine Hose. Als er den Reißverschluss hochzog, stellte er sich auf die Zehenspitzen, fast machte er dabei einen kleinen Sprung. Nach dem Frühstück ließ Arthur sein Kreuzworträtsel ausnahmsweise ausfallen. Stattdessen begann er, die Zeitung nach Annoncen günstiger Einzimmerwohnungen durchzusehen. »Es wird allmählich Zeit«, murmelte er und ging sogar noch hinunter zum Kiosk, um kurz darauf mit zwei weiteren Zeitungen zurückzukehren.

—

Eine knappe Woche später, an einem Freitagabend, ging Arthur mit ihr zu einer Wohnungsbesichtigung. Auf dem Hinweg beobachtete Marta, wie sehr sich die Leute freuten, dass nun Wochenende war, dass zwei freie Tage anstanden, an denen es warm werden sollte, während sie selbst keinerlei Wohlgefühl in sich spürte: Dieser erzwungene Ausflug machte ihr Angst.

Die Wohnung befand sich am anderen Ende der Stadt, im Erdgeschoss eines Neubaublocks. Von der Decke hing eine Glühbirne mit einem schwarzen Stromkabel herab und spendete ein zwar grelles, aber trostloses Licht, das nicht bis in die Ecken kam. An der Wand klebte Raufasertapete. Während sie zu dritt in dem kahlen Raum standen, sagte die Vermieterin zu Arthur, »die junge Dame« könne die Wohnung sofort haben, sofern er eine Bürgschaft für sie unterschreibe. Ihre Worte hallten, durchdrangen die Leere.

»Die ist genau richtig. Und so nah zum Kaufhaus, dass du sogar zur Arbeit laufen kannst«, rief Arthur in Martas Richtung. Er klang überschwänglich. Überschwänglich wie sonst nie.

Marta zog unterdessen lustlos jede Schublade der kleinen Einbauküche auf, als glaubte sie, dort etwas zu finden. Kartoffelschäler oder Fleischklopfer des Vormieters?

Verschwörerisch flüsterte die Vermieterin – sie trug eine toupierte Hochsteckfrisur – zu Arthur: »Ein schwieriges Alter, ich kenne das von meiner Tochter.« Weil Arthur, mit der Begutachtung einer Fußleiste beschäftigt, nicht darauf einging, bückte die Vermieterin sich zu ihm hinunter und hakte nach: »Das ist doch Ihre Tochter, nicht wahr?«

Arthur nickte.

»Dann sind Sie aber jung Vater geworden«, bemerkte die Vermieterin nun.

Arthur nickte erneut, woraufhin Marta, die alles mitbekommen hatte, mit ihrer Hüfte eine der Schubladen zustieß und sich wünschte, es wäre tatsächlich noch Besteck darin, damit es so richtig schepperte. Arthur warf ihr einen mahnenden Blick zu. Von der Vermieterin verabschiedete er sich ausnehmend freundlich. Er gab ihr lange die Hand, und Marta hätte es nicht gewundert, wenn er sie in seiner Euphorie auch noch geküsst hätte. »Ich melde mich am Montag bei Ihnen«, versprach er. »Aber im Grunde wüsste ich nicht, was dagegenspricht.«

»Ich möchte mir noch mal das Bad ansehen«, sagte Marta nun, drängte sich dicht an der Vermieterin vorbei zurück in die Wohnung und pinkelte dann bei sperrangelweit geöffneter Tür.

Unten auf der Straße sagte Arthur: »Du kannst froh sein, dass ich heute so gute Laune habe«, und legte seinen Arm um sie.

Unglücklich schaute sie zu ihm auf.

»Jetzt komm schon«, versuchte er, sie zu beschwichtigen. Seine Stimme klang weiterhin fröhlich. Auch seine federnden Schritte verrieten die Begeisterung.

»Wenn ich dort einziehe, sind wir dann überhaupt noch zusammen?«, wollte Marta wissen.

»Herrje, immer diese Fragerei. Man muss doch nicht alles zerreden.« Ein erster Anklang von Gereiztheit mischte sich nun in Arthurs Tonfall. »Das werden wir sehen, Marta. Jedenfalls hättest du dann eine eigene Wohnung, eine Ausbildung, die dir Spaß macht, bestimmt auch schnell ein paar Freunde.

Es täte dir gut zu lernen, wie man alleine zurechtkommt. Das wäre das Beste, gell.«

»Das Beste für dich vielleicht. Ich möchte das nämlich überhaupt nicht«, sagte sie leise.

»Sei nicht so eine Klette, Marta!«

Als Arthur das sagte, musste sie nach Luft schnappen. Sie schaute auf den Gehweg hinab. Er war übersät mit platt getretenen Kaugummis; schmutzige, zum Schrei verzerrte Münder. Aus ein paar Metern Entfernung nahm sie das Klopfen einer Blindenampel wahr. »Tack, tack, tack.« Marta und Arthur gingen jetzt schweigend nebeneinanderher, auf die Ampel zu. Das »Tack, tack, tack« wurde lauter, in Martas Ohren verformte es sich nun zu »Klet-te, Klet-te, Klet-te«. Die Worte pochten schmerzhaft und wild und verstummten auch nicht, nachdem sie die Ampel hinter sich gelassen hatten.

Vor einer Metzgerei, in deren Schaufenster verstaubte Blutwurstattrappen hingen, blieb Marta abrupt stehen: »Wenn ich in diese Wohnung ziehen muss, gehe ich zum Direktor und sage, du hättest schon früher mit mir geschlafen. Schon, als ich noch in der Schule war. Es haben sowieso alle bemerkt, wie du mir immer auf den Busen gestarrt hast.«

Sofort riss Arthur seinen Arm von Martas Schulter. »Das darf doch nicht wahr sein«, fauchte er, und Marta wagte es in diesem Moment nicht, ihn anzusehen.

Angespannt liefen sie den langen Weg nach Hause. Die Leute um sie herum segelten durch den lauen Sommerabend, in Sandalen und luftigen Kleidern, zufrieden, händchenhaltend. Arthur rauchte in einem fort. Mit seinen Fingern, zwischen denen immer eine Zigarette klemmte, massierte er sich die Schläfen. Es sah aus, als würde er gleich seine Haare in Brand stecken. Er gab das Tempo vor, Marta hatte Mühe hinterherzukommen. Ihr Fuß tat wieder weh.

An diesem Abend ließ Marta zum ersten Mal die Pille weg. Anstatt das orangefarbene Kügelchen einzunehmen, steckte sie es in das Rindensubstrat des Orchideentopfs, der im Wohnzimmer stand. Marta sagte sich, das sei Blumendünger, den sie dort vergrub. Und nach ein paar Tagen glaubte sie sich das auch.

—

Die Einzimmerwohnung erwähnte Arthur nicht mehr. Wie er überhaupt kaum noch etwas erwähnte. In seinem Schweigen lag eine unangenehme Gereiztheit, die Marta, weil sie sie ausgelöst hatte, nun fortwährend zu mindern versuchte. Sie kochte das Abendessen, wenn sie von der Arbeit heimkam. Sie richtete die Fransen seines Flurteppichs. Sie schnitt die Tuben seiner Rasiercreme auf. Bevor sie zu Bett ging, drückte sie Zahnpasta auf seine Bürste, damit Arthur es später nicht würde machen müssen. Und von ihrem Ausbildungsgehalt kaufte sie sich neue Unterwäsche. Während sie mit Büstenhaltern und Spitzenslips an der Kasse stand, hoffte sie, dass Georg vorbeikäme und beobachtete, was sie gerade besorgte. Doch nach wie vor schien er sich nur in seinem Herrenmode-Territorium aufzuhalten und das Kaufhaus durch einen Hintereingang zu betreten und zu verlassen. Marta für ihren Teil mied die Personalküche. Es war ein zermürbendes Katz-und-Maus-Spiel, zumal sie ja wusste, dass Georg sich ganz in ihrer Nähe befand, nur sehen konnte sie ihn nicht.

Unterdessen hatte Arthur die Lust an Marta verloren. Sobald sie sich ihm näherte, winkte er ab, als verscheuchte er ein lästiges Insekt; so wie an jenem Gewitternachmittag auf dem Friedhof. Lediglich wenn er in seinem Schaffellsessel saß und las, wies er sie nie zurück. Dann konnte Marta ihm die Hose öffnen. Er starrte weiter in sein Buch, tat so, als passierte nichts, während sie sich auf ihn setzte. Er schloss die Augen erst im allerletzten Moment.

—

Keine drei Monate nach der Besichtigung jener Einzimmerwohnung am anderen Ende der Stadt war Marta schwanger. Die Orchidee erfuhr es zuerst; sie war derweil prächtig gediehen, ihre getigerten Blüten leuchteten lila und weiß, und Marta dankte ihr, indem sie zärtlich über ihre Blätter strich.

Als Arthur kam, ging sie strahlend auf ihn zu. Er hatte noch nicht einmal seine Tasche abgestellt, da flüsterte sie ihm die Neuigkeit schon wie eine schöne Überraschung ins Ohr.

Er zog seinen Kopf zurück und guckte sie zunächst ungläubig, dann finster an. »Was für ein Biest du bist«, fauchte er. Er ließ seine Tasche fallen und rannte hinaus. Erst spät in der Nacht kehrte er zurück. Marta lag wach im Bett, als er die Schlafzimmertür öffnete und in die Dunkelheit hineinsprach: »Damit das klar ist: Das Kind ist allein deine Sache.«

—

»Sieh zu, dass dich später einer heiratet«, hatte die Großmutter gesagt, als sie Marta, die Braut spielen wollte, ihren Schleier auf den Kopf setzte und sorgfältig richtete.

—

Die Puppe treibt in dem fischlosen Aquarium, ihr Kopf unter Wasser. Die Pumpe blubbert. Marta ruht auf dem Sofa. Sie hält das Häkelkissen vor ihrer Brust und denkt an die Nacht zurück. An die dröhnenden Glockenschläge und daran, wie sie verebbten. An die beängstigende Stille danach. An die aufsteigenden Nebelgeister. An das kalte Schlafzimmer, in flüssiges Schwarz getränkt.

Sie lockert ihre Hände, weil sie sich gerade zu verkrampfen beginnen, schüttelt sie, bis die Fingergelenke knacksen. Dann legt Marta das Kissen beiseite und steht vom Sofa auf. Sie nimmt den Müllsack mit den Fischen und Algen und geht damit ins Schlafzimmer. Die Deckenlampe im Flur lässt sie an, damit sie bei geöffneter Tür ein wenig Licht auf Arthur wirft.

Als sie das Schlafzimmer betritt, schlägt ihr eine Wand aus stickiger Luft entgegen. Der Raum ist aufgeheizt und warm wie sonst nie. »Guten Morgen«, flüstert Marta und hält die Tüte hoch, als könne Arthur sie so, trotz des Tuchs auf seinem Gesicht, besser sehen. Sie zieht den Vorhang auf und geht zu ihm ans Bett. Als Erstes zieht sie ihm die Wollsocken aus. Danach beginnt sie, in gebückter Haltung, den Müllsack zu entknoten. Die Fische zappeln und rascheln noch immer. Marta holt das Mooskraut aus der Tüte und legt es auf Arthurs Kopf, ordnet es an zu einer Algenfrisur. Dann klappt sie das Küchentuch am oberen Ende behutsam zurück und legt so Arthurs gefurchte Stirn frei; die Augen bleiben bedeckt. Einen der Mooskrautstängel lässt Marta nun als schwungvolle Schmachtlocke in die Stirn hineinragen. Sie denkt daran, wie viel Spaß ihr die Arbeit als Schaufenstergestalterin gemacht hat, auch wenn es nur eine kurze Zeit war.

Draußen wird es allmählich hell. Das Tageslicht kriecht ins Zimmer. Marta greift erneut in die Tüte, diesmal um zwei Wasserschnecken zu holen, die sie auf Arthurs Brustwarzen setzt.

Zum Schluss schüttelt sie einen Fisch von einem Farnstängel und drapiert diesen um Arthurs Penis herum. Mit Daumen und Zeigefinger hebt sie den Penis an, holt weitere Pflanzen und platziert sie ebenfalls darunter. Ein braunbleicher Seewurm liegt nun gekrümmt in seinem Bett aus Algen.

—

»Du bist doch blutjung. Hättest du nicht ein bisschen warten können, damit du wenigstens einen Abschluss hast?«, fragte Martas Chefin im Kaufhaus. Besorgt schaute sie dabei auf Martas Bauch.

»Nein, das ging nicht«, antwortete Marta überzeugt. Vor Kurzem war sie neunzehn geworden.

»Wenn du meinst«, sagte die Chefin und bot Marta an, die Ausbildung nach der Geburt fortzusetzen. »Du machst so gute Arbeit. Es wäre schade, wenn wir dich nicht mehr bei uns hätten.« Mütterlich rubbelte sie ein paarmal über Martas Oberarm.

Marta konnte ihr ansehen, dass sie noch etwas sagen wollte. Schließlich rang die Chefin sich durch, fragte in Worten, die sie äußerst schnell aussprach, wohl um diesen Moment, in dem sich ihre Neugier Bahn brach, nicht allzu lang dauern zu lassen: »Ist Georg der Vater?«

Damit hatte Marta nicht gerechnet. »Nein, nein, um Himmels willen.« Sie schüttelte vehement den Kopf.

Die Chefin winkte ab. »Schon gut, es geht mich ja auch nichts an. Ich habe nur gedacht, ihr wart mal ein Paar.«

—

Georg begann, wieder den Haupteingang zu benutzen. Inzwischen hatte er eine Freundin, eine der neuen Auszubildenden. Wahrscheinlich hatte er ihr am ersten Tag die Personalküche gezeigt, und nun lief er meist händchenhaltend mit ihr durchs Kaufhaus. Marta fand, dass es aussah, als führte er sie Gassi. Sie passten überhaupt nicht zueinander.

Irgendwann, im Vorbeigehen, fiel Georg Martas Schwangerschaft endlich auf. Marta hatte schon die ganze Zeit darauf gewartet. Sie sah das Zögern in seinem Blick, als müsste er sich das, was er sah, erst noch übersetzen. Es war Frühling. Marta arbeitete an ihrer letzten großen Schaufensterszene: »Neptunfest«. Über den Boden hatte sie Sand verteilt und sämtliche Puppen mit grünen Fischernetzen behängt. In ausgelassenen Positionen standen sie da und hatten braunen Blasentang im Haar. Die Figuren trugen weder Bikinis noch Badehosen, stattdessen hatte Marta Algen und Farne auf die Geschlechtsteile geklebt und Quallen auf die Brüste der weiblichen Puppen gemalt. Vom Himmel der Szenerie hingen kleine und große Seesterne herab.

Georg ließ seine Freundin für eine Weile stehen und ging auf Marta zu. »Herzlichen Glückwunsch«, sagte er. »Mir ist es eben erst aufgefallen.«

Marta bedankte sich. Außer Georg hatte ihr bislang niemand gratuliert, nicht einmal der Frauenarzt.

»Wann ist es denn so weit?«

»Im Juli.«

»Freust du dich denn?«

»Ja, natürlich«, antwortete sie etwas verdutzt. Wie kam er darauf, dass sie sich nicht freuen könnte? Marta hielt sich an der Schulter einer kräftigen, männlichen Schaufensterpuppe fest. Es war Neptun, dem noch der Dreizack fehlte.

Sie schwiegen einen Moment, dann sagte Georg: »Du darfst das Kind ruhig ›Georg‹ nennen, wenn du willst.«

Er hatte sein ironisches Lächeln im Gesicht, und Marta fiel auf, wie gut sie es kannte, wie oft sie es gesehen hatte. »Klingt sehr nach ›groggy‹. Aber ich werde darüber nachdenken.«

»Mach das! Ist ein sehr schöner Name.« Georg deutete nun mit seinem Kopf in die Richtung seiner Freundin, die bei den Parfüms wartete, und sagte: »Ich muss los.«

»Ja, beeil dich besser, sonst sprüht die sich noch irgendetwas drauf!«

Georg lachte und verabschiedete sich mit seinem merkwürdigen Schläfengruß.

Marta schlug das Herz jetzt bis zum Hals. Sie ließ Neptun los und ging Georg einen Schritt hinterher. »Georg!«

Er drehte sich um: »Ja?«

»Hast du deinen Vorsatz eigentlich durchgehalten?«

»Du meinst den, immer zu sagen, was ich denke?«

»Ja.«

»Nein«, antwortete er. »Es ist aber gut, dass du mich daran erinnerst: Ich werde es mir nächstes Jahr wieder vornehmen.«

»Soll ich dir sagen, was ich gerade denke?«

Georg überlegte. »Lieber nicht«, entschied er schließlich und guckte dabei auf ihren Bauch. »Es ist zu spät. Wenn du jetzt anfängst, ehrlich zu sein, nützt es mir auch nichts mehr.«

—

Ihr Bauch wuchs, die Haut dehnte sich und juckte. Im siebten Monat stülpte sich Martas Nabel nach außen. Während sie sich zu Hause wieder und wieder im Spiegel betrachtete, schüttelte Arthur nur den Kopf. Einmal sagte er, sie solle ihren Bauch nicht immerzu streicheln, sonst würde das Kind ja schon im Mutterleib verwöhnt. Seine Ungläubigkeit über das, was da passierte, schien sich tagtäglich zu erneuern. Immerhin aber hatte er aufgehört, nachts neben ihr im Bett zu rauchen, was Marta als Zeichen dafür deutete, dass er sich insgeheim doch auf das Kind freute. Es musste bloß erst einmal auf der Welt sein.

Als Marta ihn fragte, welchen Namen das Baby bekommen sollte, antwortete er: »Ist mir egal. Hauptsache, nicht ›Marthur‹«, wobei ein leichtes Grinsen, eine Freude über seine Schlagfertigkeit, sein Gesicht streifte.

—

Mitten im Schuljahr war Arthur nach Taubeck versetzt worden, weil sich herumgesprochen hatte, dass eine ehemalige Schülerin bei ihm lebte. Wenigstens musste er nun nicht mehr in »dieses piefige Dorf« pendeln und konnte morgens zu Fuß zur Arbeit gehen. Weniger erfreut war er über die Tatsache, dass er sein Auto verkaufen musste, um für die Miete einer größeren Wohnung aufzukommen. Eine Wohnung mit Arbeits- und Kinderzimmer.

Arthurs Fransenteppich wurde im Flur ausgerollt. Die Orchidee bekam einen Platz auf der Anrichte des Wohnzimmers. Den Schaffellsessel brachte Arthur ins Arbeitszimmer und stellte klar: »Das Arbeitszimmer gehört mir. Ich brauche meine Ruhe.«

Im Schlafzimmer über dem Bett wollte Marta den vergrößerten Fingerabdruck aufhängen, den sie inzwischen gerahmt hatte. Weil Arthur das Bild nicht gefiel, stieg Marta hochschwanger selbst auf die Leiter.

Arthur stand unten, betrachtete das Bild, das noch auf dem Boden lag, und wollte wissen: »Wessen Finger ist das eigentlich?«

»Na, deiner«, antwortete sie.

»Du hast einen Fingerabdruck von mir genommen?« Seine Stimme klang entsetzt.

Marta zeichnete zwei Kreuzchen an die Wand und erinnerte ihn daran, wie er im Unterricht einmal auf ihr Blatt getippt hatte. »Ich habe den Fingerabdruck also nicht genommen, sondern du hast ihn mir gegeben«, konstatierte sie.

Daraufhin haute Arthur sich mit der flachen Hand an die Stirn. »Ich weiß wirklich nicht, warum ich das mitmache«, sagte er. »Beim besten Willen nicht.«

Marta schlug die zwei Nägel zu tief in die Wand. Bei dem Versuch, die Köpfe wieder herauszuziehen, kippte sie beinahe von der Leiter.

—

Draußen beobachtete Marta oft Mütter, die ihre Nerven verloren, wenn die Kinder Schnecken von Mauern pflückten oder durch Pfützen hüpften, anstatt zügig mitzukommen. Marta würde ihr Kind niemals anschreien, nahm sie sich vor. Sie würde es besser machen als alle Mütter, besser als ihre Mutter. Bald würde »Mutter« kein Schimpfwort mehr sein.

—

Der Tigerbalsam an ihren Schläfen lodert in der Kälte neu auf. Es ist kurz vor halb neun, als Marta vors Haus tritt. Sie hat Hunger und will rasch zum Bäcker gehen. Eine eigenartige Katerstimmung herrscht. Die Luft fühlt sich trüb an wie sonst nur an den Morgen nach Silvester, an denen Marta nie weiß, ob sie bedauern soll, dass schon wieder ein Jahr vergangen ist, oder sich freuen, dass ein neues beginnt.

Der Sturm hat wüste Spuren hinterlassen. Die Schneeglöckchen im Vorgarten hat er plattgeweht. Eine der Möwenfiguren aus Ton, die ebenfalls dort stand, ist zerbrochen. Auf den Bürgersteigen liegen Äste und Zweige, Papierkörbe übergeben sich, und neben einer Laterne ist ein Fahrrad umgefallen. Marta überkommt der Impuls, ihm aufzuhelfen. Etwas linkisch hebt sie es an Lenkstange und Sattel hoch und lehnt es an die Laterne, so, wie es vor dem Sturm vermutlich dort gestanden hat. Ehe Marta weitergeht, drückt sie ein paarmal auf die Fahrradklingel. Michaels Fahrrad steht bis heute in ihrem Keller; bei seinem Auszug hat er es nicht mitgenommen.

Die Sonne wärmt kaum – aber immerhin: Sie scheint. Marta empfindet die Kälte als angenehm, als längst nicht so beißend wie gestern. Erst gestern hat sie die zwei Säcke Sand vom Strand geholt? Es kommt ihr vor, als wären Wochen vergangen seitdem.

Auf der Hauptstraße sind die Aufräumarbeiten in vollem Gange. Zwei Männer richten einen umgefallenen Bauzaun auf. An ihm hängt, mit Kabelbindern befestigt, ein Plakat, das schneebedeckte Bergspitzen zeigt und für eine Diashow über das »Abenteuer Anden« wirbt. Die am Wegrand geparkten Autos haben Hagelschäden; ihre Windschutzscheiben sehen aus wie gefrorene Pfützen mit Rissen. Kopfschüttelnd stehen die Autobesitzer beieinander, reden über das Unwetter, und Marta erinnert sich daran, dass Georg einmal laut darüber nachdachte, warum man eigentlich »Un-Wetter« dazu sagte, wo doch gerade ein Sturm ein echtes Wetter war.

In der Bäckerei stehen die Leute Schlange. Die Verkäuferin arbeitet scheinbar erst seit wenigen Tagen hier. Mit ihrem luftkreisenden Zeigefinger muss sie lange nach den richtigen Tasten auf der Kasse suchen, und beim Auszahlen des Rückgelds wartet sie, bis der Kunde nachgezählt hat, ehe sie endlich den nächsten bedient.

»Was hätten Sie gern? Hallo? Was hätten Sie gern?«

Marta bemerkt zu spät, dass sie an der Reihe ist. Die Verkäuferin hat sie schon mehrfach angesprochen, aber erst als ihr Hintermann auf ihre Schulter tippt, reagiert sie und beginnt zu überlegen, was sie eigentlich kaufen möchte. Ein paarmal korrigiert sie ihre Ansage und entscheidet sich schließlich gegen ein Schokoladenherz und für vier Rosinenbrötchen, weil sie hier immer vier Rosinenbrötchen kaufte, wenn sie für Arthur und sich morgens zum Bäcker ging, und weil sie plötzlich denkt, dass es unauffälliger sein könnte, dasselbe zu verlangen wie sonst auch, selbst wenn die Verkäuferin eine neue ist. Mit einem ungeduldigen Lächeln legt diese nun eine gefüllte Papiertüte auf den Glastresen.

Marta tastet ihren Mantel ab. Sie hat ihr Portemonnaie nicht dabei. »Das passiert mir sonst nie«, sagt sie und durchsucht weiter all ihre Taschen.

Die junge Verkäuferin blickt ratlos drein.

»Ich bezahle beim nächsten Mal«, verspricht Marta.

»Das darf ich leider nicht machen«, sagt die Verkäuferin und zieht die Brötchentüte vom Tresen.

»Aber ich kaufe doch immer hier ein. Fragen Sie Ihre Kolleginnen, die kennen mich!«

Die Verkäuferin schüttelt den Kopf und wendet sich nun dem Mann hinter Marta zu, der sich bereits mehrmals räusperte.

»Aber ... «, sagt Marta noch einmal, ohne beachtet zu werden. Dann tritt sie zur Seite.

—

Möchtest du so ein Schokoladenherz?« Vor ein paar Tagen hat Arthur ihr in der Bäckerei diese Frage gestellt.

Marta stand am Tresen und hörte plötzlich Arthurs Stimme hinter sich. War er ihr nachgelaufen? Arthur deutete auf die Vitrine, und Marta sagte: »Nein«, obwohl sie gern eins gehabt hätte, denn noch mehr als eines dieser rot verpackten Schokoladenherzen wünschte sie sich, dass Arthur sie ein zweites Mal fragen würde. Zu ihrer Überraschung tat er es auch.

»Wirklich nicht?«, hakte er nach.

Geknickt wie ein Mädchen, das seinen Trotz nicht durchhielt, antwortete Marta: »Doch.«

»Dann kauf dir doch eins!«, erwiderte Arthur. Und aus irgendeinem Grund schnipste er dabei mit seinen Fingern.

—

Zurück am Haus schaut Marta in ihren Briefkasten, in der Hoffnung, einen, wenn auch verspäteten, Geburtstagsgruß von Michael zu finden. Doch statt einer Karte liegt ein ausgeschnittener Zeitungsbericht darin. Marta zittert, während sie ihn überfliegt.

In dem Bericht ist das Zitat eines Polizisten mit Lineal und Kugelschreiber unterstrichen: »Wenn auf den Gräbern all derer, die in Wahrheit ermordet wurden, nachts Kerzen brennen würden, wären unsere Friedhöfe hell erleuchtet.«

Die Alte von gegenüber muss das eingeworfen haben, ist Marta überzeugt. Aber: Sie konnte doch gar nichts gesehen haben. Die Nacht, in der Arthur starb, war in Schwarz getränkt. Die Dunkelheit hat Arthurs Atem geschluckt.

Marta dreht sich nicht um. Sie zerknüllt den Zeitungsbericht und steckt ihn in ihre Manteltasche. Dann flüchtet sie sich ins Haus, um dem Blick dieser Frau zu entkommen. Der Schauder in Martas Rücken wirkt lange nach.

—

In der Wohnung schlägt ihr ein scharfer Gestank entgegen. Ein Gemisch aus Essig, Algen und Fisch, aus Zwiebeln und Nagellack. Aber schon kurz nachdem Marta ihren Mantel ausgezogen und über einen Bügel gehängt hat, nimmt sie den Geruch nicht mehr wahr. Sie schlüpft in ihre Absatzpantoffeln.

Die Tür zur Küche ist leicht geöffnet; ein Tageslichtstreifen rettet sich zu ihr in den Flur. Marta sieht jemanden durch die Küche huschen. Eine ganz eilige, zugleich verzögerte Bewegung.

»Arthur«, ruft sie, »bist du wach?«

Keine Antwort.

Martas Atem beschleunigt sich. Dann rennt er ihr davon. Außer ihrem eigenen Luftholen hört sie nichts mehr. Ihr Kopf füllt sich damit, mit diesem Atemlärm, der an die Außenwände ihres Schädels stößt, als Echo in die Mitte zurückspringt, ein Echo des Echos erzeugt und sich so weiter und weiter vermehrt. Sie atmet so schnell, dass ihr schlecht wird. Wieder sieht sie etwas durch die Küche huschen. Marta greift nach Arthurs Regenschirm, hält ihn mit der Stockspitze vor sich wie einen Dolch und macht einen jähen Satz in die Küche hinein, als wolle sie einen Überraschungsangriff starten. Sie rutscht aus und landet rücklings auf dem Küchenboden. Ihr Kopf verfehlt die Türklinke nur um Millimeter.

—

Vor Michaels Auszug lag Marta eine ganze Nacht lang hier auf dem Küchenboden.

Als ihr Sohn sie verließ, sagte er: »Nur weil du kein Leben hast, musst du mir meins nicht wegnehmen.«

—

Das Baby kam am 9. Juli zur Welt, einem Mittwoch, an dem das Wetter mehrmals extrem umschlug, von Sonne auf Regen, von Regen auf Hagel und wieder auf Sonne. Doch zunächst begann der Tag ruhig. Während Marta noch ein wenig döste, wurden ihre Beine von einem Sonnenstrahl gewärmt, in dem verschlafene Staubkörner tanzten. Nur schwerfällig gelang es Marta, die Position zu wechseln. Einmal legte sie sich auf den Rücken, bekam sofort wildes Herzklopfen und wälzte sich zurück in die Seitenlage.

Arthur war längst in der Schule. Am frühen Morgen, als Marta noch im Halbschlaf lag, hatte er sie noch einmal zugedeckt und dann vergessen, seinen Kleiderschrank zuzumachen – beides entgegen seiner Gewohnheit, was vielleicht schon ein Zeichen für die Außergewöhnlichkeit dieses Tages gewesen war.

Sie befühlte sich zwischen den Beinen. Alles da unten kam ihr fremd vor, aufgedunsen. Sie nahm die Hände weg und fuhr sich über ihren Bauch; Arthur hatte ihn nicht ein einziges Mal angefasst. Das Baby hatte gerade Schluckauf, Marta spürte sein zaghaftes Hicksen. Langsam richtete sie sich über die Seite auf, setzte sich auf die Bettkante. Eine Möwe hatte ans Fenster gekackt. Oder eine Taube.

Marta ging zur Toilette und rieb sich mit einem Frotteetuch die Brustwarzen wund, weil ihr das der Arzt als Vorbereitung aufs Stillen geraten hatte. Dann zog sie das dunkelblaue Blumenkleid an. Es war weit und bequem. Deshalb trug Marta es zurzeit am liebsten. Sie blieb barfuß; sämtliche Schuhe waren ihr zu eng geworden. Nun begann sie, das Fenster im Schlafzimmer zu säubern. Als sie damit fertig war, putzte sie alle anderen Scheiben. Gegen Mittag setzte Regen ein, und die Fenster wurden wieder schmutzig. Marta trank ein großes Glas Saft und aß vier Scheiben Brot. Sie dachte an ihre Großmutter, die sich den Brotlaib beim Schneiden immer gegen die Brust gedrückt hatte. Wie viele Krümel über die Jahre in ihren Ausschnitt gerutscht sein mussten.

Als Marta mit dem Essen fertig war, bürstete sie die Fransen von Arthurs Teppich und verstaute die Babykleidung, die sie in den vergangenen Wochen besorgt und genäht hatte, im Schrank des Kinderzimmers. Das Kinderzimmer hatte Marta reichlich dekoriert. »Hier kannst du dich austoben«, hatte Arthur gesagt, »aber mein Arbeitszimmer lässt du in Ruhe.« Über dem Baby-Bettchen klebten Sterne an der Decke, die im Dunkeln leuchteten, und an die Wand hatte Marta einen Baum mit einem Vogelnest gemalt, in dem türkisfarbene Eier lagen.

Am Mittag legte Marta sich aufs Sofa, um auszuruhen. Allerdings sah sie von dort aus ein paar Staubmäuse unter der Heizung. Sie stand also wieder auf und saugte die Wohnung. Dabei wiederum entdeckte sie zahlreiche Fettflecken um die Klinken herum und begann, alle Türen abzuwischen. Danach aß sie weitere Wurstbrote, trank noch mehr Saft und bezog das Bett neu. Als Arthur nach der Lehrerversammlung am Nachmittag heimkam, konnte Marta vor Wehen nicht mehr sprechen.

—

Sie gebar in der Hocke. Eine Hebamme, der man ihre Kraft vorher nicht angesehen hatte, hielt Marta unter den Achseln. Eine andere kniete vor ihr, um das Baby aufzufangen.

Es war ein Junge. Michael Zimmermann.

Ein Mädchen hätte Michaela geheißen.

Marta wollte, dass der Junge »Baldauf« mit Nachnamen hieß. Doch dafür hätte Arthur sein Einverständnis geben müssen.

—

Nach der Entbindung durfte Arthur in den Kreißsaal. Sieben Stunden lang hatte er auf dem Flur gewartet, er wirkte fahrig. Die zwei Hebammen räumten blutgetränkte Tücher weg. Marta saß im Bett und lächelte erschöpft. Ihr Gesicht war blass mit braunen Rändern um die Augen. Sie wollte Arthur das Baby reichen, doch der wich sofort zurück und hielt die Hände abwehrend vor die Brust.

»Behalt du es erst mal«, sagte er leise.

Ehe er ging, vereinbarten sie, dass er in zwei Tagen wiederkommen würde, um sie abzuholen.

—

Am Tag ihrer Entlassung saß Marta angezogen auf dem Bett und wartete, die gepackte Tasche neben sich.

Die Frau, mit der Marta das Zimmer teilte, hatte gestern ihr drittes Kind bekommen. Sie fragte mehrmals: »Wo bleibt er denn? Wo bleibt er denn?«, als ginge es um ihren eigenen Mann.

Marta wurde immer nervöser. Sie schämte sich vor der Frau.

Gegen Mittag kam eine Krankenschwester, brachte ihr Michael aus dem Säuglingsraum und sagte zu Marta, sie solle das Baby jetzt anlegen und anschließend heimgehen. Das Bett werde für die nächste Wöchnerin gebraucht: »Die ist gleich so weit.«

Nach dem Stillen stand Marta langsam auf. Ihre Dammnarbe pochte.

Die Bettnachbarin sagte zum Abschied: »Wart's mal ab! Am Anfang können sie meistens nichts damit anfangen, aber wenn die Kinder erst mal laufen, sprechen und Fußball spielen, dann blühen die Väter so richtig auf.«

Unsicher zog Marta die Schultern hoch, hängte sich ihre große Tasche um und schlurfte aus dem Krankenhaus. Sie ging langsam, weil sie Angst hatte, mit Michael auf dem Arm zu stolpern. Sie nahm den Bus nach Hause; für ein Taxi hatte sie nicht genug Geld dabei.

—

Seit ein paar Wochen waren Martas Hände geschwollen und ihre Fingerspitzen fast taub. Der Frauenarzt hatte ihr versichert, dass sich das nach der Geburt bessern würde. Aber noch fiel es Marta schwer, mit dem Wohnungsschlüssel den Widerstand im Schloss zu überwinden. Sie musste Michael sogar kurz auf dem Boden im Treppenhaus ablegen, um mit der einen Hand den Türknauf zu sich heranziehen und mit der anderen den Schlüssel drehen zu können.

Als Marta in den Flur der Wohnung trat, nahm sie einen fremden Geruch wahr. Ihre Nase war so empfindlich, als wäre sie noch schwanger. Marta stellte ihre Tasche ab. Dann nahm sie Michael senkrecht vor den Bauch und hielt mit der rechten Hand sein Köpfchen fest. Schon während der Busfahrt hatte er angefangen zu schmatzen, jetzt schlug er mit seiner Stirn blind gegen Martas Brust.

Marta konnte Arthurs angewinkelte Beine sehen. Die Wohnzimmertür war angelehnt. Vorsichtig stieß sie mit ihrer Schulter dagegen, damit sie weiter aufging: Arthur saß auf dem Sofa im Wohnzimmer und schaute auf ein Aquarium. Ein blubbernder Quader, der fast die gesamte Anrichte einnahm. Die Orchidee war weg. Marta blickte durch den Raum – auf das Regal, auf das Fensterbrett, auf den Couchtisch, auf den Boden – und fand sie an keiner Stelle. Er hatte sie einfach weggeschafft.

Beide Hände auf die Knie gestützt, starrte Arthur geistesabwesend zu den Fischen. Der ungewohnte Geruch stieg Marta zwar zu Kopf. Trotzdem setzte sie sich jetzt mit ihrem ausgehöhlten Bauch neben Arthur. Sie zog ihre Jacke aus, öffnete die Bluse und versuchte zu stillen. Gierig schnappte das Baby zu. Arthur beachtete die beiden nicht. Er sah aus wie eine Wachsfigur. Eine Wachsfigur mit Schweißperlen auf der Nase. Wenn Marta in Arthurs Richtung schaute, roch sie, dass er schwitzte. Sobald sie ihren Kopf wegdrehte, hinunter zu dem glucksenden Baby, roch sie es nicht mehr.

Das Aquarium war künstlich beleuchtet, grelles Grün und grelles Blau, dazwischen das Flackern der Fische, im Hintergrund: eine Rückwand mit verzerrter Felsenoptik. Marta bekam Kopfschmerzen, als sie einmal für einen längeren Moment hineinschaute. Nachdem Michael fertig getrunken hatte, nahm Marta ihn hoch. Sie wollte demonstrieren, wie geübt sie im Umgang mit dem Kleinen bereits war, und überwand sich zu fragen: »Warum hast du mich nicht abgeholt?« Während sie auf eine Reaktion wartete, wurde das Blubbern der Pumpe lauter und dringlicher.

Marta rechnete schon nicht mehr mit einer Antwort, als Arthur nach einer Weile sagte: »Völliger Blödsinn. Jetzt weiß ich, dass es wirklich völliger Blödsinn war«, ohne seinen Blick vom Aquarium abzuwenden. Dabei schüttelte er den Kopf – ob über sich selbst oder über Marta oder über das Baby, wusste Marta nicht. Es machte auch keinen Unterschied.

Michael spuckte einen Schwall Milch auf ihre Bluse.

—

Obwohl Arthur selten länger als bis drei Uhr nachmittags Unterricht hatte, kam er fortan erst zum Abendessen heim. Selbst während der Sommerferien war er immerzu weg gewesen. Zwischen sechs und halb sieben hörte Marta seine Schritte im Treppenhaus. Dann wusste sie, dass er sich nun die Schnürsenkel aufband, indem er seine Füße im Wechsel drei Stufen weiter oben abstellte, um sich nicht so tief bücken zu müssen. Anschließend schob er den Schlüssel ins Schloss, öffnete die Tür, trat in den Flur, stellte seine Tasche ab, hängte seine Jacke ordentlich über den Bügel, strich deren Schultern sauber, wusch sich die Hände, schaute nach den Fischen, nicht aber nach seinem Sohn, von Marta ganz zu schweigen, und setzte sich hungrig an den Küchentisch. Er aß viel und sprach wenig, und immerzu umgab ihn diese Wand aus Glas, die zersprang, sobald er über irgendetwas schimpfte, sich hinterher aber im Nu erneuerte.

Nach dem Essen setzte Arthur sich für gewöhnlich eine Weile vors Aquarium und zog sich danach in sein Arbeitszimmer zurück, um zu puzzeln. Marta brachte Michael ins Bett, räumte die Küche auf und ging gegen zehn Uhr schlafen. Sie wurde wach, wenn Arthur etwa zwei Stunden später ins Bett kam und wenn Michael schrie. Jeder Werktag verlief von nun an so.

An den Wochenenden und in den Schulferien saß Arthur vormittags im Arbeitszimmer, an den Nachmittagen blieb er auch dann weg. Alle vier Wochen ging er offenbar zum Friseur, denn am letzten Donnerstag des Monats kam er immer mit gekürzten Haaren nach Hause. Darüber hinaus wusste Marta nie, wo er sich in den Stunden nach der Arbeit aufhielt. Sie nahm sich vor, es herauszufinden. Erst einmal musste sie aber zu Kräften kommen und sich an Michaels Tagesrhythmus gewöhnen.

—

Beides zog sich über Monate hin: das Kräftesammeln und das Einspielen eines Tagesrhythmus. Michael war ein Baby, das viel schrie, wenig schlief und sich, wenn es wach war, kaum ablegen ließ.

—

Eines Abends begann Arthur wieder ein neues Puzzle. Die Tür zum Arbeitszimmer war angelehnt, und während Marta das Baby umhertrug, sah sie durch den Türschlitz, wie Arthur mit seiner Hand ausgiebig den Karton durchwühlte, in dem die tausend Puzzlestücke lagen – offenbar mochte er das Gefühl. Michael fielen allmählich die Lider zu; noch wehrte er sich gegen den Schlaf, aber es würde nicht mehr lange dauern, dann konnte Marta ihn ins Bett legen. Arthur sortierte die Puzzleteile jetzt in mehrere Schalen, nach Farben und nach Randstücken. Dabei bemerkte er, dass Marta ihn vom Flur aus beobachtete.

Er stand auf und knallte die Tür zu. Michael erschrak, riss die Augen auf, lief rot an und begann, aus voller Kehle zu brüllen.

Er brüllte anderthalb Stunden lang. In Martas Brust hämmerte gleichzeitig ein Milchstau, und Marta wusste nicht, was bedrängender war: dieses Hämmern in der Brust oder das Geschrei des Jungen. In der Nacht wurde Michael wieder und wieder wach, Marta musste aufstehen, ihn hochnehmen und stillen. Dann ging sie ins Schlafzimmer zurück. Nachdem sie das mehrere Male gemacht hatte und gerade erneut auf dem Weg ins Bett war, schaltete Arthur seine Nachttischlampe an und warf mit einem Kissen nach ihr. »Hör auf, ständig rein- und rauszulatschen!«

Marta nahm sich das Kissen und verließ das Schlafzimmer. Noch ehe sie sich aufs Sofa legen konnte, quengelte Michael wieder.

Erst am Morgen, nachdem Arthur das Haus verlassen hatte, gab der Junge seiner Erschöpfung nach und schlief durch bis zum frühen Nachmittag. Marta war übermüdet und aufgekratzt zugleich. Sie wusste nicht, was sie zuerst machen sollte: Wäsche waschen oder das Essen vorbereiten oder ihre Brüste mit kaltem Quark bestreichen? Ihre Unentschlossenheit trieb sie dazu, die Wohnung ziellos abzulaufen. Irgendwann stand sie in Arthurs Arbeitszimmer, nahm ein Puzzleteil aus einem der Schälchen und verbrannte es. Mit Wohlgefallen schaute sie zu, wie die Glut die Pappe auffraß.

Fortan tat Marta das bei jedem neuen Puzzle, das Arthur sich vornahm: Sie verbrannte ein Teil. Ein Randstück, darauf achtete sie, verbrannte sie nie, weil sie fand, dass eine Leerstelle am Rand zu wenig auffiel.

—

Auf dem Küchenboden liegend, versucht Marta, ihre Beine zu bewegen. Sie spreizt sie ein wenig – das funktioniert also noch. Mit ihrem rechten Wadenbein berührt sie etwas Glitschiges. Sie setzt sich auf; scheinbar hat sie sich nicht verletzt, nur ihr Hintern tut weh von dem Aufprall. Jetzt sieht sie neben ihren Füßen den platten, toten Wels, auf dem sie ausgerutscht ist. Er zappelt nicht mehr. Mit dem Regenschirm schiebt Marta ihn von sich weg.

Über den Boden huscht wieder etwas, und Marta erkennt, dass es Schatten sind. Gruselschatten der Äste und Zweige des Ahornbaums, die sich draußen vor dem Fenster im Wind bewegen. Sie zieht sich einen Stuhl heran, benutzt ihn, um aufzustehen, und stützt sich noch eine Zeitlang an der Lehne ab, bis sie sich im Stehen wieder sicher fühlt. Dann beginnt sie, Kaffee aufzusetzen. Sie gibt Pulver in den Papierfilter, Löffel um Löffel fügt sie gedankenversunken hinzu und denkt daran, wie Arthur sie bat, Kaffeepulver immer zweimal aufzugießen. Um Geld zu sparen. Eine Anweisung, der sie sich Morgen für Morgen widersetzte und deshalb Morgen für Morgen fürchtete, er würde dahinterkommen.

Erst als der Filter bis oben hin gefüllt ist, fällt Marta auf, dass sie einen dermaßen starken Kaffee nicht trinken kann. Sie versucht, das Pulver zurück in die Vorratsdose zu schütten. Sachte hebt sie den Filter mit beiden Händen aus dem Maschinenbehälter, stößt dabei aber mit ihrem Ellenbogen die Vorratsdose um. Vor Schreck fällt ihr jetzt auch noch der volle Filter aus der Hand. Die Arbeitsplatte ist übersät mit Kaffeepulver.

Kein Kaffee, keine Rosinenbrötchen, kein Arthur am Tisch, der auf seinen Kaffee wartet. Ratlos steht Marta in der Küche.

—

In ihrem Garten hatte die Großmutter ein schmales Tulpenbeet, das sie mit Kaffeesatz zu düngen pflegte. Manchmal durfte auch Marta den feuchten, braunen Brei auf die Erde schütten und verteilen. Das Beet hatte der Großvater einst angelegt. Marta kannte ihn nicht. Aber jedes Frühjahr, wenn sich die bunten Blütenkelche gen Himmel reckten, sagte die Oma: »Guck, dein Opa grüßt uns wieder.« Sie lächelte dabei so, als glaubte sie das wirklich, und erzählte dann, dass er bei der Gartenarbeit so sehr schwitzte, dass sie ihm ständig frische Hemden nach draußen bringen musste, damit er sich nicht erkältete.

Nachdem die Großmutter gestorben war, gehörten das Haus und der Garten recht bald jemand anderem. Genau ein Jahr nach ihrem Tod – erster April – kletterte Marta heimlich über den Holzzaun, dessen aneinandergereihte, spitz zulaufende Latten, aus der Ferne betrachtet, eine Zickzacklinie ergaben, und pflückte eine Tulpe aus dem Beet. Marta rannte damit zum Friedhof und legte sie auf das Grab der Großmutter. Sie nahm sich vor, der Oma jeden Frühling eine von Opas Blumen zu bringen. Doch schon im nächsten Jahr wuchsen keine mehr, weil an der Stelle des Beetes nun eine Betongarage stand. Marta stellte sich vor, wie die Tulpen mit ihren Kelchköpfen gegen die harte Decke über ihnen stießen, wie sie nicht durchkamen. Und schließlich in der Erde erstickten.

—

Um Arthur auf die Schliche zu kommen, verbrachte Marta die Nachmittage mit Michael meist im Freien. Sie schob den Kinderwagen durch ganz Taubeck, hielt überall Ausschau, achtete auf jeden, der eine Straße überquerte, auf jeden, der einen Hauseingang betrat oder verließ, auf jeden, der in einen Bus ein-

oder ausstieg. Es musste doch möglich sein, Arthur einmal zu begegnen.

Bevor Marta mit Michael nach draußen ging, machte sie sich immer auf die Schnelle zurecht: mit Rouge und Wimperntusche und Lidschatten, und selbst bei diesen langen Spaziergängen trug sie hohe Schuhe. Trotzdem wurde sie von Männern nicht beachtet, wenn sie mit Michael unterwegs war. Vorher hatten Männerblicke zu ihrem Alltag gehört, ohne dass Marta sie wahrnahm. Ihr Fehlen hingegen bemerkte Marta, und es schmerzte sie. Ab und an stellte sie deshalb den Kinderwagen in einer ruhigen Ecke ab, entfernte sich ein paar Meter – nur so weit, dass sie ihn noch sehen konnte – und tat so, als begutachtete sie ein Kleid im Schaufenster oder läse einen Aushang. Sofort wurde sie wieder von Männern gemustert. Ja, manch einer lächelte sie sogar an.

—

Mit Michael, mehr auf der Hüfte als auf dem Arm, stattete Marta ihren einstigen Kollegen im Kaufhaus einen Besuch ab. Alle wollten den Jungen hochnehmen oder machten »Guck, guck«, hielten sich dabei die Hände vor die Augen und rissen sie wieder weg. Michael gluckste begeistert.

Nur Martas Chefin ließ sich von dem Baby nicht allzu lange bannen. Sie streichelte Michael die Wange, dann richtete sie ihren Blick schon wieder auf Marta: »Warum tust du mir das an?«

»Ich kann den Jungen nicht weggeben«, sagte Marta. Sie hatte sich entschieden, ihre Ausbildung nicht fortzusetzen.

»Hast du dir mal unsere Schaufenster angesehen?«

»Ja.«

»Und? Wie findest du sie?«

»Langweilig. Nur angezogene Puppen«, antwortete Marta.

»Ganz genau, stinklangweilig sogar. Ich bin froh, wenn hier mal jemand auf die Idee kommt, Wolken aus Watte zu basteln.« Die Chefin klang gleichermaßen genervt wie empört und sah Marta beinahe flehend an. »Deine Einfälle fehlen uns! Denk doch bitte noch einmal darüber nach: Der Junge wird so schnell groß, braucht dich nicht mehr, und dann hast du nichts mehr, gar nichts.«

»Eben weil er so schnell groß wird, möchte ich dabei sein«, hielt Marta dagegen.

»Ich wünschte, ich könnte dich zu deinem Glück zwingen«, sagte die Chefin resigniert. Sie streichelte Michael noch einmal über die Wange, dann verabschiedeten sie sich freundlich voneinander.

Als Marta gerade gehen wollte, teilte die Chefin ihr noch mit: »Übrigens: Georg ist nicht mehr mit diesem Mädchen zusammen.«

»Na und?«, antwortete Marta schnippisch.

»Ich wollte es dir bloß gesagt haben.«

—

Verzweifelt versuchte Marta, Arthur für seinen Sohn zu begeistern. Häufig sagte sie etwas zu Michael, nur damit Arthur es hörte. »Du siehst genauso aus wie dein Papa.« Oder: »Du hast genauso schöne Augen wie dein Papa.«

Arthur war nie anzumerken, ob er diese Dinge mitbekam.

Mit siebzehn Monaten konnte Michael laufen, und Marta begann, diese Tatsache dazu zu nutzen, den Kleinen in Arthurs Richtung zu drängen, sobald dieser daheim war. Wenn der Junge etwas brabbelte, sagte sie: »Geh mal zum Papa und erzähl ihm das!« Wenn der Junge etwas fand, sagte sie: »Geh mal zum Papa und zeig ihm das!« Wenn sie dem Jungen etwas gab, sagte sie: »Geh mal zum Papa und bring ihm das!«

Einmal starrte Arthur gerade wieder versunken ins Aquarium, als Marta den Sohn zum hundertsten Male zu seinem Vater schickte. Da stand er auf und schrie: »Lass doch dieses Kind mal in Ruhe. Und mich auch, verdammt!«

Michael heulte auf wie eine Sirene. Arthur verließ genervt das Zimmer. Und Marta schickte Michael daraufhin nicht mehr zu seinem Vater; es war zwecklos, er wollte sich nicht mit ihm abgeben. Als Michael zum ersten Mal eine Sonne gemalt hatte, sagte Arthur: »Sieht aus wie eine Spinne.«

—

Michaels drittes Wort nach »Mama« und »Papa« war: »Guppy«.

Als Arthur heimkam, kletterte der Kleine aufs Sofa, tapste aufgeregt auf dem Polster herum und deutete mit seinem kindlich krummen Zeigefinger von oben ins Aquarium. An der Wasseroberfläche trieb ein Fisch. Michael rief: »Guppy, Guppy, Guppy!« Die Augen des Jungen leuchteten genauso hellblau wie Arthurs, und er zeigte bereits die gleichen spitzen Gesichtszüge. Den Babyspeck, den Kinder normalerweise ansetzten, bekam Michael nie.

Arthur huschte nun ein Schmunzeln übers Gesicht. Er und Marta blickten sich für einen Moment in die Augen, und da sah sie es endlich wieder, ganz kurz: dieses Blitzlicht. Arthur korrigierte den Jungen in überdeutlich ausgesprochenen Worten: »Das ist kein Gup-py, das ist ein Ne-on-salm-ler.« Er stellte seine Ledertasche auf den Boden und schöpfte den Fisch aus dem Becken. Damit kein Wasser auf den Boden tropfte, hielt er seine linke Hand unter den Kescher und lief damit durchs Wohnzimmer. Dabei sagte er zu Marta: »Pass in Zukunft auf, dass der Junge das Aquarium nicht anfasst. Ich will keine Flecken an den Scheiben, gell.«

Arthur vergrub den toten Fisch draußen auf der Wiese hinter dem Haus. Marta beobachtete ihn vom Fenster aus. Michael räumte derweil die unteren Küchenschränke aus. Zum Abendessen gab es einen Flammkuchen mit fünf großen Zwiebeln darauf.

—

Wortlos legte Arthur ihr immer Geld zum Einkaufen hin, knapp kalkuliert, aber so, dass es reichte. Kurz vor Weihnachten war es etwas mehr.

—

Eines Abends fiel Marta auf, dass Sand an Arthurs Schuhen klebte. Wo er doch Sand überhaupt nicht mochte. Verbrachte Arthur seine Nachmittage am Strand, um sich dort mit einem Mädchen zu treffen, einer Schülerin?

—

Sie hat den Dreizack vergessen! Plötzlich fällt Marta ein, was sie eigentlich die ganze Zeit vorhatte: eine Neptungestalt. Eine Neptungestalt wollte sie aus Arthur machen. Sie muss zu abgelenkt gewesen sein in den vergangenen Stunden, zu konfus, um ihr Vorhaben im Auge behalten zu können. Aber nun schärfen sich ihre Gedanken wieder. Sofort beginnt sie, aus Schaschlikstäbchen einen Dreizack zu basteln. Marta versinkt in dieser Arbeit, doch am Ende findet sie, das Ergebnis sieht harmlos aus und mickrig.

In der Küche beginnt sie, nach einer Alternative zu suchen. Sie reißt alle Schranktüren auf, alle Schubladen. Schließlich landet ihr Blick auf der Tranchiergabel im Besteckfach. Zwar hat die nur zwei Zacken, aber die sind schön spitz. Marta geht damit ins Schlafzimmer. Sie legt Arthur die Tranchiergabel in die rechte Hand. Zu ihrer Überraschung sind seine Finger nun beweglich. Marta kann aus ihnen eine Faust formen, in der der Zweizack stecken bleibt. »Neptun«, flüstert sie und setzt sich auf die Bettkante. Sie beugt sich nach vorne. Mit ihren beiden Händen umfasst sie Arthurs linke Hand, die etwa auf der Höhe seines Hinterns auf der Matratze ruht.

Für eine Weile verharrt Marta so, dann geht sie zum Fenster. Die Gardine schwingt ein bisschen in der aufsteigenden Heizungsluft. Marta zieht sie vorsichtig zur Seite, um herauszufinden, ob die Frau von gegenüber wieder glotzt: Ihr Fenster steht offen wie ein schwarzes Loch, aber sie selbst ist gerade nicht zu sehen. Auch ihr Häkelkissen fehlt; nach wie vor liegt es auf Martas Sofa. Die Frau wohnt einen Stock höher, sodass sie bei günstigen Lichtverhältnissen vielleicht Einblick in diese Wohnung hat. Wahrscheinlich kannte sie sich deshalb so gut hier aus, denkt Marta. Mit zitternder Hand greift sie zum Vorhang, lässt aber nach kurzer Überlegung davon ab, ihn zuzuziehen. Einen mitten am Tag geschlossenen Vorhang fänden bestimmt sämtliche Nachbarn merkwürdig.

—

Marta denkt wieder an die Nacht. An die Kälte im Schlafzimmer, an die schwebenden Schwadengeister. Einmal mehr versucht Marta, sich zu erinnern. Sie kneift die Augen zusammen, als könnte sie ihrem Gedächtnis damit auf die Sprünge helfen. Aber wie soll sie sich an etwas erinnern, das sie verschlafen hat? Sie weiß nicht, wie Arthur gestorben ist, in welchem Moment er aufgehört hat zu atmen. Sosehr sie sich auch bemüht: Sie weiß es nicht. Sie hat den Moment nicht mitbekommen.

Das allerletzte Puzzleteil hat er ihr geklaut.

—

Es war eine Tortur, den Kinderwagen über den holprigen Holzsteg zu schieben, dennoch tat Marta es fast jeden Nachmittag. Eine der Umkleidekabinen – zwei links von der, in der sie sich damals mit Arthur verabredet hatte – war stets verriegelt, und nie sah Marta jemanden herauskommen. Sicher war das Arthurs Liebesnest.

Mit einiger Verzögerung ließ sich der Frühling doch noch blicken. Marta gewöhnte sich an, den Kinderwagen am Anfang des Stegs zu lassen. So konnte Michael, noch nicht ganz zwei Jahre alt, mit seinen wackeligen Beinen über den Steg tapsen, während sie, bis auf die verschlossene, in jede einzelne Kabine guckte. Sollte jemand fragen, was sie da tat, würde sie antworten, sie suche ein Plüschtier des Jungen.

Wenn Michael Hunger bekam, fütterte sie ihn direkt in der Kabine neben der abgeriegelten, in der sie Arthur vermutete. Manchmal hörte sie ein Rascheln, manchmal ein Klopfen oder ein unverständliches Flüstern. Als einmal keine Strandspaziergänger in der Nähe waren, sprang sie vor der Tür auf und ab, doch es gelang ihr nicht, durch den Schlitz, den die Tür oben hatte, irgendetwas zu erkennen. Gegen siebzehn Uhr ging Marta immer nach Hause, weil Michael vor Erschöpfung quengelte und sie das Abendessen zubereiten musste.

—

Ende Mai, als die Luft zum ersten Mal in jenem Jahr so lau war, dass Michael keine Mütze brauchte, nahm Marta sich vor, Arthur bei seinem Treiben zu stören. Es war höchste Zeit.

Wie gewöhnlich stellte sie den Kinderwagen ab, und Michael rannte eilig drauflos. Der Steg war inzwischen zu seinem gewohnten Spielterrain geworden. Marta unterließ diesmal das Absuchen der anderen Kabinen und ging zielstrebig zu der verschlossenen Tür. Aus ihr drang lautes Stöhnen, das Stöhnen einer Frau. Es war unnötig zu lauschen, man hörte es auch so.

Wütend pochte Marta an die Tür. »Mach auf, Arthur!«, rief sie.

Arthur öffnete nicht.

Marta rief erneut: »Komm raus!«

Jetzt ertönte ein Keuchen, sonst aber tat sich nichts.

Marta schlug noch einmal kräftig gegen die Tür. In ihrer Handfläche lag nun dasselbe Gefühl wie damals an ihrem achtzehnten Geburtstag, als ihre Mutter sie ausgesperrt hatte. Ausgesperrt für immer.

Marta schaute sich nach Michael um. Er war nirgends zu sehen. Hektisch lief sie den Steg ab, kontrollierte jede Kabine und rief wieder und wieder seinen Namen. Wo steckte der Junge bloß? Wenigstens jetzt, wo Arthur hörte, dass sie Michael suchte, konnte er doch herauskommen, um ihr beim Suchen zu helfen.

»Michael!«, schrie sie verzweifelt.

Ein Herrchen mit seinem Malteserhund rief vom Wasser aus: »Da unten!«, und deutete auf eine Stelle unterhalb des Stegs.

Marta sprang direkt vom Steg in den Sand. Und tatsächlich: Michael saß dort. Seelenruhig und zufrieden stopfte er sich Sand in den Mund. Marta zog ihn hervor, nahm ihn hoch und weinte vor Freude.

Bald aber wich ihre Erleichterung der Empörung über Arthur. Sie ließ den Kinderwagen, wo er war, und ging mit Michael auf dem Arm über den Deich hinunter zur Straße. Von einer Telefonzelle aus verständigte sie die Polizei. »Jemand steckt im Badehäuschen fest«, sagte sie. Dann eilte sie zum Strand zurück und hoffte, dass ihr Arthur in der Zwischenzeit nicht entwischt war. Unmittelbar vor der Tür postierte sie sich, hielt Wache und verhielt sich still. Arthur sollte sich in Sicherheit wähnen. So würde er gleich umso mehr erschrecken. Michael ließ sie wieder herumlaufen.

Eine Viertelstunde später näherten sich zwei Polizisten. Marta winkte ihnen zu.

»Sind Sie die Frau, die angerufen hat?«, fragte einer der beiden.

Marta nickte. »Hier steckt jemand fest«, sagte sie laut, damit Arthur es hörte, und deutete auf die Tür.

Einer der Polizisten rüttelte an dem Holzgriff, der außen an der Tür angebracht war: »Hallo? Ist da jemand? Ist da jemand? Hier ist die Polizei. Können wir Ihnen helfen?«

Keine Reaktion. Der Polizist hielt sein Ohr an die Kabine, klopfte mehrmals.

»Vorhin hat jemand um Hilfe gerufen«, log Marta. »Dann bin ich zur Telefonzelle gelaufen. Seit ich zurück bin, sagt er nichts mehr.«

»Es ist ein Mann?«

»Das konnte ich nicht erkennen«, sagte sie und täuschte ein Nachdenken vor. »Es können auch mehrere Personen gewesen sein, ein Mann und eine Frau.«

Die Beamten schauten einander skeptisch an. Dann sprang einer von ihnen in die Luft, so wie es Marta auch schon einige Male versucht hatte, und leuchtete dabei mit seiner Taschenlampe durch den Türspalt hinein. Sehen konnte er während dieses kurzen Sprungs nichts, aber aus der Kabine heraus drangen nun Geräusche, die an ein aufgescheuchtes, verängstigtes Tier erinnerten.

Der Polizist reichte dem Kollegen seine Taschenlampe, sprang erneut und hielt sich an der oberen Türkante fest. Er machte einen Klimmzug und guckte so hinein. Der andere leuchtete unterdessen mit der Taschenlampe hinauf an die Kabinendecke.

Der Polizist kam wieder herunter und klatschte sich die Hände sauber. »Unsere Bekannte«, sagte er vielsagend zu seinem Kollegen.

»Ich hatte es mir schon gedacht«, raunte dieser. »Brecheisen?«

»Wird wohl nicht anders gehen. Von alleine kommt die nicht raus.«

»Ich hole es«, sagte der Kollege und lief los.

Marta kam es gelegen, dass Michael wieder weggerannt war. Sie folgte dem Jungen, um nicht bei dem Polizisten bleiben zu müssen, der ihr womöglich weitere Fragen stellen würde. Sie war gespannt, mit welcher »Bekannten« sich Arthur im Badehäuschen vergnügte.

Als der zweite Beamte mit dem Brecheisen zurückkehrte, rief er zu Marta: »Bitte bleiben Sie mit dem Kind dort vorne!« Sie stand am Anfang des Stegs.

»Achtung! Wir machen jetzt auf«, warnten die Polizisten

in die Kabine hinein. An zwei verschiedenen Stellen setzten sie das Brecheisen an, rammten die Tür ein paarmal. Knallend und knarzend ging sie schließlich auf. »Schöne Einzimmerwohnung haben Sie da. Aber Sie können hier nicht wohnen, Frau Kleinschmitt. Wir müssen Sie bitten, diese Umkleidekabine jetzt zu verlassen.«

Marta nahm Michael gegen seinen Willen hoch. Er strampelte wild. Sie ging mit ihm ein paar Schritte in Richtung Kabine. Jetzt wollte sie unbedingt Arthurs Gesicht sehen.

Mittlerweile waren auch einige Spaziergänger stehen geblieben und beobachteten das Geschehen vom Strand aus.

»Platz machen! Tut, tut!«, hörte Marta eine tiefe Frauenstimme sagen. So also klang Arthurs Geliebte? »Tut, tut!«

Die Tür fiel zu, ein Rumpeln ertönte, die Tür öffnete sich wieder. Dann wurde ein Einkaufswagen voller Flaschen und Gerümpel herausgestoßen; obendrauf lagen ein Schlafsack und ein Paar Skistöcke. Dahinter trat nun Georgs Tante aus der Kabine. Ungelenk bugsierte sie den Wagen nach rechts und ratterte damit über den Holzsteg. In ihrem Gang lief der Widerwille mit. Sie sah verwahrlost aus – ein verhärmtes, rotes Gesicht, ein fettiger, grauer Pferdeschwanz, schmutzige Kleider –, deutlich schlechter als vor zwei Jahren, als Marta sie zum ersten Mal gesehen hatte. Die Wolle ihrer Handschuhe dröselte auf, hatte die Fingerkuppen freigelegt und hing in gelockten Fäden vom Griff des Einkaufswagens herab.

Georgs Tante ratterte auf Marta zu. Marta stand mit dem Rücken zu den Kabinentüren, hielt Michael ganz fest und machte sich dünn, damit sie vorbeipassen würde. Auf Martas Höhe blieb die Frau stehen, blickte ihr feindselig in die Augen und zischte: »Dein Kopf ist schief«, ehe sie sich wieder schwerfällig in Bewegung setzte, den Geruch von altem Schweiß und Urin mit sich schleifend. Am Anfang des Stegs angekommen, trat sie gegen Michaels Kinderwagen, sodass dieser hinunterfiel und seitlich im Sand landete. Der Junge auf Martas Arm begann zu weinen.

Marta brauchte einen Moment, um sich von dem Schreck zu erholen. Sie tröstete Michael und ging zu den Polizisten, weil sie einen Blick in die Kabine werfen wollte: An die Wand hatte die Frau Zeitungsartikel und Möwenfedern gepinnt und in jede Ecke des Häuschens einen umgedrehten Pantoffel gelegt; die Sohle schaute nach oben. Von der Decke baumelten zerrissene Stofffetzen.

»Wir lassen dieses Kabuff jetzt sauber machen und die Tür reparieren«, erklärte der Polizist, der das Brecheisen geholt hatte. »Ist eine tragische Sache mit dieser Frau. Aber bei Geisteskranken endet das leider meistens so: Irgendwann hat niemand aus der Familie mehr Lust, sich um sie zu kümmern, und dann werden sie obdachlos.« Er ging mit Marta zu dem umgekippten Kinderwagen und trug ihn für sie hinauf zum Dünenpfad. Oben sagte er: »Auf Wiedersehen, Frau …?«

»Zimmer-, äh … Baldauf«, antwortete Marta, woraufhin der Beamte sie leicht irritiert anschaute.

»Ich muss mich an den neuen Namen noch gewöhnen. Ich habe gerade erst geheiratet«, erklärte Marta.

»Meine Frau hat damals auch eine Weile gebraucht. Also, auf Wiedersehen, Frau Zimmer-, äh … Baldauf!« Spaßeshalber setzte er Michael zum Abschied seinen Polizeihut auf.

—

Nach diesem Erlebnis unternahm Marta wieder stundenlange Spaziergänge, um Arthur zu ertappen. Aber Michael quengelte in einem fort. Er wollte sich nicht mehr im Kinderwagen durch die Gegend schieben lassen. Also ging sie mit ihm auf Spielplätze. An den Strand aber traute sie sich in den nächsten Wochen nicht mehr, selbst an den schönsten Sommertagen nicht.

—

Michaels häufiges Schreien hielt über zwei Jahre lang an, bis die Kinderärztin während einer Kontrolluntersuchung zufällig auf seine Knopf-Phobie stieß: Vor dem Jungen stehend, zog sie sich ihren weißen Kittel über. Beim Zuknöpfen fing Michael, scheinbar aus dem Nichts heraus, zu brüllen an und schüttelte erbittert seinen kleinen Kopf.

»Vielleicht hat er einmal ein gruseliges Gesicht in einem Knopf gesehen«, vermutete die Ärztin und hielt Michael zum Test noch einmal einen einzelnen Knopf vor die Nase. Das Geschrei begann von vorn.

Die Ärztin empfahl, möglichst alle Knöpfe aus Michaels Umgebung zu beseitigen. Marta hörte auf, Blusen zu tragen. In Michaels Kleidung nähte sie Reiß- oder Klettverschlüsse ein, sämtliche Hosen versah sie mit einem Gummibund, und sie entfernte die Knöpfe von seiner Bettwäsche. Tatsächlich weinte Michael daraufhin viel weniger, abends beim Einschlafen schrie er überhaupt nicht mehr.

Marta bat schließlich auch Arthur, am Esstisch kein Hemd zu tragen, damit der Junge aufschauen konnte, nicht so verängstigt nach unten auf seinen Teller gucken musste.

Arthur zeigte ihr einen Vogel: »So weit kommt es noch: dass ich mir eines dieser neumodischen T-Shirts anschaffe.«

—

Was Michael, neben seinem Aussehen, zweifellos von Arthur geerbt hatte, war dessen Neigung zu merkwürdigen Marotten. Die Angst vor Knöpfen war eine der anstrengendsten Eigenheiten, zusammen mit der, dass Michael aufgewärmte Mahlzeiten nicht anrührte. Wie eine Katze, die das Futter aus einer am Vortag geöffneten Dose verschmähte.

Doch so schwer es Michael ihr auch machte: Marta hielt ihren Vorsatz, geduldig zu bleiben, eisern ein. Nicht einmal an dem einen Tag, an dem sie dachte, jetzt könne sie wirklich nicht mehr, schrie sie: Wieder einmal war Michael krank. Die ganze Nacht hatte er gefiebert. Am Morgen klebte gelber Rotz unter seiner Nase. Marta wollte ihm rasch das Gesicht sauber machen und nahm ihn auf den Arm, um ihn ins Bad zu tragen. Natürlich hatte Michael auch etwas gegen Waschlappen; er wehrte sich bei dieser Prozedur immer. Diesmal schrie er sich in Rage. Aus seinem Schreien wurde ein Hustenanfall und aus dem Husten ein Würgen. Michael würgte dreimal, dann erbrach er die Milch, die er gerade erst getrunken hatte. Marta war froh gewesen, dass der Junge endlich etwas im Magen hatte, und nun kotzte er auf ihr Nachthemd. Die saure Milch sickerte durch den Stoff; zunächst war die Milch warm, kühlte aber augenblicklich ab und begann, in der Hautrinne oberhalb von Martas Schlüsselbein auf unangenehme Weise zu bitzeln. Dieses Gefühl machte Marta so wütend, dass sie Michael hinstellte und, nur mit dem Nachthemd bekleidet, nach unten rannte. Vor der Haustür bremste sie ab, zog einen Pantoffel aus, schlug damit fünfmal gegen das Regenrohr und stellte sich vor, dieses Rohr sei Michael oder Arthur oder alle beide. Dann kehrte sie in die Wohnung zurück. Brachte diesen Tag hinter sich wie alle anderen. Wartete, bis Arthur zum Essen nach Hause kam.

—

Ihr Alltag bestand in dem Versuch, alle erdenklichen Ärgernisse von Arthur fernzuhalten, sie aus der Wohnung zu beseitigen, bevor sie überhaupt aufgekommen waren. Während der Hausarbeit bewegte sie sich hektisch wie eine Stubenfliege, weil sie glaubte, so bekäme sie alles schneller erledigt. Tatsächlich brauchte sie wahrscheinlich viel länger. Nur manchmal, wenn sie auf den Wäscheständer schaute, hielt sie kurz inne. Der Anblick der Hemden und Hosen, die nichts weiter zu tun brauchten, als kopfüber dazuhängen wie Fledermäuse, beruhigte sie – so lange, bis ihr einfiel, dass die Sachen gebügelt werden mussten.

—

Der Asphalt hat sich aufgehellt, ist fast vollständig getrocknet. Eine Frau im Anorak, die Kapuze auf dem Kopf, schiebt ihren Kinderwagen auf dem Gehweg vor sich her. Sie hat Mühe, an den am Rand geparkten Autos vorbeizukommen, ohne deren überhebliche Seitenspiegel zu streifen.

Marta steht schon seit einer Weile am Schlafzimmerfenster und schaut nach draußen. Hinter ihr liegt Arthur, ganz ruhig. Marta zieht die Gardine auf und öffnet das Fenster, um die Frau mit dem Kinderwagen noch ein wenig länger beobachten zu können. Marta fragt sich, ob sie vielleicht gerade versucht, ihren Mann zu finden, von dem sie nie weiß, wo er ist. Mit einem Mal ist sie sogar überzeugt davon, dass es so ist. Die Frau biegt jetzt ab, um zur Hauptstraße zu gelangen. Marta richtet ihren Blick geradeaus. Im Haus gegenüber steht sie jetzt wieder: die schwarz gelockte Nachbarin. Sie guckt und winkt, und Marta duckt sich, macht sich so klein, wie es geht, hockt am Boden, bis ihr einfällt, dass sie der Frau gerade freie Sicht auf Arthur gewährt: den nackten Neptun, dekoriert mit Sand, Algen, Schnecken und Zweizack. Marta zählt bis zehn. Dann schnellt sie hoch, schließt das Fenster, zieht die Gardine und, nun doch, den Vorhang zu. Hand auf die Brust. Einatmen, ausatmen. Einatmen, ausatmen.

—

Eines Tages traf Marta auf dem Spielplatz ihre Zimmergenossin aus dem Krankenhaus wieder: Angelika. Sie unterhielten sich über ihre Kinder. Marta schwärmte: »Du hattest übrigens recht. Arthur ist inzwischen richtig vernarrt in seinen Sohn«, obwohl sich überhaupt nichts an ihrem Zusammenleben geändert hatte. Noch immer interessierte er sich nicht für Michael, noch immer schlief er nicht mit ihr, noch immer verbrachte er seine Nachmittage anderswo, und noch immer hatte Marta keine Ahnung, wo.

Michael war inzwischen vier. Ein schüchterner, zarter Junge, der mit Angelikas jüngstem Sohn tiefe Löcher in den Sandkasten grub. Marta und Angelika verabredeten sich regelmäßig. Irgendwann fasste Marta den Mut, ihre neue Freundin zu fragen, ob sie Michael einmal für ein paar Stunden zu ihr bringen durfte. »Ich muss zum Arzt«, sagte sie.

Angelika willigte ein.

—

Michael war noch nie bei jemand anderem gewesen. Trotzdem gab Marta ihn, wie vereinbart, bei Angelika ab. Zu ihrer Überraschung weinte er nicht, als sie ging; er war damit beschäftigt, das Spielzeug seines Freundes zu inspizieren. Marta rief »Tschüs!« und rannte davon. Sie musste sich beeilen, wenn sie Arthur rechtzeitig nach Unterrichtsschluss abfangen wollte. Außer Atem erreichte sie die Schule und versteckte sich auf der gegenüberliegenden Straßenseite hinter einem Baum, das Schultor im Blick.

Schon nach ein paar Minuten tauchte Arthur auf. Gemeinsam mit einer Frau verließ er das Gebäude. Sie war größer als Arthur und hatte graues, kinnlanges Haar, sicher eine Kollegin. Unten an der Treppe angekommen, schlugen sie unterschiedliche Richtungen ein. »Bis morgen!«, konnte Marta von den Lippen der Frau ablesen. Sie ging nach links, Arthur nach rechts.

Marta blieb auf der anderen Straßenseite und folgte ihm mit großem Abstand. Am Tabakladen, der »Starker Tobak« hieß, blieb er stehen und schaute sich die Auslage an. Dann ging er hinein und kehrte mit einer Schachtel seiner üblichen Zigaretten zurück. Er öffnete sie, zog eine Zigarette heraus, zündete sie sich an und rauchte im Stehen. Marta wunderte sich, wieso er nicht weiterging. Sie suchte derweil Deckung hinter einer Litfaßsäule. Arthur rauchte eine zweite Zigarette. Wartete er auf jemanden?

Erst eine halbe Stunde später setzte er sich wieder in Bewegung. Nun steuerte er auf die Bushaltestelle zu, an der schon ein paar Leute warteten. Marta lehnte an einer Hauswand und lugte regelmäßig um die Ecke. Der 33er-Bus kam, er war sehr voll, sodass Marta entschied, es zu wagen: Als Letzte stieg sie geschwind in den Bus. Arthur hatte die hintere Tür gewählt, Marta die vorderste, vorn beim Fahrer. In dem Gedränge fiel es ihr schwer, Arthur im Auge zu behalten. Vor allem wusste sie nicht, wie es ihr gelingen sollte, unbemerkt an derselben Station auszusteigen. Nach und nach leerte sich der Bus. Marta setzte sich hin, damit er sie nicht sehen konnte. Allerdings saß sie nun mit dem Rücken zu Arthur und musste sich umdrehen, um die Sicht auf ihn nicht zu verlieren. Er stand im Türbereich und hielt sich an einer der herabhängenden Schlaufen fest. Inzwischen war außer ihr und Arthur nur noch ein etwa fünfzehnjähriges Mädchen im Bus. Arthur drückte den Haltewunsch-Knopf. Wohin wollte er bloß? Das Mädchen und Arthur stiegen aus. Er würde sie entdecken, wenn sie jetzt mit ihnen den Bus verließ, dachte Marta. Sie war nun die einzige Passagierin.

»Endhaltestelle«, brummte ihr der bärtige Fahrer an der nächsten Station zu.

Ungerührt blieb Marta sitzen.

»Wollen Sie nicht aussteigen?«

Sie schüttelte den Kopf.

Der Fahrer zuckte mit den Schultern. »Gut. Dann geht die Rundfahrt in einer Dreiviertelstunde von vorne los.« Er stellte den Motor ab. Der Bus schnaubte und sackte zusammen. Am Imbiss aß der Fahrer eine Fischsemmel, wobei er sich Remoulade auf sein Cordhemd kleckerte.

Ungeduldig wartete Marta auf die Rückfahrt. Erst nach siebzehn Uhr war sie zurück bei Angelika. Sie hatte Michael auf dem Arm, als sie die Tür aufmachte. Er schluchzte, sein Gesicht war rot.

»Gleich nachdem du gegangen bist, hat er kapiert, dass du wirklich weg bist. Dann hat er angefangen zu heulen und seitdem nicht mehr aufgehört«, sagte Angelika und reichte den Jungen hinüber. Dieser warf seinen heißen Kopf sofort an Martas Hals und umklammerte sie.

»Oje, mein Ärmster. Mama ist ja da.« Marta streichelte ihn und wendete sich an Angelika. »Das Wartezimmer war brechend voll. Es ging nicht eher«, log sie. »Und nächste Woche muss ich noch einmal hin.«

»Ist es etwas Schlimmes?«

»Wahrscheinlich nicht, aber es muss abgeklärt werden. Könntest du Michael noch einmal nehmen?«

»Kann denn dein Mann nicht einspringen, wenn es so wichtig ist?«

»Nein, leider nicht.«

Angelika zögerte. Eines ihrer Kinder, wahrscheinlich das mittlere, hielt sich an ihrem Bein fest. »Na gut. Einmal kriege ich das noch hin«, sagte sie schließlich.

»Ich danke dir! Vielleicht klappt es dann ja besser.«

Ungläubig zog Angelika ihre dunklen Augenbrauen hoch.

—

Weil Marta keine Zeit zum Kochen gehabt hatte, gab es an diesem Abend etwas Aufgewärmtes. Michael rührte es nicht an. Sein Gesicht sah noch immer verweint und verquollen aus.

Arthur sagte: »Das war vielleicht ein anstrengender Tag heute.« Er aß zwei Teller und lächelte süffisant.

—

»Nein, Mama, nein!« Beim nächsten Mal brüllte Michael schon beim Abgeben.

Angelika pflichtete ihm bei: »Ich weiß wirklich nicht, ob es gut ist, das so über den Zaun zu brechen. Er ist doch nur an dich gewöhnt.«

Marta entgegnete, es gehe nicht anders, und rannte davon. Selbst draußen hörte sie Michael noch weinen, aber sie ging nicht zurück. Heute war ihre letzte Chance, dachte sie, ein drittes Mal würde Angelika den Jungen bestimmt nicht nehmen.

Wieder wartete sie vor der Schule auf der gegenüberliegenden Straßenseite auf Arthur. Er kam allein aus dem Gebäude. Wie beim letzten Mal steuerte er den Tabakladen an, ging aber nicht hinein. Er schaute lange in das kleine, quadratische Schaufenster, in dem eine vergilbte Gardine hing und in dem, auf einem Podest aus Spanholz, ein paar lieblos verteilte Zigarren lagen. Arthur rauchte, dann ging er wieder zur Bushaltestelle. Als der Bus kam, stieg Arthur allerdings nicht ein, sondern blieb ungerührt stehen. Beinahe wäre Marta zu früh aus ihrem Versteck an der Hausecke hervorgetreten. Arthur holte ein Buch aus seiner Tasche und begann zu lesen. Der nächste 33er-Bus fuhr eine Dreiviertelstunde später. In diesen stieg Arthur nun ein, wählte wieder die hintere Tür, während Marta wieder vorne beim Fahrer Platz nahm. Da sie wusste, wo Arthur aussteigen würde, unterließ sie es, sich umzudrehen. Im Innenspiegel des Fahrers hielt sie aber nach dem Mädchen Ausschau, das beim letzten Mal auch diesen Bus genommen hatte; bislang war es noch nicht aufgetaucht.

Komischerweise blieb Arthur an der vorletzten Station sitzen. Er fuhr bis zur Endhaltestelle. Und auch dort machte er keine Anstalten hinauszugehen. Er saß in der erhöhten letzten Reihe und las.

Der Busfahrer drehte sich zu Marta und fragte: »Wieder die große Rundfahrt heute?«

Marta nickte nur, damit Arthur sie nicht hörte, und rutschte in ihrem Sitz ein Stück tiefer.

»Und der Herr? Bleibt auch sitzen?«, rief er zu Arthur nach hinten.

»Ja.«

»Na, dann machen Sie mir mal keine Dummheiten«, sagte der Fahrer. Er stieg aus, ließ alle Türen offen.

Marta war nun mit Arthur allein im Bus. Der Fahrer holte

sich am Imbiss wieder eine Fischsemmel und trank Kaffee aus einer Thermoskanne. Die Zeit dehnte sich. Einmal stieg Arthur aus und rauchte zwei Zigaretten hintereinander. Marta guckte geduckt auf den Boden, nicht in seine Richtung aus dem Fenster. Nach fünfundvierzig Minuten lenkte der Fahrer den Bus zurück in die Stadt und dann wieder an deren Rand. Arthur blieb die ganze Fahrt über im Bus. Marta wurde unruhig, diesmal würde sie Michael noch viel später abholen.

Als sie zum zweiten Mal an der Endhaltestelle eintrafen, stieg Arthur aus. Der Busfahrer schaute ihm hinterher und verzog die Augenbrauen. Dann begrüßte er seinen Kollegen, übergab ihm den Zündschlüssel und flüsterte ihm mit Blick auf Marta etwas ins Ohr. Marta wartete noch einen Moment, dann stieg auch sie aus und begann, Arthur zu folgen. Es war Spätherbst und dämmerte bereits. In den letzten Tagen war das Wetter deutlich kühler geworden. Bei solchen Temperaturumschwüngen schmerzte ihr Fußgelenk, erst recht jetzt, wo sie so schnell gehen musste. Sie hatte keine Ahnung, wohin Arthur unterwegs sein konnte. Jedenfalls lief er zügig an einem Maschendrahtzaun entlang und rauchte dabei. Der Kragen seiner Jacke stand weit zur Seite ab, sodass Arthur im Schatten der Laternen Napoleon mit seinem Zweispitz glich. Martas eigener Schatten sah, wegen der lang gezogenen Beine, aus, als ginge sie auf Stelzen. Sie befanden sich an einer Schrotthalde. Hinter dem Zaun türmten sich rostige Wrackteile und Autoskelette, schwarze Metallstäbe bohrten sich in den Himmel. Unvermittelt blieb Arthur nun am Eingangstor stehen und drehte sich zu Marta um. Reflexartig ging diese in die Hocke, als könne sie auf diese Weise verhindern, gesehen zu werden.

»Steh auf!«, schrie er.

Marta blieb am Boden, die Hände über dem Kopf.

Arthur ging auf sie zu, packte sie am Oberarm und zog sie

hoch. »Was zum Teufel soll das? Warum läufst du mir hinterher?«

»Wo sind wir denn überhaupt?«, fragte Marta.

»Was weiß denn ich«, antwortete Arthur harsch. »Sieht aus wie ein Schrottplatz, gell. Ist manchmal ganz passend, wo einen der Zufall hinführt.«

Marta und Arthur standen dicht voreinander. So dicht hatten sie lange nicht mehr voreinander gestanden.

»Du hörst auf, mir hinterherzuspionieren! Hast du das verstanden?« Arthurs Schnauzbart bewegte sich, als wäre er es, der redete.

»Was redest du denn? Ich spioniere dir doch nicht hinterher.«

»Hör auf mit diesem Schwachsinn! Du wirst von Tag zu Tag verrückter. Merkst du das eigentlich noch?« Arthur schrie jetzt. »Du hast mir sonst alles genommen – aber meine Nachmittage nimmst du mir nicht auch noch! Ich warne dich!«

»Was habe ich dir denn genommen? Ich habe dir eine Familie geschenkt. Ein Kind. Einen Sohn. Aber scheinbar hast du das noch nicht mitbekommen.«

»Du hast dir ein Kind geschenkt, Marta. Nicht mir.« Arthur schrie nicht mehr, nun sprach er eiskalt und leise. »Und wenn du das ›Familie‹ nennen möchtest, dann bitte. In deiner Vorstellung ist es das vielleicht. Aber ich wollte das nicht, und das weißt du. Du kannst froh sein, dass ich dieses Theater mitspiele.« Während Arthur das sagte, drückte er mit seinem Zeigefinger mehrmals derb gegen Martas Dekolleté. »Hörst du auf, mich zu verfolgen?«

Marta schwieg.

»Hörst du auf, mich zu verfolgen?«, wiederholte er.

Marta schwieg weiter.

»Hörst du auf, mich zu verfolgen?«

»Ja«, gab sie nun klein bei.

Ein Schwarm Kraniche flog über ihren Köpfen. Arthur schaute hinauf, dann fragte er: »Wo ist der Junge überhaupt?«

»Bei einer Bekannten. Ich hätte ihn längst abholen müssen.«

»Verdammt noch mal. Dann los jetzt!« Arthur scheuchte Marta in Richtung Bushaltestelle.

Als sie dort ankamen, startete der neue Busfahrer gerade den Motor. Sie stiegen ein. Arthur ging nach hinten durch bis in die letzte Reihe. Marta nahm wieder vorne Platz. Der Fahrer warf die ganze Fahrt über Kontrollblicke in den Innenspiegel.

Kurz nach acht klingelte Marta bei Angelika. Die Kinder schliefen, auch Michael. Selig lag er neben Angelikas Mann auf dem Sofa. Der Fernseher lief. Marta nahm den Jungen hoch, der einmal gluckste, seinen Kopf dann auf ihre Schulter fallen ließ und weiterschlief. Marta entschuldigte sich flüsternd.

In Anwesenheit ihres Mannes sagte Angelika: »Ist doch gern geschehen«, aber beim Verabschieden an der Tür erklärte sie: »Noch mal kann ich das aber nicht machen. Er hat so viel geweint, und ich habe selbst drei ... «

»Ich weiß schon, du musst gar nicht weiterreden«, unterbrach Marta.

»Was hat denn der Arzt gesagt?«

»Es ist alles in Ordnung.«

»Gut«, sagte Angelika. Sie holte tief Luft, schien zu überlegen, ob sie weitersprechen sollte. Schließlich tat sie es: »Weißt du, Marta, mir würde es leichter fallen, dir zu helfen, wenn du ehrlich wärst.«

»Was?«, fragte Marta entrüstet.

»Die Sachen, die du erzählst, passen überhaupt nicht zusammen, von vorne bis hinten nicht. Selbst meine Kinder können besser lügen als du.« Angelika deutete ins Innere ihrer Wohnung.

»Ich muss jetzt nach Hause zu meinem Mann«, sagte Marta. Fortan mied sie den Spielplatz, auf dem sie und Angelika sich sonst regelmäßig getroffen hatten.

—

Arthur verbrachte die Nacht anderswo. Das hatte er vorher noch nie getan.

Um sich abzulenken, bügelte Marta all seine Hemden und Hosen. Sie putzte die Küche und das Bad und kochte Zwetschgenmarmelade. Es war ihr unmöglich, zu Bett zu gehen.

Am Tag darauf kam Arthur wie gewohnt zum Abendessen heim.

»Ich habe deine Fische gefüttert«, sagte Marta, als er im Flur stand und seine Jacke wortlos über einen Garderobenbügel hängte.

—

Nicht lange danach ging Marta ins Kaufhaus und legte es darauf an, Georg zu begegnen. Eine halbe Stunde lang streunte sie mit Michael durch die Männerabteilung, bis sie von einem ehemaligen Kollegen erfuhr, dass Georg nicht mehr hier arbeitete. Er verdiente sein Geld jetzt bei dem teuren Herrenausstatter am Alten Stadtbrunnen.

—

Wie ein Fohlen, das zum ersten Mal läuft. Marta ist wackelig auf den Beinen, schwach. Trotzdem hastet sie weiter durch die Wohnung. Sie muss Arthur jagen, seinen Geist. In jedem Zimmer war sie schon. Immer hat er ihr ein Zeichen gegeben, ist dann verschwunden, nur um sie kurz darauf aus einem anderen Raum zu rufen. Verfluchtes Katz-und-Maus-Spiel. Er hat den Duschkopf im Bad wieder tropfen und die Schattenbäume über den Küchenboden huschen lassen, er hat das Häkelkissen auf die andere Seite des Sofas gelegt und das Schaffell von seinem Sessel im Arbeitszimmer heruntergerissen. Und jetzt, jetzt kämmt er mit der Tranchiergabel die Fransen des Teppichs im Flur. Marta bleibt mit verschränkten Armen daneben stehen, schaut nach unten, beobachtet, wie sich die Fransen scheinbar von selbst akkurat nebeneinanderlegen. Kein Zweifel: Arthur ist noch hier.

Diesmal versucht Marta nicht, ihn zu fangen. Schon die ganze Zeit hat sie in ihre leeren Hände geklatscht; wie wenn einem eine Fruchtfliege im letzten Moment doch noch entwischt. Sie entscheidet sich, ihn weiter die Fransen kämmen zu lassen, als wäre er ein kleines Kind, ins Spiel vertieft, das man nicht stören sollte. Es war richtig, niemandem Bescheid zu geben, denkt sie. Arthur ist ja noch hier. Und solange er hier ist, ist alles wie immer.

—

Nachdem Marta von ihrer Mutter hinausgeworfen worden und stundenlang durch die feuchte Nacht gelaufen war, besuchte sie ihr Heimatdorf nie wieder. Zu ihrer Mutter hatte sie keinen Kontakt. Das Grab ihrer Oma war mit Sicherheit inzwischen aufgelöst worden, das ihres Vaters ohnehin. Auch wie es den

Zwillingen ging, wusste Marta nicht. Sie konnte sich bei ihnen alles vorstellen, nur nicht, dass sie getrennt voneinander lebten; wahrscheinlicher erschien es ihr, dass sie sich mit einem männlichen Zwillingspaar zusammengetan hatten und nun im Zweijahresrhythmus neue Zwillinge in diese zwielichtige Welt setzten.

—

In den Sommerferien ging Marta bei schönem Wetter mit Michael oft an den Strand. Wenn der Junge Sandburgen baute, Muscheln sammelte, Hühnergötter suchte oder mit anderen Kindern spielte, war das auch für sie eine kleine Pause. Am Strand konnte Marta weder Wäsche waschen noch Essen kochen oder Spielsachen wegräumen. Sie musste nur Michael im Auge behalten und ihr Handtuch richten, wenn der Wind es umgeschlagen hatte. Mehr gab es für sie hier nicht zu tun.

Einmal kam sogar Arthur mit. Aus reiner Gewohnheit hatte Marta beim Abendessen gefragt, ob er am nächsten Tag auch an den Strand wollte, und er hatte so beiläufig »Von mir aus« gesagt, dass sie es gar nicht gleich begriff: Er hatte soeben einem Ausflug zu dritt zugestimmt. Einem Ausflug an den Strand.

Am Morgen stand Marta lange vor den beiden auf. Schon kurz vor sechs war sie wach geworden und bereitete eine Kühltasche mit Essen und Getränken vor, packte Sonnencreme in die Strandtasche und für jeden zwei Handtücher: eines zum Daraufliegen, eines zum Abtrocknen.

Nachdem Arthur sein morgendliches Kreuzworträtsel gelöst hatte, spazierten sie gemeinsam hinunter zum Strand. Arthur trug ein kurzärmeliges Hemd und eine Cordhose. Um seinen Hals hing ein Fernglas. Seine Füße steckten in braunen

Loafers und Wollsocken, denn Arthur trug Wollsocken, egal, wie heiß es draußen war. Er nahm Marta die schwere Kühltasche ab und sagte in durchaus amüsiertem Ton: »Da sind Pflastersteine drin, gell?«

Marta lachte laut und schaute sich um in der Hoffnung, dass irgendwer die ungewohnt humoristische Einlassung dieses Mannes, der sonst kaum mit ihr sprach, mitbekommen hatte. Zu gerne wollte Marta wissen, warum Arthur ausgerechnet heute mitkam, aber sie fragte besser nicht nach. Auch Michael verhielt sich so vorsichtig, als müsse er barfuß über Scherben treten. Zu Hause hatte er sich angezogen, das Gesicht gewaschen, die Zähne geputzt, die Haare gekämmt, ohne von Marta auch nur einmal dazu aufgefordert worden zu sein. Und nun ging er mit geradem Rücken und einigen Metern Abstand vor seinen Eltern her. An jeder Straßenecke schaute er übertrieben lange nach links und rechts. Als sie den Strand erreicht hatten, rannte er sofort auf einen Schulkameraden zu. Ohne ein Wort fingen sie an, Fußball zu spielen. Die Spannung wich aus seinem schmalen Körper.

In der Nacht hatte es geregnet, man sah die Tropfen noch als kleine Punktmulden im Sand. Es wehte kein Wind, das Wasser warf keine Wellen. Das Meer lag nur da und bestand aus einer Aneinanderreihung von Farbstreifen in Türkis, Grau, Hellblau, Dunkelblau und sogar Gold an der Stelle einer Sandbank. Nach und nach füllte sich der Strand. Während die Kinder tobten, lagen die meisten Erwachsenen auf ihren Handtüchern, bewegungslos und sonnenhungrig wie Eidechsen.

Umtriebig begann Marta, das Familienlager zu errichten. Arthur beobachtete mit seinem Fernglas die Frachtschiffe und Segelboote. Dann zog er sein Hemd und die Hose aus. Sein Gürtel klapperte, und Marta hielt für einen Moment inne, in Richtung Umkleidekabinen blickend. Arthur legte seine Sachen zusammen und bat Marta um eine Plastiktüte, in der er alles »zumindest notdürftig« vor Sand schützen konnte. Marta wusste, dass sie keine dabeihatte, suchte aber trotzdem hektisch jeden Winkel ihrer Strandtasche ab, vielleicht tauchte ja doch noch eine auf. Schließlich entschuldigte sie sich und bot ihm an, die Kleidung in Michaels Handtuch zu wickeln und in die Tasche zu legen.

»Wenn es nicht anders geht«, sagte Arthur und hielt ihr die Sachen samt Fernglas hin.

Marta verstaute sie und breitete dann ein Handtuch für ihn aus. Unmittelbar nachdem Arthur sich hingesetzt hatte, reichte Marta ihm auch schon ein Stück Wassermelone aus der Kühltasche.

Ein Mädchen im Badeanzug, vielleicht zwölf Jahre alt, begann, neben ihnen herumzuturnen. Es übte Handstand. Wenn es einen geschafft hatte und die Füße nach oben zeigten, spreizte es seine Beine. Einmal schlug das Mädchen ein Rad, kippte dabei zur Seite und hauchte ein ganz leises »Autsch«, als es mit seinem Hintern auf dem Sand aufkam.

Zunächst sah Marta eine Weile zu, wie Arthur das Mädchen anstarrte, ohne zu merken, dass ihm Fruchtsaft und schwarze Kerne auf den Bauch tropften. Dann aber riss sie ihm die Melone aus der Hand und deutete auf seinen Bauch. »Du hast gekleckert«, sagte sie.

Arthur brauchte einen Moment, um sich zu sammeln. Er schaute an sich hinunter, murrte nun über die Sauerei und ging zum Wasser, wo er sich Bauch und Hände wusch.

In der Zwischenzeit warf Marta das Melonenstück auf das Mädchen, guckte dabei aber in die entgegengesetzte Richtung, um es wie ein Versehen aussehen zu lassen. Sie traf dessen Schienbein, das gerade in der Luft stand. Das Mädchen geriet aus dem Gleichgewicht und kippte um. Als es wieder mit beiden Beinen auf dem Boden stand, schaute es Marta entgeistert an.

Marta sagte: »Du hast Sand in den Haaren.«

Zögernd strich sich das Mädchen über den Kopf. Dann rannte es weg. Als Arthur zurückkam, suchten seine Augen vergebens nach ihm. Er holte sein Fernglas wieder hervor und tat so, als hielte er – am Strand – nach Schiffen Ausschau, bis er es sichtlich enttäuscht in die Tasche zurücksteckte. Rücklings legte er sich nun auf sein Handtuch und rührte sich nicht mehr.

Marta musterte ihn, sah die Wölbung seiner Badehose. Sie fragte sich, ob er sich heimlich mit Schülerinnen traf. Nein, eigentlich fragte sie sich längst nicht mehr, *ob* er sich mit ihnen traf, sie war sich sicher, dass er es tat. Eher fragte sie sich, wie viele es waren und was er mit ihnen trieb.

In jenem Jahr war Marta dreißig geworden. Sie fühlte sich alt, wenn sie diese jungen, knospenden Mädchen sah mit ihrer glatten Haut; ihrer glatten, weichen, warmen Haut. Nichts außer dieser Mädchenhaut gab es, was gleichzeitig glatt und weich und warm war. Alles andere, was glatt war, war kalt, war hart.

Am Mittag glühte die Sonne auf aggressive Weise. Marta spürte das Brennen in ihrem Gesicht und auf den Schultern. Wenn Arthur einen Sonnenbrand kriegte, würde er bestimmt nie wieder mit zum Strand kommen. Sollte sie ihn eincremen, durfte sie das? Marta überwand sich und verteilte die Creme auf seinem Bauch, fuhr mit ihren Händen von der Brust öfter als nötig bis zum Bund seiner Badehose hinab, einmal rutschte sie mit ihren Fingerspitzen auch darunter und sah zu, wie sie sich ein wenig blähte. Marta machte an seinen Beinen weiter. Sie verteilte die Lotion langsam von seinen Füßen bis nach oben. Als sie ihm das Gesicht eincremte, beugte sie sich so tief über ihn, dass ihre Brustwarzen seine Haut berührten. Von seiner Badehose abgesehen, ließ Arthur sich keine Erregung anmerken. Kein leises Stöhnen, kein genussvolles Einatmen. Marta aber wurde nun von einer quälenden Lust übermannt. Sie hielt es nicht mehr aus, stand auf, warf einen flüchtigen Blick auf Michael und rannte dann in eine Umkleidekabine. Dort rieb sie sich, bis sie kam, mehrmals, und weil ihre Hand irgendwann nicht mehr reichte, um diese Lust ruhigzustellen, nahm sie Sand vom Boden und rieb sich damit. Am Ende lag sie gekrümmt und zuckend am Boden jener Kabine, in der das mit ihr und Arthur seinen Anfang genommen hatte.

—

Als Marta die Kabine verließ, schämte sie sich. Es kam ihr vor, als wüssten alle, was sie gerade getan hatte. Sie ging zu ihren Sachen zurück. Michael spielte nach wie vor Fußball. Arthur schlief, und Marta setzte sich wieder neben ihn, schnipste einen Marienkäfer von ihrem Handtuch und versuchte, die schmutzige Erinnerung zu unterdrücken, die sich wieder und wieder in ihr Bewusstsein schraubte. Sie beobachtete einen blonden Mann dabei, wie er Alufolie unter seine Handflächen legte und die Finger spreizte, wohl, um auch die Zwischenräume zu bräunen. Unweit von ihm entfernt begannen zwei Jungen, mit Karten zu spielen, die sie auffächerten wie ein Pfau sein Rad. Und eine Frau hüpfte auf einem Bein, hielt dabei den Kopf schräg, weil sie Wasser im Ohr hatte, das sie abfließen lassen wollte.

Die Ellenbogen abgestützt, lag Marta nun da. Sie wollte die Umkleidekabine vergessen, diesen Familienausflug genießen. Doch die Nervosität blieb auch, nachdem sie die Augen geschlossen hatte. Irgendwie störte sie alles. Es roch nach fauligem Tang statt nach Meer. Die Türen der Umkleidekabinen wurden ständig auf- und zugeschlagen, die Fußkästen der Strandkörbe rumpelnd ausgefahren, ein Eisverkäufer schellte penetrant mit seiner Handglocke, kleine Bälle kamen ploppend auf Holzschlägern auf, und vom Wasser her drang das Gekicher und Gekreische vom Neptunfest eines Kindersommerlagers. Marta öffnete die Augen wieder und schaute sich um: Einige Meter hinter ihr saß der Bademeister auf einem Hochsitz und stülpte sein rotes T-Shirt über die Lehne, anschließend verteilte er Öl auf seiner trainierten Brust. Sie beschloss, eine Runde zu schwimmen, und bat die Eltern des Schulkameraden, auf Michael aufzupassen. Auch hielt sie ihn selbst noch dazu an, keinen Blödsinn zu machen. Dann ging sie baden. Ihr wunder Schritt schmerzte, als er ins Salzwasser tauchte. Marta kraulte weit hinaus, bis sie die goldene Sandbank erreichte. Dort begann sie zu tänzeln. Versank mit ihren gestreckten Zehen in dem weichen Boden. Holte galant die Arme aus. Neigte den Kopf zur Seite. Tat so, als sei sie eine Ballerina. Stand auf einem Bein. Schloss die Augen. Drehte sich und hüpfte, drehte sich wieder und hüpfte, drehte sich. Ein Schwarm kleiner Fische glitt zwischen ihren Beinen hindurch. Sie legte sich rücklings hin, Wasser schwappte in ihren Gehörgang. Das Meer kam ihr jetzt vor wie ein schwebendes Bett aus Samt, und Marta lag auf ihm. Sie drehte sich um, ließ ihr Gesicht unter Wasser, hielt die Luft an.

—

Michael und sein Schulkamerad schippten Sand auf den schlafenden Arthur. Michael tat das mit seiner gelben Plastikschaufel, der Schulkamerad hatte einen Spaten in der Hand, dessen Holzstiel nur unwesentlich kleiner war als der Junge selbst. Seine Eltern schauten belustigt zu.

Marta wechselte vom Brustschwimmen ins Kraulen, um

schneller ans Ufer zu gelangen. Als das Wasser flach genug war, stand sie auf. Umgehend streifte ihr Körper die Leichtigkeit ab, die er bis eben gehabt hatte. Das Schamgefühl kehrte zurück.

Nicht im Wasser ist man nass, sondern erst, wenn man rauskommt.

Marta rannte. Arthur war inzwischen wach. Er hob seinen Kopf und blickte an sich hinunter. Noch ließ er das Einbuddeln über sich ergehen. Marta war schon im Begriff zu glauben, die Sache gehe in Ordnung, als sie tropfend ihr Handtuchlager erreichte. Doch nun, nachdem er die dicke Sanddecke mit einem Ruck aufgebrochen hatte, sprang Arthur hoch.

»Seid ihr verrückt geworden?« Arthur schüttelte sich. »Wollt ihr mich umbringen?«

Arthur riss dem Jungen den Spaten aus der Hand und warf ihn zur Seite, ohne sich vorher umzusehen, ob er jemanden treffen könnte. Er schrie die Kinder an, sich panisch über die Haut reibend, als versuche er, nicht bloß Sandkörner loszuwerden, sondern Tausende Flöhe.

Der Vater des anderen Jungen rief seinen Sohn zu sich, von Arthur weg.

Die Mutter schüttelte den Kopf, während sie auf Marta zukam. »Und so einer darf heutzutage noch Kinder unterrichten? Ihr Mann sollte sich mal abkühlen«, sagte sie.

Marta reagierte nicht und ging zu Michael.

Arthur hatte die Worte der Frau gehört. Mit wutfunkelnden Augen rannte er auf sie zu und schrie nun auch sie an: »Passen Sie lieber mal auf Ihren Balg auf!«

Daraufhin hob die Frau den Spaten auf, hielt den Stiel mit beiden Händen unterhalb des T-förmigen Griffs fest, riss ihn hoch in die Luft und drohte zuzuschlagen.

Arthur trat einen Schritt zurück, seine Unterarme hielt er über Kreuz vors Gesicht.

Der Bademeister zog jetzt sein rotes T-Shirt an und stieg von seinem Sitz herunter.

Der Vater des Schulkameraden hatte seinen Jungen angewiesen, sich auf sein Handtuch zu setzen und nicht von der Stelle zu rühren. Jetzt rannte er zu seiner Frau. »Gib mir den Spaten!«, rief er ihr zu.

»Nein. Den brauche ich, um diesem Spinner eins überzuziehen«, antwortete sie.

»Gib her! Das bringt doch nichts.«

Die Frau ließ den Spaten sinken, der Mann nahm ihn schnell an sich.

Arthur drehte sich um, weiterhin fluchend. Er nahm Michael die kleine Plastikschaufel weg und lief damit hinunter zum Wasser; ein Schwarm Fliegen schreckte von einem Stück Treibholz hoch, als er vorbeikam. Arthur schwamm weit hinaus, weiter als Marta vorhin, bis hinter die Bojen. Sein Kopf wurde kleiner. An der Sandbank machte Arthur nicht halt, und Marta war froh darüber, denn es war ihre Sandbank.

Der Bademeister kletterte auf den Hochsitz zurück und zog sich sein T-Shirt wieder aus. Die geölte Brust kam erneut zum Vorschein.

Michael schaute auf den Boden, während Marta ihn im Flüsterton ermahnte: »Du hättest dir denken können, dass dein Vater das nicht mag!«

»Ich will meine Schaufel zurück«, sagte er.

»Die kriegst du nicht wieder. Das hast du jetzt davon.«

Irgendwann kam Arthur japsend aus dem Wasser. Er holte seine eingewickelten Sachen aus der Strandtasche, auf der einige Marienkäfer saßen, die er zur Seite wischte.

»Die Jungs haben sich unmöglich benommen«, sagte Marta. »Komm, leg dich wieder hin.« Bettelnd griff sie nach seiner Schulter.

Arthur schüttelte ihre Hand ab, hängte sich sein Fernglas um und verließ den Strand, ohne sich erst anzuziehen. Beim Gehen schlug das Fernglas gegen seine Brust.

Marta merkte, dass der Bademeister und die Eltern des anderen Jungen sie beobachteten. Also versuchte sie zu lächeln und zog die Schultern hoch, als ertrüge sie die Macken ihres Mannes mit bewundernswerter Gelassenheit. Auch auf ihrem Handtuch hatten sich allerhand Marienkäfer niedergelassen. Ehe Marta sich hinsetzen konnte, musste sie es ausschütteln. Michael nahm sich einen Comic aus der Tasche und vermied es, zu seinem Freund hinüberzuschauen, der inzwischen mit jemand anderem eine imposante Kleckerburg baute. Marta schloss die Augen. Der Boden unter ihr wogte so sanft wie das Wasser vorhin. Ein leichter Wind kam auf, der mit der Zeit stärker wurde und noch mehr Marienkäfer anwehte.

—

Gegen sechzehn Uhr war kaum noch Sand zu sehen. Der Strand war schwarz und rot. In Ufernähe hatte sich auf dem Wasser ein Teppich aus ertrunkenen Marienkäfern gebildet. Und die, die lebten, bissen und zwickten, dass es wehtat. Die Badegäste versuchten, ihre Haut mit Decken und Tüchern zu schützen, sie packten ihre Sachen und flohen. Die Dünenaufgänge wurden zum Nadelöhr. Auch Marta und Michael rannten davon.

Heute, dachte Marta, würde die Abendsonne, die so viel nachsichtiger war als die grelle Sonne am Tag, nicht dieses ganz besondere Licht über den Strand legen, das jeden noch so kleinen Sandhügel weichzeichnete. Heute, dachte Marta, würde die Abendsonne von Käfern aufgefressen.

Den Rest des Heimwegs legten sie langsam zurück. Marta

trug die Strand- und die schwere Kühltasche, in der nichts fehlte außer einer Melonenscheibe und einer Limonade. Michael blieb trotz der Aufregung schweigsam. Nur am Strand, als das Beißen der Käfer anfing, hatte er ein paarmal »Aua« gesagt. Als sie nun ihr Haus erreichten, murmelte er: »Ohne Papa wäre es viel schöner.«

»Du übertreibst«, sagte Marta. »Andere wären froh, wenn sie so einen Vater hätten.«

»*Ich* übertreibe nicht«, widersprach Michael, »*du* übertreibst.«

Während Marta die Tür aufschloss, sagte sie, beinahe singend: »Ein herrlicher Tag war das«, und schob Michael, der vor der Schwelle stehen zu bleiben versuchte, in den Flur.

—

In der Nacht nässte Michael ein. Marta war weder besorgt noch verärgert darüber, vielmehr erfüllt von einem ungewohnten Gefühl der Befriedigung: Als der Junge sie morgens so hilflos anguckte, dachte sie daran, wie zart und anschmiegsam er als Kleinkind gewesen war. Wie sie ihn jederzeit hatte hochnehmen können, woraufhin er seinen Kopf auf ihr ablegte und seinen Trost allein bei ihr fand.

—

In der Küche hebt Marta den Wels vom Boden auf und legt ihn zurück aufs Schneidbrett. Er ist schlammgrün, hat weiße Punkte und ein beinahe eckiges Maul. Sein glotzender Blick und seine glupschigen Augen erinnern sie an die Frau mit dem Häkelkissen. Überhaupt: Wie ähnlich der Fisch dieser Nachbarin sieht – oder diese Nachbarin dem Fisch. Marta dreht ihn auf den Rücken und schneidet seinen Bauch auf. Dann hackt sie den Kopf ab, wendet den Fisch zurück auf den Bauch und tranchiert auch den Rücken, bis sie den Wels der Länge nach halbieren kann. Geschickt löst sie die Mittelgräte heraus, klemmt sie sich zwischen Daumen und Zeigefinger und geht damit ins Schlafzimmer. Im Flur wirft sie einen beiläufigen Blick auf den Teppich: Die Fransen ruhen, Arthur hat aufgehört, sie zu richten. Im Moment spürt sie seinen Geist nicht.

»Du hast sicher Lust auf eine Zigarette«, spricht Marta ins Schlafzimmer hinein. Arthurs Stirn mit der Algenlocke liegt bereits frei, jetzt klappt Marta das Küchentuch auch unten am Mund zurück, sodass es nur noch Augen und Nase bedeckt. Sie schiebt Arthur die Gräte zwischen seine vertrockneten Lippen. In dem Spalt zwischen den Schneidezähnen klemmt sie die Gräte fest. Sie steht nach oben und sieht aus wie ein farbloser Tannenzweig mit nur wenigen, dafür umso spitzeren Nadeln. »Zigarette, Marke: Neptun«, sagt Marta.

—

Die Sehnsucht überkam sie in Wellen mit schmerzschäumender Gischt: Marta wollte noch ein Kind.

Jeden Monat trauerte sie aufs Neue, obwohl es gar nicht anders sein konnte, als dass ihre Periode einsetzte. Es gab Phasen, in denen Marta so sehr an ihre ungeborenen Kinder dachte, dass sie sie leibhaftig vor sich sah. Zwei waren es: ein Junge und ein Mädchen. Für jedes hatte sie einen Namen. Für das Mädchen hatte sie sogar ein paar Kleidchen genäht.

Je älter Michael wurde, umso drängender auch ihr Kinderwunsch, zumal der Junge sich ihr zunehmend widersetzte. Meist tat er das ohne Worte, etwa, indem er die Fransen des Flurteppichs absichtlich durcheinanderbrachte. Es schien nun schon fast sein Tick zu sein, diese Fransenordnung bei jeder Gelegenheit zerstören zu müssen.

Marta versuchte, Michael auf Linie zu halten. Gebetsmühlenartig hielt sie ihn dazu an, nicht auf die Fransen zu treten, sein Zimmer aufzuräumen und trotz Arthurs Hemdknöpfen beim Abendessen aufzuschauen und seinem Vater ausführlich zu antworten, wenn dieser ihm Fragen zum Unterricht stellte. Als Michael einmal mit einer geklauten Baustellenlampe heimkam, brachte Marta sie schnell zurück, ehe Arthur von dem Unfug seines Sohns Wind bekommen konnte.

Spätnachmittags sagte sie zu Michael immer: »Du bist nachher bitte lieb zum Papa!« Und weil der Junge sich angewöhnt hatte, daraufhin die Augen zu verdrehen, musste sie ihrer Aufforderung Nachdruck verleihen mit: »Du weißt doch, dass dein Papa sonst mit mir schimpft.«

—

Michael mochte Fahrradfahren überhaupt nicht. Er fuhr nur deshalb jeden Tag mit dem Rad zur Schule, um nicht vor, hinter oder gar neben seinem Vater laufen zu müssen. Nach der Grundstufe war Michael an Arthurs Schule gekommen. Unterrichtet wurde er von ihm aber nicht; darauf achtete die Schulleitung stets. Einmal hatte Michael morgens einen Platten, und das Allererste, was Michael, der es sonst nie eilig hatte mit irgendetwas, nach der Schule tat, war, diesen Fahrradreifen zu flicken.

»Willst du nicht erst einmal etwas essen?«, fragte Marta.

Michael zog den Schlauch in der Badewanne durchs Wasser, um das Loch zu finden. »Später«, antwortete er.

In seinen abgehackten Bewegungen, in seinem Aussehen, in seinem ganzen Wesen – einsilbig, ruhig, getaktet von wüsten Ausbrüchen – glich er Arthur. Die Ähnlichkeit verblüffte Marta noch immer. Sie fragte sich oft, ob es auch irgendetwas gab, das er von ihr geerbt hatte.

»Ist das denn so dringend?«, wollte sie wissen.

»Ja!«, sagte Michael genervt und schmiss den Schlauch ins Wasser. Die anderen Schüler hänselten ihn schon oft genug wegen seines Vaters, da müsse er morgens nicht noch mit ihm gemeinsam in der Schule auftauchen.

»Jetzt übertreibst du wieder. Sei froh, dass du so einen guten Vater hast!«, sagte Marta ruhig. Sie sagte diesen Satz oft.

»›Herr Baldoof‹ wird er in der Schule genannt«, erzählte Michael, und Marta fiel ein, dass die Zwillinge diese Verballhornung ebenfalls benutzt hatten. »Manche«, so Michael weiter, »sagen auch ›Blumento-Pferd‹ zu ihm.«

»Blumento-Pferd?«

»Das kommt daher, dass er die Silbentrennung einmal an dem Beispiel ›Blumentopferde‹ erklärt hat: Wenn man das Wort falsch trennt, werden Blumento-Pferde aus Blumentopf-Erde.«

»Aha«, sagte Marta und verließ das Badezimmer. »Komm bitte zum Essen, sobald du das repariert hast!« An ihren Händen klebte kalter Schweiß.

—

Im Schlafzimmer ist es furchtbar stickig, es lässt sich kaum atmen. Am Bett stehend, hat Marta Arthur lange betrachtet. Ihr ist jetzt so heiß, dass sie beginnt, sich die Bluse aufzuknöpfen.

Sie zieht sie aus. Dabei rutscht ihr das Papiertaschentuch aus dem Ärmel. Sie hebt es auf, wischt sich über Stirn und Dekolleté. Dann öffnet sie den Reißverschluss und schält sich aus ihrem Rock. Marta trägt jetzt nur noch BH und Slip und darüber die Strumpfhose, die an beiden Beinen von Laufmaschen zerfressen wird.

Behutsam zieht sie das Küchentuch von Arthurs Gesicht. »Damit du mich besser sehen kannst«, sagt sie in seine offenen Augen. Sie hält es diesmal sogar aus, lange hineinzuschauen – in dieses Blau, das zur Pupille hin immer heller wird und immer leuchtender. Sachte fährt sie mit der Kuppe ihres Mittelfingers über Arthurs Wimpern. Es kitzelt.

Marta breitet ihre Bluse flach auf dem Teppich aus und knöpft sie zu, die Ärmel schräg und weit zur Seite gestreckt. Unterhalb der Bluse platziert sie ihren Rock. Dann sucht sie die zerschnittenen Teile von Arthurs Pyjama zusammen; den Stoffstreifen mit der Knopfleiste findet sie erst nach längerem Suchen unter dem Bett. Sie ordnet die Fetzen wieder richtig an und legt sie neben ihrer Bluse und dem Rock auf den Boden. Ihren linken Ärmel führt sie an Arthurs rechten heran. Eine Berührung. Marta und Arthur.

—

Eines Spätnachmittags klingelte es an der Wohnungstür. Michael besuchte damals die achte Klasse und erledigte gerade seine Hausaufgaben. Marta war im Schlafzimmer zugange, räumte Handtücher, Bettbezüge und Laken in den Schrank. Ihr taten der Nacken und Unterkiefer weh, weil sie die Wäschestücke beim Zusammenlegen jeweils unterm Kinn einklemmte. Michael, dankbar über die sich ankündigende Ablenkung, rannte sofort zur Tür. Marta nahm an, es sei einer seiner Freunde, und ärgerte sich schon jetzt darüber, dass sie ihn bei der Schularbeit unterbrachen. Der Junge machte auf. Marta trat aus dem Schlafzimmer.

Vor der Tür standen zwei Polizisten: zwei Uniformen mit zwei Kappen, von denen eine deutlich weiter oben saß als die andere.

»Michael, geh in dein Zimmer«, sagte Marta.

Sie wiederholte es einmal, sie wiederholte es ein zweites Mal, aber der Junge rührte sich nicht von der Stelle, bis der größere der Polizisten sich einmischte und sagte: »Hör auf deine Mutter!«

Marta fragte sich, was die Polizei wollte. War etwas mit Arthur?

Mit herunterhängenden Schultern verließ Michael den Flur. Er musterte die Polizisten noch einmal durch den Spalt, ehe er widerwillig seine Zimmertür schloss.

»Frau Zimmermann, dürfen wir einen Moment reinkommen?«, fragte der kleinere Polizist.

Marta nickte. Sie bemerkte erst jetzt, dass das eine Frau war. Ihre Daumen klemmten fest hinter dem breiten, schwarzen Gürtel. Sie reagierte auf Martas fragenden Blick und begann umgehend zu sprechen: »Frau Zimmermann, wir müssen Ihnen leider mitteilen, dass Ihre Mutter gestorben ist.« Die Kollegen hätten sie tot in ihrer Wohnung aufgefunden. Nachdem sie tagelang nicht gesehen worden war, hätte eine Nachbarin die Polizei informiert.

Das Türschloss knackte. Ehe Marta die Nachricht hatte aufnehmen können, kam Arthur nach Hause. Er warf einen Blick auf die Flurszenerie und wendete sich, noch auf der Türschwelle stehend, an Marta: »Was hast du ausgefressen?«

»Ihre Frau hat gar nichts ausgefressen«, erklärte die Polizistin. »Ihre Schwiegermutter ist verstorben. Und in Trauerfällen versuchen wir, wenn möglich, die Angehörigen persönlich zu informieren.«

Marta war dankbar, dass die Beamtin sie verteidigte.

»Ich verstehe«, sagte Arthur. Er nickte, trat ein und übernahm die Führung. Er bat die Polizisten ins Wohnzimmer.

Marta setzte sich auf den Sessel. Die Polizisten nahmen auf dem Sofa Platz. Arthur blieb die ganze Zeit über mit verschränkten Armen stehen.

Sachlich führte die Beamtin aus, dass es sich »höchstwahrscheinlich um eine Alkoholvergiftung« handelte. Die Wohnung sei verwahrlost, überall stünden leere Flaschen herum. »Unterhielten Sie noch Kontakt zu Ihrer Mutter, Frau Zimmermann?«, fragte sie.

Marta verneinte.

Der andere Polizist nahm nun seine Kappe ab, Geheimratsecken zogen seine Stirn nach oben. »Ist immer tragisch, wenn sich Verwandte nicht umeinander kümmern«, sagte er und schüttelte ungläubig den Kopf. »Ständig. Ich erlebe das ständig.«

Arthur sagte: »Na hören Sie mal …«

Gleich würde er schreien, dachte Marta, vielleicht würde er sie sogar in Schutz nehmen. Sie hätte gerne gehört, wie er das tun würde, aber die Polizistin bedeutete Arthur mit einem Handzeichen, nicht weiterzureden. In flüsterndem, dennoch barschem Ton wies sie ihren Kollegen zurecht. Daraufhin blieb er bis zum Ende der Unterredung still. Er sah nachdenklich aus, auch setzte er seine Kappe wieder auf. Marta meinte jetzt, ihn zu kennen.

Eine Viertelstunde später erhoben sich die Beamten wieder. Arthur hielt Marta dazu an sitzen zu bleiben, während er die beiden zur Tür begleitete.

—

Reglos im Sessel sitzend, dachte Marta an ihre Mutter und grub zwei Kindheitsszenen aus.

Die eine ereignete sich, als Marta sieben oder acht Jahre alt war. Am Abend stellte die Mutter einen Topf mit übrig gebliebener Suppe auf den Balkon und entdeckte dabei das Nest, das sich eine Amsel dort am Boden gebaut hatte. Es lagen vier türkisfarbene Eier darin. Marta wusste schon seit ein paar Tagen von dem Nest, hatte der Mutter absichtlich nichts erzählt und freute sich darauf, die Küken schlüpfen zu sehen. Nun aber verscheuchte die Mutter die Amsel mit dem Deckel des Suppentopfs, nahm dann das Nest und schmiss es vom Balkon. Marta weinte erst am nächsten Morgen, als sie das umgedrehte Nest, die zerschlagenen Eier und das tote rosa Kükenfleisch draußen auf dem Boden sah.

Die andere Szene spielte sich einige Jahre später ab. Kurz nach der Begegnung im Freibad war das gewesen; der Begegnung mit Arthur, den sie damals noch »Herr Baldauf« nannte. Gerade fühlte Marta sich richtig schön, irgendwie versöhnt mit ihrem Körper. Marta und die Mutter beobachteten gemeinsam die alte Frau aus dem Erdgeschoss dabei, wie sie ihre Unterwäsche hinter dem Haus zum Trocknen aufhängte.

Marta erzählte, was sie von den Zwillingen über diese Nachbarin wusste: »Die behandelt ihren Hautausschlag mit Urin. Eigenurin.«

»Ekelhaft«, sagte die Mutter, die erstaunlich beschwingter Laune war. Die Schatten unter ihren Augen waren heller als sonst.

Mutter und Tochter lehnten im Fensterrahmen, sie schauten hinaus und lästerten in ungewohnter Eintracht über die Frau in ihrer Kittelschürze, die sich unter Ächzen zum Wäschekorb hinunterbeugte und unter Ächzen streckte, um die Leine zu erreichen.

»Diese Büstenhalter sind richtige Zelte«, sagte Marta.

Und nun begann die Mutter zu feixen, künstlich und gemein. Kurz darauf hielt sie abrupt inne, sog mit einem noch gemeineren Geräusch Luft ein und sagte zu ihrer Tochter: »Ja, ihr Euter ist fast so groß wie deins. Aber auch nur fast.«

—

Nachdem die Beamten gegangen waren, zündete sich Arthur im Wohnzimmer eine Zigarette an und guckte von oben ins Aquarium. »›Trauerfall‹ – von wegen. Diese Frau ist nun wahrlich kein Verlust. Um jeden Fisch müsste man mehr weinen.«

Eigentlich teilte Marta diese Einschätzung, aber sie fand, dass es nur ihr selbst zustand, so etwas zu sagen; ihr, der Tochter.

Arthur blies den Rauch durch die Nase aus und schaute zu Marta: »Wenn ich eines an dir verstehen kann, dann, dass du mit dieser verwahrlosten Furie nichts mehr zu tun haben wolltest.« Der Satz kam Marta vor wie ein Lob. Arthur sprach weiter, ging dabei hin und her und überlegte: »Eine Beerdigung muss nicht sein, gell?«

Ohne zu überlegen, stimmte Marta zu.

»Die kriegt ein Urnengrab, das reicht. Und die Wohnung lassen wir entrümpeln. Das musst du nicht machen. Wahrscheinlich braucht es ein Sonderkommando dafür.«

Wohnung entrümpeln – so weit hatte Marta längst noch nicht gedacht, spürte aber in dem Moment, in dem Arthur davon sprach, eine große Erleichterung. »Danke!«, sagte sie. Bleiern blieb sie im Sessel sitzen.

Irgendwann stand Michael neben ihr. Er hatte ein Gummiband in den Händen, das er gefährlich weit auseinanderzog.

»Du hast mich angelogen. Du hast gesagt, ich habe keine Oma mehr«, sagte er vorwurfsvoll. »Ich habe mir immer eine Oma gewünscht.«

»So eine bestimmt nicht«, murmelte Arthur, während er zum Fischfutter griff und Pulver ins Aquarium streute.

Michael schrie: »Woher wollt ihr das denn wissen?« Er schnipste sein Gummiband quer durch den Raum. Es landete im Flur. »Ich hasse euch«, sagte er nun so laut, wie er es sich zu sagen traute, aber das war trotzdem ziemlich leise. Dann stapfte er zurück in sein Zimmer. An dieser Art, den Raum zu verlassen, sah Marta einmal mehr seinen Vater in ihm. Die Tür knallte.

»Hey, hey, hey«, rief Arthur dem Jungen hinterher. Aber er beließ es dabei und zog sich in sein Arbeitszimmer zurück.

Marta ging in die Küche.

Sie aßen später als sonst.

—

Nachts im Bett begann Marta zaghaft, Arthurs Rücken zu streicheln. Sie tat es einfach, ohne an die Zurückweisung zu denken, mit der sie rechnen musste. Vielleicht weil sie die Erinnerung an ihre Mutter in jene Stimmung zurückversetzte, die ganz am Anfang zwischen ihr und Arthur geherrscht hatte. Vielleicht traute sie sich deshalb, Arthur anzufassen. Und vielleicht ging es Arthur ganz genauso, denn er ließ es geschehen. Nach einer Weile drehte er sich ihr sogar zu, kam näher und begann, sie zu küssen.

Marta hatte vergessen, wie er von Nahem roch: sehr herb. Und wie er schmeckte: nach feuchtem, weichem Zigarettenrauch. Und wie sein Bart beim Küssen ihre Lippen rieb. Aber jetzt erinnerte sie sich an alles. Sie fühlte sich so jung und glatt, so weich und warm wie damals. Arthur legte sich auf sie. Der

Vorhang am Fenster war in der Mitte nicht vollständig zugezogen; durch den Schlitz drang das Licht der Straßenlaterne in ihr Schlafzimmer. Seit Michaels Geburt hatten sie nicht miteinander geschlafen. Es fühlte sich anders an als früher, Marta war weiter geworden. Aber das machte nichts. Sie drückte ihre Finger in Arthurs Rücken, sie hielt den Stoff seines Schlafanzugs fest und atmete so tief, als wäre sie die ganze Zeit unter Wasser gewesen und erst jetzt, erst jetzt wieder aufgetaucht. Zum ersten Mal seit Jahren bekam sie richtig Luft. Sie sog ihre Lunge voll und stöhnte.

—

Kurz bevor er kam, zog Arthur sein Glied heraus und eilte ins Bad.

—

Am nächsten Morgen löste Arthur nach dem Frühstück kein Kreuzworträtsel. Stattdessen suchte er im Telefonbuch die Nummer einer Firma heraus, die Marta mit der Entrümpelung der Wohnung ihrer Mutter beauftragen durfte, und ging.

—

In der Nacht wagte Marta einen weiteren Annäherungsversuch. Diesmal hatte sie den Vorhang absichtlich einen Spalt offen gelassen; vielleicht war dieser Spalt das, worauf es ankam. Sie lag nackt unter der Decke und bemühte sich, wach zu bleiben.

Als sie hörte, dass Arthur ins Bad ging, schlug sie die Decke zurück. Sofort wurde ihr kalt. Sie legte sich so hin, dass der Strahl der Straßenlaterne über ihr Schamhaar führte, und stellte sich vor, dass er sie ein wenig wärmte. Arthur gurgelte, verließ das Bad und kam ins Schlafzimmer. Marta winkelte die Beine an und spreizte sie.

In Arthurs Schritten lag ein Zögern. Er ging zum Fenster und zog den Vorhang zu. Der Lichtspalt verschwand. Dann legte Arthur sich hin. Marta drehte sich auf die Seite, schob sich dicht an seinen Rücken.

Keiner der beiden regte sich, bis Marta nach vorn in Arthurs Hose griff.

»Nimm deine Finger weg«, sagte er und schüttelte sich heftig. Er stieß Marta weg und drehte sich dann auf den Bauch.

Als er zu schnarchen begann, holte Marta ihre Decke vom Fußende des Bettes und ließ ihren zitternden Körper von ihr verschlingen.

—

Marta beschloss, Georg zu besuchen. Das Schaufenster des Herrenausstatters, in dem er arbeitete, war mit einer Rückwand aus Holz versehen, sodass Marta nicht hinein-, sondern nur die Auslage sehen konnte: edle Anzüge, edle Lederschuhe, edle Hüte. Schon oft war sie vorbeispaziert, diesmal aber traute sie sich einzutreten. Es war kurz nach zehn Uhr vormittags, Michael war in der Schule. Um diese Zeit würde sicher nichts los sein, dachte Marta und stieß die schwere Holztür auf. Ein helles Glöckchen bimmelte. Der Raum war mit demselben Holz getäfelt wie die Rückwand des Schaufensters. Aus den Regalfächern lugten steife Hemdkragen und akkurat gefaltete Pullover.

Georg kam aus dem Hinterzimmer und postierte sich hinter seinem Tresen. Als er Marta erkannte, schaute er überrascht: »Lange nicht gesehen. Hallo, Marta!« Zu einem dunkelblauen Anzug, der perfekt auf seinen Schultern auflag, trug er ein weißes Hemd und eine gestreifte Seidenkrawatte. Die Koteletten hatte er abrasiert, sein Haar schimmerte inzwischen grau, und er hatte zugenommen. Sein Gesicht wirkte runder.

Zuletzt mit ihm gesprochen hatte Marta, als sie schwanger gewesen war, ihn danach im Kaufhaus noch einige Male aus der Ferne gesehen, aber seit er hier arbeitete, gar nicht mehr. »Ich hatte schon lange vor, einmal herzukommen«, sagte sie. »Aber irgendetwas kam immer dazwischen. Du weißt ja, wie das ist.«

Georg nickte. »Wie geht es dir denn?«, fragte er.

»Gut, danke. Und dir?«

»Bestens. Macht Spaß hier in diesem Laden.« Er hob die Hände und fragte: »Kann ich dir irgendetwas zeigen? Ein Einstecktuch zum Naseputzen zum Beispiel oder …«

Marta lächelte und unterbrach ihn: »Nein, nein. Etwas ganz anderes.«

»Und zwar?«

Marta seufzte, dann trug sie ihr Anliegen vor. »Ich wollte mich erkundigen, ob du eine Frau hast?«

»Wie bitte?« Die Frage amüsierte Georg. Mit einem Grinsen trat er um den Tresen herum zu Marta. »Gegenfrage: Bist du noch mit diesem Choleriker zusammen?«

»Choleriker?«

»Na, deinem alten Mann.«

»Wieso nennst du ihn denn ›Choleriker‹?«

»Dass er ein Choleriker ist, weiß doch jeder. Vor ein paar Jahren, diese Marienkäfer-Invasion am Strand – du erinnerst dich?«

»Natürlich«, sagte Marta.

»Es hat sich ziemlich schnell herumgesprochen, wie er an dem Tag ausgerastet ist. Niemand konnte es fassen, dass ein Lehrer dermaßen die Beherrschung verliert, bloß weil ihn ein paar Kinder eingebuddelt haben.«

»Er hasst Sand nun mal. Darauf hätten die Kinder Rücksicht nehmen müssen«, verteidigte Marta Arthur.

»Vielleicht hätte er auch Rücksicht darauf nehmen müssen, dass Kinder Sand nun mal mögen«, wandte Georg ein.

Marta zuckte mit den Schultern, ging hinüber zu den Krawatten und befühlte eine nach der anderen.

Georg folgte ihr. »Gut, lassen wir das«, sagte er. »Das ist Sand von gestern. Und warum möchtest du wissen, ob ich eine Frau habe?«

»Um herauszufinden, ob du Lust hast, dich wieder einmal mit mir zu treffen«, gab sie zu und hielt ihm dabei eine hellgrüne Krawatte an.

»Oha.« Er nahm ihr die Krawatte aus der Hand und hängte sie zurück. »Bist du nun noch mit diesem Choleriker zusammen oder nicht?«

Sie druckste so, wie Georg es von ihr kannte. Er wurde ungeduldig. »Dass ich nicht dein Hampelmann bin, habe ich dir doch vor – lass mich rechnen! – fünfzehn, sechzehn Jahren schon gesagt. Was willst du denn jetzt?«

»Noch ein Kind«, platzte es aus Marta heraus. Ihr Gesicht wurde heiß, das Blut rauschte in ihren Ohren. Sie konnte nichts mehr hören. Wie hatte ihr dieser Satz bloß passieren können?

Georg nahm Martas Kopf in die Hände und küsste sie auf die Stirn.

—

Es war die Art Kuss, die ihre Großmutter ihr früher oft gegeben hatte: ein Schmatzer.

»Endlich«, schrie Georg. »Endlich, endlich, endlich!« Er jubelte, als hätte seine Lieblingsfußballmannschaft gerade ein Tor geschossen. Er riss die Arme in die Luft, sein Maßanzug verrutschte, die Schulterpolster hoben ab. »Endlich warst du mal ehrlich. Endlich hast du einmal geradeheraus gesagt, was los ist! Du siehst sehr schön aus, wenn du das machst, Marta.«

Sie wusste nicht, ob sie sich über dieses Kompliment freuen sollte.

Georg nahm die Arme herunter und wurde wieder ernst: »Aber helfen kann ich dir leider nicht.«

»Wieso nicht?«

»Weil ich nichts davon halte, Kinder in diese bekloppte Welt zu setzen. Erst recht nicht mal eben so mit einer Frau, die ich seit Jahren nicht gesehen habe. Kann denn dein Greis nicht mehr?«

»Er will nicht«, sagte sie. Ihr stiegen Tränen in die Augen.

Georg zögerte einen Moment, bevor er sie in den Arm nahm. Dann hielt er sie umso fester. Ungewohnt war diese Umarmung – und doch vertraut.

»Ich habe es damals nicht verstanden, was du bei dem willst, und ich verstehe es heute nicht«, sagte Georg leise.

Marta ruhte sich aus.

Nachdem sie sich voneinander gelöst hatten, ging Georg zu einer der Schubladen und öffnete sie. »Ich habe sehr hübsche Fliegen mit Paisley-Muster reinbekommen. Vielleicht kriegst du ihn damit rum?«

»Du nervst«, bekam Marta gerade noch über die Lippen. Draußen hockte sie sich auf den Rand des Alten Stadtbrunnens und tauchte ihren Kopf für einige Sekunden unter Wasser. Mit nassen Haaren ging sie heim.

—

Marta legt sich neben Arthurs Pyjama auf den Teppich. Sie nimmt seinen linken Ärmel in ihre Hand, während sein rechter mit Martas Bluse verbunden ist. Zu dritt ruhen sie nun.

Draußen fährt ein Lkw vorbei. Er hält vor dem Haus, lässt den Motor laufen, der Boden vibriert.

—

In all den Jahren fragte Arthur Marta kein einziges Mal, ob sie etwas damit zu tun hatte, dass ihm am Ende stets ein Puzzleteil fehlte.

—

»Das sieht aus wie Froschlaich. Das esse ich nicht«, sagte Michael.

Arthur war mit einer Schale weißer Johannisbeeren heimgekommen, und Marta zwang Michael, die Beeren, »die der Papa extra für uns mitgebracht hat«, zu probieren. »Keine Widerrede!«, sagte sie, legte ihm eine Rispe hin; die musste er essen. Marta selbst aß sehr viele Beeren, spürte, wie sie in ihrem Mund platzten und sich das glibberige, saure Fleisch auf ihrer Zunge niederließ, wie sich die pelzigen Kerne zwischen ihre Zähne schoben und dort stecken blieben.

Nach dem Abendessen rief Arthur den Jungen ins Bad. Marta wusste sofort, dass etwas schiefgelaufen war. Weil Michael nicht schnell genug aus seinem Zimmer kam, half sie nach: »Michael, kommst du jetzt bitte!«

Irgendwann tappte Michael durch die Tür. Seine schmalen, kantigen Schultern hingen tief. Nun standen sie zu dritt in dem engen Bad. Arthur fuchtelte mit seinem Zeigefinger und deutete wortlos in die Kloschüssel, in der die Johannisbeeren schwammen, die Michael hineingespuckt hatte.

Statt in die Toilette guckte Michael zu Boden. Sein Gesicht war nicht zu sehen, nur seine Haare und der Wirbel auf dem Hinterkopf. Vor ein paar Monaten war Michael in die Höhe geschossen und jetzt genauso groß wie sein Vater.

Arthur sagte: »Beim nächsten Mal spülst du richtig! Wenn du lügst, Michael, dann stell dich gefälligst nicht so blöd an wie deine Mutter.«

Michael hob seinen Kopf. Ein Blick, den Marta bei den beiden noch nie gesehen hatte, flog jetzt von Arthur zu Michael, von Vater zu Sohn, und in diesem Blick lag ein so inniges, ein so tiefgreifendes Verständnis füreinander, dass Marta sofort Angst bekam. Der Junge prustete los und lachte. Arthur stieg lautstark in das Lachen ein, und Michael fasste sich schon an den Bauch, als es noch gar nicht wehtun konnte. Sie lachten Marta aus.

Im Spiegel: ihr Gesicht, ihre Sommersprossen. Im Hintergrund: der Spott.

—

Unmittelbar nach seinem sechzehnten Geburtstag verzichtete Michael darauf, bloß die Augen zu verdrehen, nachdem Marta »Du bist nachher bitte lieb zum Papa!« gesagt hatte. Dafür rastete er aus. Voller Wut begann er, auf die Wohnzimmertür einzutrommeln. »Ich kann das nicht mehr hören«, schrie er. »Ich kann diesen Scheiß nicht mehr hören!« Er schlug weiter gegen die Tür, mit beiden Fäusten, immer weiter, so lange, bis das eingelassene Glas zersprang. Welche Kraft er hatte! »Gottverdammte Scheiße!«, rief er heulend, und seine Stimme quietschte dabei, weil er noch im Stimmbruch war. Dann rannte er in sein Zimmer und knallte die Tür zu; die Wände zuckten zusammen.

Für Marta begann nun ein Wettlauf gegen die Zeit. Sie musste die Scherben zusammenkehren und aufsaugen, die Tür aushängen und den Muschelvorhang anbringen, den sie vor Jahren einmal in tagelanger Sisyphusarbeit gebastelt hatte und der ihr nun als rettende Idee in den Sinn gekommen war. All das schaffte sie tatsächlich, bevor Arthur kam. Es blieben sogar noch ein paar Minuten, um die Tür in den Keller zu bringen. Sie ging zu Michael und forderte ihn auf, ihr dabei zu helfen. Widerwillig nahm er die Kopfhörer ab, mit denen er seine Kassettenmusik hörte, die durch die schwarzen Schaumstoffpads konturlos nach außen drang. Wortlos stand er vom Bett auf und trug die Tür mit ihr nach unten. Marta ignorierte sein verweintes Gesicht und seine geschwollenen Hände, zum Glück hatte er sich nicht geschnitten, blutete nicht.

—

Als Arthur heimkam, beäugte er den Vorhang, der nun das Wohnzimmer vom Flur abtrennte, natürlich sofort. »Was soll das sein?«, fragte er und ließ einen der Muschelstränge durch seine Finger gleiten.

»Ein Vorhang natürlich. Den wollte ich schon lange dort

hinhängen, heute war endlich einmal Gelegenheit dazu«, antwortete Marta. Sie hatte einen beiläufigen Tonfall gewählt und zog sich in die Küche zurück, um ihre Verspätung bei der Zubereitung des Abendessens aufzuholen.

»Aha«, rief er ihr hinterher. »Die Tür zu meinem Arbeitszimmer bleibt aber drin, gell!«

Danach hörte Marta ein Klackern. Zum ersten Mal trat Arthur durch den Vorhang. Er fütterte seine Fische und blätterte dann in seinem Aquaristik-Magazin.

Zum Essen musste Marta Michael aus seinem Zimmer holen. Auf ihr Rufen hatte er nicht reagiert, und als er schließlich die Kopfhörer absetzte, flüsterte sie: »*Jetzt* bist du aber bitte lieb.«

Michael schnaubte bloß. Auf dem Weg in die Küche fuhr er mit seinen Zehenspitzen auf den Teppichfransen ganz langsam hin und her, her und hin. Marta blickte ihn drohend an. Er zog seine Augenbrauen provokant nach oben – und machte weiter.

Erst nachdem sie die Fransen wieder gerichtet hatte, rief Marta auch Arthur zum Essen. Am Tisch schaute er Michael lange und nachdenklich an. Er wollte zu seiner Unterrichtsbefragung ansetzen, ließ dann aber ausnahmsweise davon ab. »Egal«, murmelte er und wandte sich dem Essen zu.

Marta hatte sich so an Arthurs Fragen nach Unterricht und Noten, nach Stoff und Lehrern gewöhnt, dass ihr die nun herrschende Stille unheimlich wurde. Sie begann, über den Muschelvorhang zu sprechen: Wie gut er sich an dieser Stelle doch machte, wie viel Arbeit sie dieser einst gekostet habe, dass er aus zwanzig Strängen bestand … Sie redete und redete, bis Arthur das Messer auf den Teller fallen ließ und sagte: »Sei endlich still!«

»Ja, bitte!«, pflichtete Michael seinem Vater bei.

—

Marta starrt nach oben. Vom Teppich aus, auf dem sie liegt – neben dem Schlafanzug, ihrem Rock und ihrer Bluse –, versucht sie, so stur und reglos hochzublicken wie Arthurs Augen, die keine Ablenkung mehr zulassen. Sie wünschte, sie könnte dermaßen stillhalten, aber ihre Augen fahren jede Ecke der Zimmerdecke ab, kreisen wild durch den Raum, bis ihr duselig wird im Kopf. Da lässt sie den leeren Pyjamaärmel los und steht auf.

Die Algenlocke auf Arthurs Stirn hat sich in den vergangenen Stunden bräunlich verfärbt. Trocken und fest klebt sie auf seiner Haut, beinahe wie echtes Haar sieht sie aus. Marta streicht darüber, folgt der gekringelten Form; ein Ammonit. Oder ein Schneckenhaus.

Eine der Wasserschnecken fehlt. Während Marta sucht, beugt sie sich weit über Arthurs Bauch und findet sie in dem dunklen Spalt zwischen ihrer und seiner Matratze wieder, der Grenzlinie in diesem Bett, das lediglich ein Doppelbett ist, kein Ehebett. Die Schnecke hat ihren Weichkörper eingezogen. Wahrscheinlich ist sie tot, mutmaßt Marta und legt sie auf Arthurs Brustwarze zurück. Dann nimmt sie Arthur den Zweizack aus der Hand, zeichnet damit ein Muster aus Zickzacklinien in die Sandschicht auf Arthurs Bauch und beginnt zu summen. Dann schiebt sie den Zweizack in die Matratzenritze, geht um das Fußende des Bettes herum und legt sich auf ihre Seite. Sie kriecht unter ihre Decke, tastet nach Arthurs Hand und umfasst sie. Sie hat das Gefühl, dass sich seine Hand ihrer bereitwillig öffnet. Sie summt weiter, nickt ein.

—

Einmal im Jahr fand der »Nachmittag der offenen Schultür« statt, meist fiel er auf Ende Oktober. Arthur erzählte ihr nie, wann es wieder so weit war, aber von Michael bekam sie stets die Einladung, die er im Unterricht gebastelt und auf die Marta dann schon gewartet hatte. Früher hatte Michael sie voller Stolz überreicht. Nun, da er ins letzte Schuljahr ging, legte er sie bloß auf den Küchentisch. Er fragte auch nicht nach, ob Marta kommen würde, denn natürlich würde sie kommen. Ob er wollte oder nicht.

Einen Friseurtermin hatte sie extra auf den Morgen gelegt. Sie zog ein geblümtes Etuikleid an, das sie sich für diesen Anlass genäht hatte, und darüber einen dünnen Blazer, obwohl es recht kalt draußen war. Deutlich früher als nötig ging sie los, um sich vorher in der Stadt einen passenden Lippenstift zu kaufen. Mit dunkelrotem Mund trat sie aus der Drogerie, schlug die Richtung der Schule ein – und sah unvermittelt Georg auf der anderen Straßenseite laufen. Drei Jahre waren seit ihrem Besuch beim Herrenausstatter vergangen.

Marta verhielt sich wie eine erschrockene Katze: Sie stoppte abrupt, dann sprang sie ins nächstgelegene Geschäft, um dort Schutz zu suchen. Durch das Schaufenster schaute sie ihm nach. Höchstwahrscheinlich hatte er sie nicht gesehen.

An seiner Hand lief ein kleines Mädchen mit auffällig dunklen Augenbrauen, vielleicht zwei Jahre alt. Es hatte keine Lust mehr zu laufen und ließ sich bockig auf den Boden fallen. Georg nahm es jetzt hoch und setzte es auf seine Schultern. Marta überlegte, ob sie nicht doch hinausgehen sollte, ihn grüßen und fragen, ob dieses Kind seine Tochter war. Aber wann ließ sich eine Panikreaktion schon rückgängig machen? Marta rang noch mit sich, als sie eine männliche Stimme hinter sich hörte.

»Kann ich Ihnen helfen?«, fragte der Verkäufer.

Sie drehte sich um. Erst jetzt nahm sie wahr, wo sie sich befand: in einem Ramschladen, schummrig, voller angestaubtem

Nippes, Kitsch, Klimbim. Der Boden war mit Kunstrasen ausgelegt, an der Decke drehte sich ein Ventilator mit rot leuchtenden Flügeln. Der Verkäufer saß hinter einer klobigen Registrierkasse, und entweder bestand sein Gesicht ohnehin aus einem süffisanten Lächeln, oder er trug es nur jetzt, nachdem er Marta eine Weile beobachtet hatte.

Marta jedenfalls fühlte sich ertappt. Sie blickte weiter durch den Laden und sagte dann: »Ja. Ich hätte gerne diesen da«, wobei sie auf einen aufgeblasenen Luftballon in der Form eines Marienkäfers zeigte, aus dem das meiste Helium aber schon entwichen war, denn der Marienkäfer befand sich bloß noch auf der Höhe der Registrierkasse.

Der Verkäufer ließ sie fast das Doppelte von dem bezahlen, was auf dem Preisetikett stand. Marta merkte es nicht und verließ den Laden. Georg war nicht mehr zu sehen. Sie blickte den Bürgersteig hinab, den er entlanggegangen war. Alle Passanten liefen merkwürdig weit außen und weit innen auf dem Trottoir, als hätten sich Georg und das Mädchen in der Mitte eine Schneise geschlagen, die niemand zu benutzen wagte. Marta überquerte die Straße – der Luftballon trottete mehr hinter ihr her, als dass er flog – und folgte Georgs Schneise für einige Meter. Irgendetwas von Georg wirbelte noch durch die Luft. Marta dachte an das Silvesterfest, an das Loch in seiner Socke, vorne am großen Zeh.

—

Am Rande des Schulhofs stand ein Holzhäuschen, das aussah wie eine überdachte Futterkrippe. Ein paar Jugendliche hatten sich darunter versammelt und rauchten. Kein Lehrer weit und breit, der es ihnen verbot. Als Marta an der Gruppe vorbeikam, sah sie, dass sich Michael darunter befand. Wenigstens hielt er keine Zigarette in der Hand, nur hatte er trotz der Kälte den Reißverschluss seiner Jacke nicht zugemacht.

Lächelnd ging Marta auf ihren Sohn zu. Sie fand, dass er unförmig aussah, unfertig. Der Bartflaum, den er nicht rasierte, unterstrich dieses Stadium zwischen Kind- und Erwachsensein auf anrührende Weise.

Die Gruppe stellte ihr Reden ein, als Marta vor Michael stehen blieb.

»Hallo!«

»Hallo«, nuschelte Michael. Er vergrub beide Hände in seinen Hosentaschen.

Marta fiel jetzt das Mädchen auf, das sich so dicht neben ihm befand, dass sich ihre Ellenbogen berührten. Das Mädchen war dünn, viel zu dünn, und es musterte Marta ganz genau.

»Was soll eigentlich das da?«, fragte Michael. Er meinte den Marienkäfer-Luftballon.

Marta hatte ganz vergessen, dass sie ihn hinter sich herzog. »Der ist für dich«, sagte sie und reichte ihm die weiße Schnur so selbstverständlich, als sei das die Leine, mit der er täglich ihren Hund spazieren führte.

»Ist nicht dein Ernst, oder?«

»Doch. Er hat mir so gefallen, ich musste ihn dir kaufen.« Marta nahm ihre Hand nicht runter. Sie hielt ihm die Schnur hin, bis er sie kopfschüttelnd entgegennahm. Seine Schulkameraden prusteten los vor Lachen.

»Und? Was sagt man da?«, fragte Marta herausfordernd.

Michael antwortete nicht, dafür sagten nun ein paar seiner Kumpels, einige mit bereits sehr männlich tiefer Stimme, im Chor: »Danke, liebe Mama!«

»Genau das möchte ich hören. Aber von Michael«, sagte Marta. Sie suchte erneut seinen Blick, aber er hatte seinen Kopf zur Seite gedreht und guckte auf irgendeinen Punkt in der Ferne, der nicht auszumachen war.

Marta blieb beharrlich vor ihm stehen. Eine Minute lang sagte keiner etwas. Gespannt beobachteten alle anderen diese Szene zwischen Mutter und Sohn.

»Sag ›Danke‹!«, forderte Marta ihn erneut auf.

»Ich soll mich für etwas bedanken, das ich nicht haben will?«

»Ja, manchmal muss man das.«

Das dünne Mädchen gab Michael einen Tritt in die Wade. »Mach's einfach«, flüsterte sie.

»Das darf echt nicht wahr sein«, sagte er. Er schüttelte den Kopf, seufzte resigniert, murmelte schließlich: »Danke.«

Marta nickte zufrieden. »Na gut. Auch wenn ich es kaum verstanden habe«, sagte sie und knöpfte ihren Blazer auf. »Ich gehe jetzt schauen, wo dein Vater steckt.«

»Tu das. Er wird sich bestimmt freuen, dich zu sehen.« Michael hatte nun wieder Oberwasser gewonnen. Er schaute Marta scharf an und ließ demonstrativ den Marienkäfer los. Der Ballon flog nicht weg, sondern hielt sich anderthalb Meter über dem Boden. Der Anfang der Schnur fiel nach unten und kräuselte sich auf den Kieselsteinen.

Marta wusste, dass ihr die Jugendlichen nachschauten. Also bemühte sie sich um einen stolzen Gang, während sie den Hof überquerte und die Treppenstufen zum Haupteingang hochstieg. Auch wenn ihr Dorfschulgebäude viel kleiner gewesen war, mitnichten so ehrwürdig wie dieses, fühlte Marta sich sofort an ihre eigene Lernzeit erinnert. Wahrscheinlich war die Akustik an allen Schulen gleich. Im Inneren hallte es. Die Kinder der jüngeren Klassen rannten quiekend durch die Gänge, Rucksäcke wurden auf den Boden geworfen, kamen polternd auf. Aus manchen der offen stehenden Räume drang Musik, und die Lehrer klapperten mit ihren großen Schlüsselbunden. Marta musste an Gefängniswärter denken.

Normalerweise schaute sie sich an den Besuchsnachmittagen die Zeichnungen der Schüler an, die in den Fluren hingen. Sie mochte die archaischen Motive, die sie an einer Stelle ihrer Seele berührten, zu der sie sonst keine Verbindung hatte. Zumindest bei den Bildern der jüngsten Schüler war das so. Bei denen der älteren fand sie meist nichts mehr, das durch die neblige Schicht aus Absichten, Klischees und Gefallsucht zu ihr vordringen konnte.

Diesmal waren die Gänge kahl. An den Wänden hingen keine Zeichnungen. Auch die Garderobenhaken mit den Jacken fehlten, die den Flur bislang gesäumt und gepolstert hatten. Enttäuscht schritt Marta einige Klassenzimmer ab, dann ging sie hinauf in den zweiten Stock.

Arthurs Raum war leer, als sie ihn betrat. Seine Klasse hatte eine Ausstellung von Gesteinen und Mineralien vorbereitet. Die Exponate waren in Vitrinen auf kleine Samtkissen gebettet wie teurer Schmuck. Vorn auf dem Lehrertisch stand ein Globus. Sein Lodenjanker hing über der Stuhllehne, und neben der Tafel hatte Arthur eine Halterung an die Wand angebracht: für seinen Föhn, der mit einem Verlängerungskabel zur Steckdose verbunden war.

Nach einer Weile kam Arthur zusammen mit einer Schülerin ins Zimmer. Marta tat so, als hätte sie die beiden nicht bemerkt, und schaute in die Vitrine mit den Bernsteinen.

Die Schülerin ging zur hintersten Bankreihe, um ihre Jacke und Tasche zu holen. In die Jeans, die ihr bis zum Bauchnabel reichten, hatte sie ein gelbes T-Shirt hineingesteckt. Darunter trug sie einen schwarz durchscheinenden BH. Beim Hinausgehen rief sie Arthur zu: »Bis morgen, gell!«

Marta konnte es nicht fassen, dass dieses Gör gerade »gell«

gesagt hatte, so wie sie früher auch, um mit ihm zu schäkern. Erschüttert schaute sie auf.

Arthur grinste sie an. Er holte seinen Kamm aus der Gesäßtasche und legte sich damit die Haare nach hinten: »Hast du Michaels Freundin schon kennengelernt?«

»Die Dünne ist seine Freundin?«

»Schaut ganz danach aus. Sie sind unzertrennlich.«

Marta starrte durch Arthur hindurch auf die penibel von oben nach unten gewischte Tafel. »Und wie lange geht das schon?«, fragte sie.

»Das kann ich dir nicht sagen, ich spioniere ihm ja nicht hinterher. Das ist vielleicht eher eine Aufgabe für dich.«

»Wie heißt sie denn?«

Arthur frischte sein Grinsen auf: »Verrate ich dir nicht.«

Jetzt wollte Marta sich das Mädchen unbedingt noch einmal genauer ansehen. Sie ging in Richtung Ausgang.

»Übrigens ... «, rief Arthur ihr nach. Er hustete, hielt sich die Faust vor den Mund.

Sie drehte sich um: »Ja?«

»Wisch dir mal diesen Lippenstift aus dem Gesicht. Das sieht furchtbar aus. Eine junge Frau kann das tragen, aber du ... «

Auf dem Flur im Erdgeschoss begegnete Marta Michael und seiner Freundin wieder. Sie hielten Händchen. Als Michael seine Mutter sah, zog er die Hand schnell weg.

Das Mädchen ist wirklich dünn wie eine Bohnenstange, dachte Marta. Sie ging auf die beiden zu und erkundigte sich: »Wieso sind eigentlich die Bilder weg, die früher hier hingen?«

Michael reagierte nicht.

Seine Freundin sprang ein: »Brandschutz«, erklärte sie. »Auf einmal hieß es: In den Gängen darf nichts mehr aufgehängt werden, und jetzt müssen wir unsere Jacken mit ins Klassenzimmer nehmen, und seitdem stolpert man ständig über irgendeinen Turnbeutel oder einen Schal oder eine Mütze, und ...«

»Ist ja gut jetzt«, unterbrach Michael das Mädchen. Er klang genauso harsch wie Arthur, wenn er Marta über den Mund fuhr.

»Schade, mir haben die Bilder immer gefallen«, bedauerte Marta. Dann richtete sie sich wieder an Michael: »Wie heißt denn deine Kameradin?«

Michael behielt seine Strategie des Nichtantwortens bei. »Komm jetzt!«, sagte er zu der Freundin und bedeutete ihr weiterzugehen, indem er seine Hand auf ihren Rücken legte, sie mit einem leichten Stoß anschob. Das Mädchen fügte sich.

Marta rief über den Gang: »Du bist pünktlich zum Abendessen zu Hause, Michael!«

Kurze Zeit später machte sie sich auf den Heimweg. Sie war erschöpft. Georg und das Mädchen, Michael und das Mädchen, Arthur und das Mädchen.

In der Raucherecke stand niemand mehr. Der Marienkäfer-Luftballon lag zusammengeknüllt im Mülleimer, die Schnur hing heraus. Mit einem Papiertaschentuch wischte Marta ihren Lippenstift ab und warf es dazu.

—

»Du kannst aufhören mit deiner ewigen Fragerei. Wir sind nicht mehr zusammen«, sagte Michael einige Wochen später und tauchte in sein Zimmer ab.

»Die war sowieso nichts für dich. Das habe ich gleich gewusst«, rief Marta ihm hinterher. »Eine Mutter sieht so was.« Für den Rest des Nachmittags summte sie. Lied um Lied.

—

Aus Gründen, die er nicht verriet, wurde Michael ausgemustert und konnte direkt im Anschluss an die Schule studieren. Er blieb zu Hause wohnen, verbrachte jedoch die meiste Zeit an der Universität oder in der Bibliothek. Oft ließ er jetzt sogar das Abendessen ausfallen. Marta bestand allerdings darauf, dass er ihr weiterhin jeden Freitagnachmittag beim Großeinkauf half, so wie sie das seit Jahren hielten. Um fünfzehn Uhr musste er zu Hause sein.

Nach und nach begann Michael, sich zu verspäten. Marta kommentierte die Verspätungen nicht, fing ihn aber gleich unten an der Eingangstür ab und drückte ihm einen Beutel in die Hand, sodass er keine Gelegenheit hatte, daheim noch seinen Rucksack abzulegen.

Einmal kam er fast eine ganze Stunde zu spät. Marta hatte nur die Einkaufsliste vorgelesen, darüber hinaus aber an diesem Nachmittag noch keinen Ton mit ihm gesprochen, als Michael sagte: »Nächste Woche kann ich nicht mitkommen.«

Marta knallte den Zwiebelsack aufs Kassenband. »Wieso nicht?«

Michael erzählte von der viertägigen Studienreise. Die Rückkehr sei für Freitagnachmittag geplant.

»Dann hole ich dich vom Bahnhof ab, und wir gehen direkt von dort einkaufen.«

»Ja, aber ... «

»Nichts aber.«

»Wir könnten doch ausnahmsweise am Samstag gehen. An dem Freitag wird mir das zu anstrengend.«

»Mir sind manche Sachen auch zu anstrengend, und ich schaffe sie trotzdem«, entgegnete Marta. Damit war das Gespräch erstickt.

—

Im Arbeitszimmer fällt ein Stapel mit Rätselblöcken um, zumindest klingt es so. Von dem Geräusch wird Marta wach. Sie liegt neben Arthur im Bett, nur mit Slip, BH und Strumpfhose bekleidet, dennoch schwitzend in dem stickigen, nunmehr überheizten Schlafzimmer, unter dem dicken Deckbett.

Marta lässt Arthurs Hand los. Sie schlägt die Decke zurück, steht auf und geht ins Arbeitszimmer. Mit ihren Augen sucht sie den Raum nach Bewegungen ab. Der Rätselblock, von dem Marta dachte, er sei umgefallen, steht noch. Die müden Gardinen, der leere Stuhl, der schwere Schreibtisch, die Löcher in den Puzzles, der Aschenbecher, das Schaffell – alles ist still. Verdächtig still. Umso verdächtiger, je länger Marta hinschaut. Jeden Moment könnte irgendetwas zucken, wackeln oder krachen. Arthur ist hier, aber er will wohl noch warten, bis er sich zeigt.

Marta setzt sich auf den Drehstuhl. So fällt ihr die untere Schreibtischschublade wieder auf, diejenige, die sie noch nicht durchgesehen hat. Sie beugt sich hinunter und zieht sie in dieser unbequemen Haltung auf. Arthurs Zigarettenvorrat lagert darin: drei Stangen. Marta holt eine der Stangen heraus und reißt die Folie ab. Sie öffnet eine Schachtel, nimmt eine Zigarette und hält sie sich an den Mund. Für eine Weile spielt sie, dass sie raucht, schlägt die Beine abwechselnd übereinander und beugt sich über den Schreibtisch. Wie ein Filmstar fühlt sie sich. Dann beginnt sie, die Zigarette zu zerbröseln. Sie nimmt auch die anderen Zigaretten aus der Schachtel, zerbricht sie, wirft sie hoch und höher. Fast hat sie Spaß daran, wie die Zigaretten auf sie regnen. Sie nimmt die zweite Stange, wirft auch mit diesen Zigaretten um sich. Sie singt »Für mich soll's Zigaretten regnen« und lacht schief und johlt – bis sie unter der dritten Stange einen Umschlag findet. Er ist nicht zugeklebt. Es liegt ein Foto darin, auf dessen Rückseite steht: »Danke für das schöne Fest!«

Marta schiebt den Stuhl auf seinen Rollen so weit nach hinten, dass die Lehne an die Wand prallt. Dann springt sie auf und beginnt, die Zigaretten zu zertreten. Doch das reicht nicht, das reicht noch lange nicht. Ihre Finger kribbeln. Eine Wut, die sich nur mit Gewalt stillen lässt, damit, sofort etwas kaputt zu machen, steigt in ihr auf. Die plumpste Art von Wut. Hat Arthur sich so gefühlt, als die Jungen ihn im Sand einbuddelten? Und Michael beim Zerschlagen der Wohnzimmertür?

Marta stößt die Stapel mit den Rätselblöcken um, fegt alle Unterlagen vom Tisch. Sie schlägt mit ihren Fäusten auf die Tischplatte. Als sie den Briefbeschwerer im Augenwinkel sieht, greift sie danach und hämmert nun damit. Delle um Delle haut sie in das gepflegte Holz dieses Schreibtischs, den Arthur einmal im Jahr ölte. Dann reißt sie die anderen Schubladen auf, schmeißt heraus, was sich darin befindet: Die Stifte, der Schlüsselbund, der Kleinkram, die Papiere, alles fliegt. Zum Schluss greift Marta nach Arthurs Aschenbecher und läuft damit ins Schlafzimmer. Sie kippt Arthur die Asche ins Gesicht.

»Warum gehst du denn nicht?«, schreit sie.

—

Das Abendessen hatte sie schon vorbereitet. Nachher würde sie es nur noch erhitzen müssen. Was freute sie sich auf ihren Sohn! Marta, die sonst nie zum Bahnhof musste, stand am Anfang des Gleises. Gleich würde Michael zurückkehren von seiner Studienreise. Es war zugig, die Durchsagen schallten laut, blieben aber unverständlich. Marta wunderte sich darüber, dass so viele Leute mit ihren Taschen und Koffern irgendwohin fuhren oder irgendwoher kamen. Was hatten die bloß alle zu tun? Sie erblickte eine Kaugummi kauende, nachlässig gekleidete Frau, etwa drei Meter von sich entfernt, ebenfalls am Gleis wartend. Michael hatte sie noch nie erwähnt, Marta sie noch nie gesehen – und doch wusste sie sofort, dass das Michaels Freundin war. Die Gewissheit traf Marta wie eine Pfeilspitze.

Die Frau drehte ihren Kopf in Richtung Bahnhofsuhr. Offenbar nahm sie in diesem Augenblick Marta wahr, denn über ihr Gesicht rannte ein kurzer Ausdruck von Irritation; er dauerte keine zwei Sekunden. Anschließend setzte sich ein selbstbewusster, ja herausfordernder Blick in ihre braunen Augen. Was Marta zusätzlich bestürzte: Die Freundin schien wesentlich älter zu sein als Michael, dreißig war sie mindestens. Und die verging sich an ihrem Sohn?

Der Zug näherte sich. Die Frauen wandten ihre Gesichter voneinander ab.

Stimmte die Legende, nach der die Zuschauer des allerersten Kinofilms panisch aus dem Saal rannten, als eine Lokomotive auf der Leinwand einfuhr? Marta konnte es sich vorstellen. Ihr war jetzt auch danach wegzurennen. Aber sie zwang sich, die Sache durchzustehen, und verschränkte die Arme vor der Brust.

Als Michael aus einem der hinteren Waggons stieg, lief er nicht zu ihr, sondern zielstrebig und schnellen Schrittes zu dieser Frau. Er strahlte, warf seine Reisetasche neben sich auf den Boden, nahm sie in die Arme und küsste sie, obwohl sie ihren Kaugummi noch im Mund haben musste. All das tat Michael wie ein richtiger Mann; es passte überhaupt nicht zu diesem schmächtigen, weinerlichen Kind, das sich vor Knöpfen fürchtete und das Marta wegen jeder Kleinigkeit hatte hochnehmen müssen, trösten und umhertragen, stundenlang.

Marta unterbrach die beiden, indem sie mit ihrer Hand auf Michaels Schulter schlug. »Michael, wir wollen doch jetzt einkaufen«, sagte sie.

Er drehte sich um, schaute zu ihr herab. Seine Lippen glänzten nass. »Ach Mama.«

»Was: ›Ach Mama‹?«

»Ich hatte eine gute Reise, danke der Nachfrage«, sagte er. Dann deutete er auf seine Freundin. »Das ist Jasmin.«

Marta sagte beiläufig »Guten Tag«, würdigte diese Frau aber keines Blickes – schließlich hatte sie bereits alles gesehen, was von Relevanz war – und richtete sich weiter an Michael: »Wir hatten abgemacht, dass wir einkaufen gehen.«

»Muss das jetzt wirklich sein?«

Das Gleis hatte sich geleert. Die drei waren die Einzigen, die dort noch standen. Michael kratzte sich am Kopf, dann seufzte er und sagte mit der übertriebenen Betonung eines Theaterschauspielers: »Frau Jasmin, würde es Ihnen etwas ausmachen, meine Mutter und mich beim obligaten Wochenendeinkauf zu begleiten? Ich kann Ihnen versichern: Es wird ein Erlebnis.«

Marta ging dazwischen: »Nein, das …«

Jasmin zuckte mit den Achseln: »Also los, gehen wir.«

Michael nahm seine Tasche vom Boden, warf sie sich über seine breite, rechte Schulter. Den linken Arm legte er um Jasmin. Das Paar schlurfte los. Marta kamen die Zwillinge in den Sinn. Wie sie vor ihr liefen und sie hinterher.

—

Den Einkauf empfand Marta als unerträglich. Unentwegt hielten die beiden Händchen, schauten sich an, küssten sich. Sie konnten ihre klebrigen Finger nicht voneinander lassen. Normalerweise hätte Marta mit verbundenen Augen durch diesen Laden gehen können, heute aber fiel es ihr schwer, die richtigen Lebensmittel zu finden.

An der Kasse nahm Michael einen Lolli aus dem Regal mit der Quengelware und fragte: »Kriege ich den?«

»Ich wüsste nicht, wofür«, antwortete Marta bitterernst.

»Ich kaufe ihn dir«, mischte Jasmin sich ein. Sie schmiegte sich an Michael, nahm ihm den Lolli aus der Hand und legte ihn aufs Kassenband. Eine Packung Kaugummi warf sie noch dazu. Als Marta das sah, schob sie sofort einen Warentrenner dazwischen.

Gemeinsam trugen sie die Einkäufe nach Hause. Michael hatte den Lolli im Mund. Während Marta vor der Haustür nach ihrem Schlüssel kramte, stellte er seine Taschen ab und schob Jasmin den Lutscher auf anstößige Weise zwischen die Lippen.

Sie machte: »Hmmm.«

Im Flur trat Jasmin über die Teppichfransen und zerstörte so deren Ordnung, als hätte Michael sie vorher dazu angewiesen. Er zeigte seiner Freundin den Vorhang zum Wohnzimmer und sagte: »Das ist er übrigens.« Er nahm eine Muschel zwischen die Finger. »Die heißen ›Gemeine Herzmuscheln‹. Passt ganz gut, finde ich.«

Jasmin guckte ihn mitfühlend an, dann nahm sie seine Hand und zog ihn in sein Zimmer.

Marta fragte sich, was der Junge ihr über den Vorhang erzählt hatte. Sie hatte den Vorhang selbst gebastelt – das war das Einzige, was es zu erzählen gab. Rasch räumte sie die Einkäufe aus, dann brachte sie den beiden etwas zu trinken. Jasmin und Michael saßen auf dem Bett und knutschten. Auch danach platzte Marta mehrmals ins Zimmer. Sie stellte Michael Fragen zur Reise oder bat ihn um etwas, das ihn zwang, sie in die Küche zu begleiten. Erst musste er ihr eine Dose öffnen, dann ein Gewürz suchen, das sie ganz hinten im Oberschrank versteckt hatte.

Marta war froh, dass es an Michaels Zimmertür keinen

Schlüssel gab. Doch dann schlichen sich die zwei ins Bad, schlossen zu und stellten die Dusche an. Ab und an hörte sie ein Poltern, einmal klang es, als ob ihre Shampooflasche in die Wanne fiel, und inmitten des Wasserrauschens vernahm sie Stöhngeräusche. Unruhig trat Marta wieder und wieder aus der Küche in den Flur und starrte auf die Badezimmertür. Lediglich ein Stück Holz trennte sie von dem dreisten Treiben dahinter, dennoch war Marta vollkommen machtlos. Treibholz, dachte sie, ein Stück Treibholz.

Nach einer Dreiviertelstunde verließen sie endlich das Bad. Michael hielt seine abgerubbelten Haare kurz in die Küche, wo Marta den Tisch deckte, und sagte: »Jasmin isst noch mit bei uns zu Abend.«

Marta schmiss den Kochlöffel ins Abwaschbecken und ging ins Badezimmer, um nachzusehen, was sie angestellt hatten. Der Spiegel und die Armaturen waren beschlagen, die Luft feucht und heiß wie in der Sauna. Marta riss das bockige Fenster auf, dessen Rahmen verzogen war. Um es zu öffnen, musste sie an dem schwarzen Hartplastikgriff zerren und rütteln, wobei sie immer mehr und mehr Wut bekam auf dieses Fenster und auf Michael und auf Jasmin und auf Arthur und auf ihr ganzes Leben. Als Marta es geschafft hatte und das Fenster endlich offen stand, setzte sie sich auf den Rand der Badewanne, schluckte ihre Tränen hinunter, bloß nicht weinen, bloß nicht weinen, und starrte auf die milchgelbtrüben Fliesen. Sie steckte den Badvorleger in die Waschmaschine. Neunzig Grad.

—

Arthur kam schlecht gelaunt nach Hause. Aber als Marta sagte, dass Michael ein Mädchen mitgebracht hatte, das jetzt auch noch hier essen sollte, hellte sich sein Gesicht sofort auf. Engagiert holte er einen vierten Stuhl aus dem Schlafzimmer. Die Strumpfhose von Marta, die über der Lehne hing, warf er auf ihre Bettdecke. Er schob den Stuhl an den Küchentisch und sagte: »Jetzt wird's ernst für dich, gell.« Pfeifend ging er seine Fische füttern.

Marta durchfuhr eine Hitzewallung. Sie hielt ihren Kopf für einige Minuten aus dem Fenster, dann tischte sie auf. Über Jasmins Portion streute sie bitteren Beifuß und rief zum Essen. Michael und das Mädchen hatten noch nasse Haare, als sie die Küche betraten. Ihre Gesichter waren rot und ihre Finger ineinander verhakt. Jasmin steuerte Michaels Platz an.

Marta schaffte es gerade noch, sie zurechtzuweisen. »Hier. Sie sitzen hier!«

Jasmin betrachtete ihren Teller. »Ich esse kein Fleisch. Entschuldigung, das hätte ich vorher sagen sollen«, sagte sie.

»Anscheinend hatten Sie andere Dinge im Kopf.« Verärgert räumte Marta den Teller weg und servierte ihr eine Portion nackter Kartoffeln. Sie sah, wie Jasmin ihre Füße unter dem Tisch auf Michaels stellte.

»Mama«, wurde sie nun von Michael ermahnt, »für ein bisschen Gemüse wäre auf dem Teller durchaus noch Platz.«

Marta fügte sich, tat ein paar Möhren und Erbsen auf.

Arthur hatte noch nichts gesagt, dafür grinste er unentwegt.

Jasmin saß direkt neben Marta an der längeren Tischseite, manchmal berührten sich ihre Arme. Marta fühlte sich eingequetscht und hörte nicht auf zu schwitzen. Der Tisch war zu klein für vier Leute, die Küche zu eng.

Michaels Freundin hatte kurze, braune Haare und trug eine sehr dünne Silberkette, die, vornübergebeugt, wie Jasmin aß, locker herabhing. Es ärgerte Marta, dass jüngere Frauen neuerdings der Meinung waren, nur noch dezenten Schmuck tragen zu müssen. Als hätten sie auffälligen, klunkerigen, den Marta nun mal sehr mochte, überhaupt nicht nötig. Wobei – das, was man jung nannte, war diese Frau beileibe nicht.

»Wie alt sind Sie eigentlich?«, fragte Marta.

»Zweiunddreißig«, antwortete Jasmin.

»Zweiunddreißig?!«, wiederholte Marta schockiert, obwohl sie etwas in dieser Größenordnung vermutet hatte. Diese Frau war lediglich sieben Jahre jünger als sie. Und dabei benahm sie sich so kindisch.

»Zweiunddreißig«, bestätigte diese. »Ist ein schönes Alter, finde ich. Man ist nicht mehr so unsicher, weiß, wer man ist, wo man steht, was wichtig ist.«

»Und warum suchen Sie sich dann nicht einen Mann in Ihrem schönen Alter? Einen, der weiß, wer er ist und wo er steht und was wichtig ist?«

Jasmin setzte zu einer Antwort an. Arthur fuhr aber dazwischen und sagte: »Ignorieren Sie sie einfach. Etwas anderes hilft sowieso nicht, vor allem kein rationales Argumentieren.« Er wischte sich mit der Serviette Bratensoße vom Kinn, ehe er das Besteck wieder aufnahm.

»Es ist leider wirklich so«, bestätigte Michael.

Marta starrte auf das ihr gegenüberliegende Fenster. In den dunklen Scheiben spiegelte sich das Geschehen. Michael hielt sein Gesicht nach unten gebeugt, aber leicht zu Jasmin hingedreht. Pausenlos guckten sich die zwei mit verliebt blitzenden Augen an. Jasmin aß langsam, scheinbar nahm sie jede Erbse einzeln auf die Gabel, während die Männer mit ihren Portionen schon fast fertig waren. Marta beobachtete im Fenster, dass sich nun abwechselnd Arthurs Lippen und die von Jasmin zu bewegen begannen. Sie redeten, ja, sie unterhielten sich, es ging hin und her. Marta gelang es nicht, die herumfliegenden Worte einzufangen. »Es ist leider wirklich so.«

Michaels Echo dröhnte durch ihren Schädel und übertönte so gut wie alles. Einmal lachte Jasmin auf. Marta hielt sich schnell das rechte Ohr zu, damit dieser Ton nicht auch noch in ihren Kopf kriechen konnte, aber da war es schon zu spät. Das Lachen vermischte sich mit Michaels Satz. »Es ist leider wirklich so.«

Sie redeten weiter. Marta beobachtete das stumme Schauspiel im Fenster. Arthur links, sie und Jasmin in der Mitte, Michael rechts. Eine Nachtkulisse, eingerahmt von dem Vorhang, den sie beim Einzug in diese Wohnung genäht hatte. Die Szenerie erinnerte Marta an das Puppentheater, das sie einmal mit Michael besucht hatte, und daran, wie der Junge während der Vorstellung zu weinen anfing, weil ihn ein Handpuppen-Krokodil, das plötzlich von unten nach oben geschossen kam, erschreckt hatte. Jetzt sah Marta genau dieses Krokodil von damals hier in ihrem Küchenfenster: Mit geöffnetem, blutrotem Maul und weißen Zickzackzähnen aus Filz schnappte es nach dem wackelnden Kurzhaarkopf dieser Jasmin und verschlang ihn mit einem Happs.

Marta lachte lauthals los.

Die anderen starrten sie verwundert an. Und dann riss Marta Jasmin die Kette vom Hals.

Alle ließen ihr Besteck fallen. Michaels Stuhl schabte über den Boden, als er aufsprang. Beschützend legte er seine Hände auf die Schultern seiner Freundin und schrie: »Du hast sie ja nicht mehr alle!«

Marta konnte wieder hören.

Jasmin hielt sich die Hand an den Hals, sie war perplex.

Michael hob die Kette auf. »Ich glaube, die kann man reparieren«, sagte er leise.

Arthur hatte sein Grinsen abgeworfen. Er stützte den Ellenbogen auf den Tisch. Den Kopf in die Hand gelegt, massierte er sich mit den Fingern die Stirn. Im Hintergrund setzte das Schleudern der Waschmaschine ein.

Langsam stand Jasmin auf. Michael stützte sie, als wäre sie verletzt. »Ich übernachte bei Jasmin, in ihrer WG«, sagte er.

Arthur nickte. »Dass es so schlimm wird, hätte ich nicht gedacht«, sagte er zu ihm und erhob sich ebenfalls.

Marta saß noch am Tisch. Sie konzentrierte sich jetzt auf die Geräusche der Waschmaschine. Nicht der Badvorleger – nein, sie, Marta selbst, war es, die da gerade in der Trommel steckte. Wieder und wieder prallte sie gegen die Chromstahlwand. Alle Kraft wurde aus ihr herausgeschleudert, sickerte durch die scharfkantigen Löcher, um, egal wohin, zu verschwinden. Abpumpen. Marta ließ sich vom Stuhl gleiten und blieb reglos am Boden liegen.

»Notarzt. Wir müssen den Notarzt rufen«, rief Jasmin. Sie hob Martas Beine an.

»Nein, nein, keine Panik. Die tut nur so«, wiegelte Arthur ab. »Die Sanitäter sollen sich lieber um echte Notfälle kümmern.«

»Sind Sie sicher?«

»Ganz sicher.«

Martas Beine wurden wieder abgelegt.

—

Marta war elf. Er kam in ihr Zimmer, spätnachts. Er hatte sich schon einige Male in ihr Zimmer geschlichen. Seither konnte sie nicht einschlafen, wenn er da war. Keinen ihrer Freunde hatte die Mutter so lange behalten wie diesen. Aber vielleicht kamen Marta die Wochen mit diesem einen, dem mit der Lederhalskette, auch nur viel länger vor als die Wochen mit den anderen.

Barfuß ging er über den klebrigen Linoleumboden. Seine Schritte klangen wie Paketband, das man von der Rolle abzog. Er hockte sich neben Martas Bett. Sie roch seinen Atem, hielt die Luft an, starrte nach oben, stellte sich ein Firmament vor, lag draußen auf der Wiese hinterm Haus, hörte einen Waldkauz, schaute in den Nachthimmel: ein schwarzes Bild mit weißen Farbspritzern, wie durch ein Sieb gesprenkelt.

Mit der Hand fuhr er unter die Decke, zwischen ihre verkrampften Beine, und steckte seine speckigen Finger in sie hinein. Die weißen Farbspritzer des Großen Wagens traten deutlich hervor, sieben Sterne. Der Mann stöhnte leise. Dann ging die Tür auf, das Licht an, der Sternenhimmel aus. Marta spürte den Schreck in seinen Fingern. Er zog sie heraus.

Als er gegangen war, sagte die Mutter: »Du bist ein fickriges Luder, weißt du das?«

Am nächsten Morgen stand die Mutter nicht auf, am übernächsten auch nicht. Marta hielt ihre Finger unter die Nase der Mutter, konnte aber nicht spüren, ob sie noch atmete. Marta legte ihr Ohr an die Brust der Mutter, konnte aber nicht hören, ob das Herz noch schlug; Marta hörte nur ihr eigenes Herz. Sie versuchte, sie aus dem Bett zu ziehen, zerrte an ihren Oberarmen und an den Beinen, zog ihr die Decke weg, aber nicht einmal, um sich wieder zuzudecken, bewegte sich die Mutter.

»Mama, Mama, Mama!« Wieder und wieder bettelte Marta um Entschuldigung. Sie ging ihre Oma holen, die normalerweise nicht zu ihnen nach Hause kam. Diese gab ihrer Schwiegertochter eine heftige Ohrfeige. Daraufhin stand Martas Mutter auf, als wäre nichts gewesen.

—

»Das war gemein, dass du tot gespielt hast.«

»Wie bitte, was habe ich gemacht?«, sagte die Mutter und zeigte Marta einen Vogel.

—

Jemand kippte eiskaltes Wasser in Martas Gesicht.

»Schlampe!«, hörte sie eine Stimme sagen. Es klang wie die Stimme ihrer Mutter.

»Schlampe!«, hörte sie eine Stimme sagen. Es klang wie die Stimme ihrer Oma.

»Hör auf zu spinnen!«, hörte sie eine Stimme sagen. Es war die Stimme Arthurs.

Marta blieb die ganze Nacht auf dem Küchenboden liegen.

Am nächsten Morgen stand Arthur pünktlich auf. Er erledigte seine Morgentoilette, dann kam er in die Küche, um zu frühstücken. Mehrmals musste er über Marta steigen, etwa wenn er vom Tisch zur Kaffeemaschine ging oder vom Geschirrregal zum Kühlschrank. Seinen Zucker rührte Arthur noch länger in die Tasse ein als sonst, und er schlürfte demonstrativ laut beim Trinken, während Marta frierend auf dem Boden lag. Nach dem Essen löste Arthur sein Kreuzworträtsel. Anschließend erhob er sich und blieb eine Weile stehen. Ein Zögern, ehe er den Gasherd andrehte.

Arthur ging ins Bad. Marta hörte jetzt das Rauschen des Gases und irgendwann jenes der Klospülung. Langsamen Schrittes kam Arthur zurück. Ein letztes Mal an diesem Morgen stieg er über Marta. »Du hast Glück, dass ich so ein Feigling bin«, sagte er und stellte den Gasherd ab.

Nachdem er die Wohnung verlassen hatte, stand Marta mühevoll auf. Ihr Steißbein tat weh. Sie ging zur Toilette, machte sich frisch und versuchte, mit ein paar Dehnübungen wieder Beweglichkeit in ihren versteiften Körper zu bringen. Danach räumte sie die Küche auf. Die Essensreste vom Vorabend standen noch auf dem Tisch; Jasmins Kartoffeln, Erbsen und Möhren auf dem Teller. Beim Blick auf den Kalender fiel Marta auf, dass Samstag war. Arthur hatte also keine Schule heute.

—

Beim Abendessen sprach Arthur kein Wort mit ihr. Michael kam nicht nach Hause.

—

Am Sonntag kehrte Michael zurück. Aber nur, um auszuziehen. Er schmiss seine Sachen in Pappkartons, hastig, als blieben ihm nur wenige Minuten, um sich und seine Habseligkeiten in Sicherheit zu bringen. Marta stand mit verschränkten Armen im Türrahmen zum Kinderzimmer.

Das meiste werde er hierlassen, sagte Michael. So nahm er nur Kleidung mit, zwei Handtücher, ein paar Bücher und Ordner, Stifte und seine Zeugnisse. Das alles passte in sechs Kartons, die er einzeln nach draußen trug. Wenn er gerade unten war, legte Marta ihm die kleine Strandkrabbe, die sie gemeinsam vom Strand aufgelesen hatten und die seitdem auf seinem Nachttisch lag, in die nächste Kiste. Und wenn Michael zurückkam, nahm er sie wieder aus der Kiste und schmiss sie in irgendeine Ecke; erstaunlicherweise ging sie nicht kaputt. Während Michael packte, gab Marta ihren Posten im Türrahmen nicht auf. Er musste sich jedes Mal an ihr vorbeiquetschen, um durchzukommen. Einmal reichte es ihm, und er stieß sie mit dem Ellenbogen beiseite.

»Michael, die ist doch viel zu alt, die nutzt dich doch bloß aus. Hast du dich mal gefragt, warum sie einen Jüngeren will?«, versuchte Marta ihn umzustimmen.

»Hast du dich das denn damals bei Papa gefragt?«

»Das ist etwas anderes.«

»Warum?« Michael wartete nicht ab, bis Marta eine Erklärung gefunden hatte, sondern rannte schon wieder mit der nächsten Kiste nach unten. Seine Freundin wartete in ihrem verrosteten Auto, das wahrscheinlich genauso alt war wie sie selbst.

Marta überlegte, ob sie, sobald er wieder oben sein würde, nicht einfach von innen abschließen und den Schlüssel aus dem Fenster werfen konnte – hinters Haus natürlich, nicht nach vorne auf die Straße –, um ihren Sohn am Weggehen zu hindern. Wahrscheinlich hätte sie das sogar getan, wäre nicht Arthur daheim gewesen. Bei ungewöhnlich weit geöffneter Tür saß er in seinem Büro.

Als Michael alle Kisten eingeladen hatte, kam er noch einmal hoch und verabschiedete sich zunächst von seinem Vater. Arthur hatte seine Aquaristik-Zeitschrift vor sich liegen, aufgeschlagen wie ein Lehrbuch, und stand extra vom Drehstuhl auf, um Michael über den Schreibtisch hinweg die Hand zu schütteln. Er räusperte sich und sagte ernst: »Alles Gute, mein Junge.« Dann öffnete er die obere Schreibtischschublade und gab Michael einen Schlüssel, den er nur mühsam vom Ring entfernen konnte. »Es fällt mir nicht leicht. Aber es ist das Beste.«

Michael bedankte sich. Danach ging er auf Marta zu. Weinend umarmte sie ihn. Sein T-Shirt war nass geschwitzt, sein Rücken fühlte sich genauso an wie Arthurs früher: sehnig, zäh und trotzdem kräftig. »Hol deine Sachen wieder hoch, bitte!«, flehte sie.

Michael befreite sich aus der Umklammerung. »Weißt du was, Mama: Nur weil du kein Leben hast, musst du mir meines nicht wegnehmen.«

Diesen Satz, dachte Marta, hatte ihm mit Sicherheit diese Jasmin eingetrichtert. Von allein wäre Michael niemals auf so etwas gekommen.

—

Marta niest und hustet, ihre Augen tränen. Beim Auskippen des Aschenbechers über Arthurs Gesicht hat sie Asche eingeatmet. Weiterhin hustend, beginnt sie, ihm den Sand vom Körper zu wischen. Er rieselt aufs Bettlaken, auf den Boden, auf Martas Füße. Sie legt Arthurs sehnige Schultern frei – bläuliche und bräunliche Flecken haben sich auf seiner Haut gebildet –, danach seinen Bauch und seinen Nabel, den sie nicht sauber bekommt; allerhand Sandkörner bleiben in der furchigen Grube zurück.

Marta wischt schneller. Und heftiger. Seit sie das Foto in der Schublade entdeckt hat, ist sie von dieser Wut befallen, dieser wilden Wut, die keinen Gedanken an eine Bändigung zulässt.

»Ksch, ksch!«, macht Marta, um Arthur zu verscheuchen, denn er ist noch immer da. »Ksch, ksch!« In fahrigem Rhythmus patschen ihre Hände auf seine Brust. Bald ist es kein Wischen mehr und auch kein Patschen, sondern ein Trommeln. Immer fester trommelt sie auf ihn ein. Mit jedem Schlag weicht mehr Kraft aus ihr. Sie schwitzt wie verrückt. Es ist so heiß, wie es in diesem Schlafzimmer wahrscheinlich noch nie gewesen ist.

Sie kann nicht mehr.

Sie trommelt trotzdem weiter.

Sie reißt die Algen von seinem Kopf, die Locke aus seiner Stirn und zerstört das Nest, in dem sein Penis ruht. Sie nimmt die Wasserschnecken von seiner Brust und zerdrückt sie mit den Fingern. Dann zieht sie ihm die Gräte aus dem Mund. Marta vernichtet ihr aufwendiges Neptunkunstwerk.

Nun fühlt sie sich, wie wenn es ihr nach stundenlanger, tagelanger, jahrelanger Übelkeit endlich gelungen ist, etwas Verdorbenes zu erbrechen.

—

Jetzt ist er weg.

—

Mit elf hatte Martas Periode eingesetzt. »Jetzt bist du eine Frau«, hatte die Großmutter gesagt und zwei Gläschen Eierlikör serviert, zum Anstoßen. Mit Anfang vierzig, nicht lange nach Michaels Auszug, verabschiedete sich die Regelblutung von Marta wieder. »Sie sind früh dran, Frau Zimmermann«, sagte der Gynäkologe, »aber Sie haben Ihren Dienst ja getan.«

Marta bekam Schlafstörungen und nahm Baldriantropfen ein, was manchmal half, aber meistens nicht. Oft wurde sie zwischen zwei und drei Uhr schlagartig wach, lag in einer Lache aus Schweiß, und nachdem sie eingesehen hatte, dass es nichts brachte, sich von einer Seite auf die andere zu wälzen, stand sie auf und sah fern. Hatte früher Arthur unruhig geschlafen, so war es nun sie, die die Nacht kaum zu überstehen wusste, während er zwar röchelte, aber wenigstens durchschlafen konnte.

—

Arthur bekam eine Lungenentzündung, die so schwer verlief, dass er drei Wochen im Krankenhaus lag. Er war sechzig damals und wünschte keinen Besuch. Marta schlich trotzdem ein paarmal über die Gänge der Klinik, allerdings ohne in sein Zimmer zu gehen. Nachdem sich eine Schwester erkundigt hatte, wen sie eigentlich suchte, kam Marta nicht mehr.

Zurück zu Hause berichtete Arthur, dass ihm die Ärztin geraten habe, regelmäßig Nutriafleisch zu essen. Marta überlegte, was »Nutria« sein könnte und ob diese Ärztin ihm vielleicht auch geraten hatte, mit dem Rauchen aufzuhören. Sie entschied sich, nur eine der Fragen laut zu stellen.

»Was ist ›Nutria‹?«

»Biberratte«, sagte Arthur.

Marta schluckte. »Und das möchtest du essen?«

»Ja.«

Sie zog ihren Mantel an und lief sämtliche Metzgereien ab. Am anderen Ende der Stadt fand sie schließlich eine, in der es tatsächlich Nutrias gab. Die Gegend kam ihr bekannt vor, aber erst nach einer Weile fiel ihr ein, warum: Die Metzgerei lag in der Nähe der Wohnung, die sie mit Arthur damals besichtigt hatte.

Der Fleischer sah selbst aus wie eine Biberratte. Er hatte ein zugleich schmales und aufgedunsenes Gesicht, lange Schneidezähne, eine hochstehende Nase und einen weißen, an der Seite weit über das Gesicht hinausragenden Schnauzbart. Und er wollte plaudern. Marta erzählte ihm von den Lungenproblemen ihres Mannes.

Während sie nach Hause ging, hatte sie das Gefühl, das Tier in ihrer baumelnden Tüte würde noch leben, zappeln und das Einschlagpapier durchnagen. Es kostete sie große Überwindung, es auszuwickeln. Sie schmorte die Nutria im Ofen, duschte unterdessen und trug frischen Nagellack auf. Den Braten richtete sie mit Zwiebelklößen und Pilzsoße an.

»Schmeckt wie Kaninchen«, urteilte Arthur, »nur fettiger.«

—

An Arthurs Atembeschwerden änderte sich nichts, dennoch blieb die Nutria auf dem Speiseplan. Und der Metzger, selbst von der Heilwirkung seiner Ratten überzeugt, bat Woche für Woche um Auskunft, als sei er der behandelnde Arzt: »Wie geht es denn dem kranken Gatten?«, fragte er, sobald Marta dienstags gegen halb elf den kaltgefliesten Laden betrat, um ihre Dauerbestellung abzuholen.

—

Es war auch ein Dienstag, an dem Arthur sie fragte, ob sie beim Friseur gewesen sei. Überrascht über dieses Interesse, begannen ihre Augen ein wenig zu funkeln, und sie fuhr sich richtend über ihr nachgefärbtes, frisch geföhntes Haar. Sie tat dies mit der linken Hand, denn in der rechten hielt sie die Teller fürs Abendessen.

»Ja, heute Nachmitt…«, antwortete Marta.

Arthur witzelte schon, da hatte sie noch nicht einmal fertig gesprochen: »Und wieso bist du nicht drangekommen?« Er lachte eine ganze Weile über sich selbst.

Marta zeigte keine Regung und deckte den Tisch.

Seit Michaels Auszug verbrachte Arthur die Nachmittage nicht immer, aber doch meist daheim. Hatte er das Interesse an seinen Liebschaften verloren? Oder seine Liebschaften an ihm, jetzt, wo er andauernd kränkelte und so abstoßend hustete? Seine Anwesenheit tagsüber war ungewohnt und bisweilen bedrohlich, denn seither verspottete er Marta auch häufiger. Er suchte die Konfrontation, anstatt ihr, wie all die Jahre davor, aus dem Weg zu gehen. Manchmal stolzierte er in seiner gewohnt stocksteifen Haltung aus dem Arbeitszimmer, ging mit irgendeiner Stichelei, die ihm gerade eingefallen war, auf sie los und verschwand dann wieder. So kam er einmal Anfang Oktober, als das erste Herbstlaub durch die Luft taumelte, scheinbar grundlos zu Marta in die Küche und stellte sich ans Fenster.

Die Hände in den Taschen seiner Cordhose vergraben, schaute er sinnierend nach draußen und sagte: »Ich weiß noch genau ...« – hier legte er eine vielversprechende Kunstpause ein –, »wie der Michael als Kleinkind ganz laut ›i-aah, i-aah‹ gemacht hat, wenn er unter den Blättern einen Igel sah. Weil er ›Igel‹ und ›Esel‹ verwechselte.«

Marta trocknete gerade Geschirr ab. Sie war nicht nur verwundert, dass Arthur sich daran erinnerte, sondern dass er das überhaupt wusste. Er war doch kaum zu Hause gewesen.

Während Arthur also aus dem Küchenfenster schaute, sagte Marta: »Er hat auch ›Gummelstiefel‹ zu ›Gummistiefeln‹ gesagt.« Sie überlegte, womit sie nun noch aufwarten konnte, schließlich wusste sie auf diesem einen Gebiet mehr als er, niemand kannte Michael so gut wie sie. Angestrengt zog Marta an beiden Enden des Wischtuchs wie an einem Tau. Doch ihr wollte nichts einfallen.

Arthur zündete sich eine Zigarette an. Das verbrannte Streichholz legte er in die Schachtel zurück. Er nahm genüsslich einen Zug und ergänzte: »Und ›Einhörnchen‹ statt ›Eichhörnchen‹.« Dann verzog er sich aus der Küche und mit ihm sein Rauch.

»›Übergestern‹ statt ›vorgestern‹«, sagte Marta leise zu sich selbst. »Und ›Urine‹ statt ›Ruine‹ und ›schnorchen‹ statt ›schnarchen‹.« Nun, wo Arthur weg war, schossen ihr unzählige Beispiele durch den Kopf.

—

Als ihr Staubsauger kaputtging, trauerte Marta um ihn wie um einen verstorbenen Hund.

—

»Aber ich muss doch wissen, wo du wohnst.«

Michael wollte nicht, dass seine Mutter zu ihm und Jasmin nach Hause kam. »Wenn ich dir das verrate, stehst du doch jeden Tag vor der Tür«, sagte er. »Oder du quartierst dich im Haus gegenüber ein, um uns zu beobachten.«

»So ein Quatsch! Hat dir das deine Freundin eingetrichtert?«

»Jasmin trichtert mir überhaupt nichts ein.«

»Dann verstehe ich nicht, wieso du einen solchen Blödsinn redest.«

»Weil ich dich kenne«, antwortete Michael barsch.

»Aha. Dich kenne ich dafür überhaupt nicht mehr.«

Michael ließ sich höchstens ein-, zweimal im Jahr zu Hause blicken. Seine Freundin brachte er nie mit, wenn er kam, und er kündigte sich auch vorher nicht an, sodass Marta keine Gelegenheit hatte, ihm ein richtiges Essen zu kochen. Seine Begrüßung lautete stets: »Ich habe nicht viel Zeit.«

Michael trug jetzt handelsübliche Jeans mit Knopf.

Einmal erkundigte sich Marta: »Macht dir deine Freundin morgens den Hosenknopf zu?«

»Danke der Nachfrage: Ich mache mir die Hose selbst zu.«

»Macht sie sie dir etwa auf?«

»Mama!«

»Was denn? Ich will doch nur wissen, ob du zurechtkommst. Wo du doch solche Angst hast vor Knöpfen.«

Michael schlug mit der Faust auf den Küchentisch. »Immer dieses Gerede. Ich glaube, du bist hier diejenige, die Angst hat vor Knöpfen. Oder ich hatte sie als Kleinkind mal. Aber seit ich denken kann, sind mir Knöpfe wirklich so was von egal, und trotzdem lässt du mich nicht in Ruhe damit.« Michael stand auf. »Ich muss jetzt los«, sagte er.

»Wann kommst du denn das nächste Mal nach Hause?«

Michael zuckte mit den Schultern.

—

Das Foto aus Arthurs Schublade riecht nach Tabak. Es zeigt Arthur neben Michael und Jasmin. Sie trägt etwas, das sich erst auf den zweiten Blick als Hochzeitskleid ausmachen lässt. In der Hand hält sie einen Brautstrauß mit weißen Jasminblüten. Michael hat einen schlichten Pullover an und eine Anzughose. Arthur sieht geschniegelt aus: mit Anzug und Weste und

Fliege. Auf dem Bild legt er seinen Arm um die Schulter seines Sohnes.

»Danke für das schöne Fest.«

—

Marta spazierte am Strand entlang. Übermorgen würde Arthur in Rente gehen, wegen seiner Atembeschwerden früher als geplant. Barfuß sank sie in den wassergetränkten Sand, auf dem jede Welle einen weichen, runden Schaumrand zeichnete, der von der nächsten Welle schon wieder überspült wurde. Ihre Füße hinterließen Abdrücke. Marta stellte sich vor, dass das Treibsand wäre, auf dem sie ging. Treibsand, der sie langsam verschlang, während sie auf den Leuchtturm starrte, der alle paar Sekunden aufglühte und auch dann weiterhin aufglühen würde, wenn sie längst im Sand erstickt oder in der Flut ertrunken war.

Auf dem Deich kam ihr die Idee, Hagebutten zu pflücken. »Ein Männlein steht im Walde«, summte Marta, riss ein paar der glänzend roten Früchte ab und wickelte sie in das Papiertaschentuch, das sie vorne aus ihrem Blusenärmel zog. Die Großmutter hatte das Lied oft mit ihr gesungen. Marta ging es den ganzen Tag nicht mehr aus dem Kopf. Nicht während sie zu Hause die weißen Kerne aus den Hagebutten schnitt und sie außen aufs Küchenfensterbrett in die Sonne legte. Nicht während sie die Kuchen backte, die Arthur seinen Kollegen spendieren wollte. Nicht, während sie die getrockneten Hagebuttenkerne fein säuberlich an der inneren Kragennaht jenes Hemdes festnähte, das Arthur sich für seinen letzten Tag zurechtgelegt hatte. Und auch nicht, während sie merkte, dass die Naht schief geworden war, sie alles noch einmal auftrennen und von vorne beginnen musste, wobei sie in Gedanken wieder und wieder die Szene durchspielte, wie ihr die Zwillinge einmal Juckpulver in den Nacken geschüttet hatten und deswegen – natürlich – kicherten.

—

Am Abend seines letzten Arbeitstags kam Arthur mit einer prall gefüllten Ledertasche nach Hause, mit seinem Föhn, einem Blumenstrauß. Und einem wund gescheuerten Hals.

—

Während des Abendessens betrachtete sie ihn von der Seite. Obwohl er viel aß, sah er ausgezehrt aus. Es war offensichtlich, dass ihn die Arbeit in den vergangenen Jahren sehr angestrengt hatte. Altersflecken sprenkelten seine großporige Haut, an den Schläfen waren sie dunkler als an anderen Stellen. Er schmatzte und kratzte sich immer wieder am Hals, wofür er mit seiner Hand hinten in den Kragen fuhr.

Marta nahm einen Happen Räuchermakrele. Sie setzte an zu fragen, warum sein Nacken so wund war. Dabei verschluckte sie sich an einer Gräte. Sie begann zu husten, wild zu husten, kehlig zu husten. Arthur rührte sich nicht. Er stand nicht auf, um ihr auf den Rücken zu klopfen oder irgendetwas anderes zu tun, das vielleicht hätte helfen können. Stattdessen legte er sein Besteck zur Seite und verschränkte genervt die Arme. Inzwischen war Martas Kopf hochrot, röter als Arthurs Hals. Sie schaute auf das Glas Gewürzgurken, das auf dem Tisch stand, ein trübes Aquarium mit grünen, warzigen Fischen und Senfkörnersteinchen am Grund. Das also war der Anblick, bei dem sie sterben würde; das letzte Bild. Wenn sie einzuatmen versuchte, spürte sie einen Messerstich in ihrer Kehle. Sie rang um Luft. Sie schob ihren Stuhl nach hinten, beugte sich weit nach vorne, über die Oberschenkel, die Hände auf der Brust, und hustete weiter.

Irgendwann lag die Gräte auf dem Boden. Sie sah harmlos aus, überhaupt nicht wie das Messer, das sie in ihrer Kehle gewesen war. Erschöpft richtete Marta sich auf und trank einen Schluck Wasser. Arthur nahm sein Besteck wieder zur Hand. Mit der Gabel führte er ein Gewürzgürkchen zum Mund.

—

Marta ging sehr häufig zu ihrem Hausarzt, weil der, wenn er in der einen Hand das Stethoskop hielt, mit der anderen sanft auf ihre Schulterblätter fasste.

—

Einmal fragte Arthur, ob sie etwas von Michael gehört hatte. Marta wollte lügen; sagen, dass sie vor Kurzem telefoniert hatten, doch Arthur verschwand gleich wieder. Er hatte bloß zusehen wollen, wie die Wunde in Marta erneut riss. Marta ging daraufhin ins Wohnzimmer. Sie nahm den Telefonhörer, lauschte erst lange dem Freizeichen, ehe sie Michaels Nummer wählte. Sie wusste, dass Michael und Jasmin um diese Zeit bei der Arbeit waren. Trotzdem ließ sie das Telefon minutenlang klingeln, legte auf und ließ es dann wieder klingeln. Marta gewöhnte sich an, täglich anzurufen, lediglich die Wochenenden ließ sie aus. Wann immer es ihr tagsüber einfiel und Arthur verschanzt in seinem Arbeitszimmer saß, tippte sie Michaels Nummer.

Nach vier Monaten nahm Michael den Hörer ab. »Verdammt noch mal! Hör mit diesem Telefonterror auf«, keuchte er.

Marta hatte noch keinen Ton gesagt. Sie war erschrocken, dass er wusste, wer am anderen Ende der Leitung saß. Umso gemeiner, dass er nie mit ihr hatte reden wollen.

»Ich weiß genau, dass du es bist.«

Marta blieb stumm und starrte auf Arthurs Fische.

»Du hörst mir jetzt genau zu«, sagte er und klang dabei wie Arthur. »Du rufst hier nicht mehr an. Nur im Notfall darfst du anrufen, nur wenn irgendetwas Schlimmes passiert ist. Aber nicht aus Langeweile. Hast du mich verstanden?«

»Wie bitte?«, sagte sie.

»Nur im Notfall!« Michael legte auf.

—

Das erste Mal seit Jahren gibt Marta jetzt Michaels Nummer ein. Es ist reine Routine. Marta muss nicht überlegen; sie hat die Nummer so oft gewählt, sie weiß genau, welche Zahl auf welche folgt, wann der Zeigefinger nach oben zu fliegen hat, wann nach rechts, wann nach links, nach unten, in die Mitte. Ebenfalls aus Gewohnheit rechnet Marta nicht damit, dass jemand abnimmt.

Nach einigen Klingelzeichen geht jedoch Jasmin ans Telefon. Sie meldet sich mit »Zimmermann«.

»Ihr habt geheiratet«, sagt Marta. Sie kann hören, wie Jasmin ihre Augen verdreht.

Beim Flüstern hält diese ihre Hand nur unzureichend über die Sprechmuschel: »Deine Mutter.«

Ein Rascheln und Knacken, dann Michaels Atem. »Sag mal, weißt du, wie spät es ist?«

»Nein.«

»Es ist fünf Uhr morgens. Wir haben noch geschlafen.«

»Wann habt ihr geheiratet?«

»Herrje«, stöhnt Michael. »Vor einem Dreivierteljahr. Und nur im engsten Kreis. Warum rufst du an?«

»Im Notfall darf ich dich anrufen, das hast du doch gesagt.« Marta kratzt mit ihren Fingern über das Häkelkissen. Warum hat diese Frau es noch nicht abgeholt? Was man vergessen hat, muss man sich doch wiederholen, überlegt Marta. Sie sitzt auf dem Sofa, im Dunkeln. Einzige Lichtquelle im Raum ist das Aquarium, an dessen Oberfläche die schwarz gelockte Puppe treibt, das Gesicht unter Wasser. Nach ihrem Wutausbruch ist Marta zusammengesackt und eben erst, hier im Wohnzimmer, wieder zu sich gekommen.

Michael scheint zu erwarten, dass seine Mutter weiterspricht. Für einen Moment herrscht Schweigen. Schließlich fragt er nach: »Was ist denn der Notfall? Bist du krank?«

»Nein«, antwortet Marta.

»Sondern?«

»Ich habe Sand über deinen Vater geschüttet.«

»Das hat er ja bekanntlich sehr gern.«

»Und ich habe das Arbeitszimmer verwüstet und das Schlafzimmer, und jetzt muss ich alles aufräumen, und die Fenster putzen muss ich auch.«

»Schläft Papa?«

»Wahrscheinlich.«

»Was heißt ›wahrscheinlich‹? Schläft er oder schläft er nicht?«

»Er hat sich übergeben und ...«

»Gab es wieder Ratte?«, witzelt Michael. In seiner Stimme liegt Ungeduld.

»Nein. Es war doch nach dem Frühstück. Ich weiß nicht,

warum er sich übergeben hat. An meinem Geburtstag, gestern oder vorgestern, ich weiß es nicht mehr genau. Und du hast meinen Geburtstag vergessen. Wieso hast du meinen Geburtstag vergessen?«

»Papa hat sich übergeben und dann?«

»Dann hat er aufgehört zu atmen.«

»Was? Was erzählst du denn da? Wo ist Papa jetzt?«

»Im Schlafzimmer.«

»Versuchen wir es einmal so«, sagt er leise, dann redet er wieder laut: »Gibst du mir Papa mal bitte?«

»Das geht nicht. Er kann nicht mehr reden.«

»Sitzt du auf dem Sofa?«

»Ja.«

»Wirklich?«

»Ja.«

»Du bleibst jetzt dort sitzen, du rührst dich nicht, bis ich da bin! Verstanden?«

»Ja.«

»Wehe, du rührst dich!«

—

Marta hat Durst, völlig ausgetrocknet fühlt sie sich. Sie stützt sich auf dem Sofapolster ab, und einen Moment lang ist sie erstaunt darüber, dass sie noch genug Kraft hat aufzustehen. In der Küche schüttet sie sich Baldriantropfen in ein großes Glas und verdünnt sie mit lauwarmem Wasser, fügt mehrere Löffel Zucker hinzu und trinkt das Glas leer. Erst zum Schluss rutschen die Zuckerkörnchen in ihren Mund, die sich kaum aufgelöst haben. Die Wärme der Baldriantropfen breitet sich in ihrer Brust aus. Marta erinnert sich daran, dass Arthur immer schon beim geringsten Halskratzen mit Salzwasser gurgelte: »Das ist das Einzige, was hilft.«

Die zunächst angenehme Wärme der Baldriantropfen verwandelt sich in einen leichten Schwindel. Zum Glück wird Michael bald da sein, denkt sie. Nur muss sie die Zeit überbrücken, irgendwie. Ihr fällt Michaels Buch über das alte Ägypten ein. Nicht einmal das hat er bei seinem Auszug mitgenommen. Sie zieht es aus dem Wandregal in seinem Zimmer und geht damit zurück ins Wohnzimmer. Erst als sie schon wieder auf dem Sofa sitzt, merkt sie, dass es zu dunkel ist zum Lesen, also steht sie erneut auf und schaltet das Deckenlicht an. Dann öffnet sie das Buch. Auf der inneren Einbandseite sieht sie vor einem orangefarbenen Hintergrund lauter verschwommene Zickzacks. Mehrere Reihen Zickzacks, von oben bis unten. Waren die früher auch schon da? Vielleicht braucht sie doch eine Lesebrille. Sie macht ihre Augen zu und wieder auf. Nun erkennt sie: Die Zickzacks auf der Einbandseite sind Pyramiden, natürlich. Sie gelangt zu der Seite, auf der ein Kamel neben einem leeren Tümpel abgebildet ist. Unter der Zeichnung steht: »Das Kamel hat bis auf den letzten Tropfen alles leer getrunken.« Als Marta Michael den Satz zum ersten Mal vorlas, zeigte der Junge auf den Tümpel und fragte: »Und wo ist der letzte Tropfen?«

—

Michael klopft an die Wohnungstür. Er klingelt nicht, er klopft, obwohl er einen eigenen Schlüssel besitzt. Marta öffnet die Tür zaghaft, guckt durch den Spalt.

»Die Straßen sind spiegelglatt«, sagt Michael. »Mehr als Schneckentempo ging nicht.« Seine Brille ist beschlagen, Marta kann die Augen nicht finden. Er hat sich länger nicht rasiert, und sein Haar ist grauer geworden. Er nimmt die Brille ab, reinigt sie mit einem Zipfel seines Schals.

Hinter ihm kommt Jasmin die Treppe herauf. Seit Marta ihr die Kette vom Hals gerissen hat, ist sie nicht wieder hier gewesen. Wieso muss Michael sie ausgerechnet jetzt mitbringen?

Marta öffnet die Tür nun ganz. Nur mit BH, Slip und Strumpfhose bekleidet, steht sie vor den beiden.

Michael setzt die Brille wieder auf – und dreht seinen Kopf sofort zur Seite. »Zieh dir bitte etwas an!«, sagt er und tritt an Marta vorbei in den Flur. Die Kälte von draußen klebt an ihm.

Jasmin kommt ebenfalls herein. »Hallo«, murmelt sie.

Beide tragen klobige, schmutzige Stiefel und treten damit über die Teppichfransen.

»Wie es hier stinkt!«, ruft Michael, während er zielgerichtet zum Schlafzimmer läuft. Er fächert sich Luft zu.

Jasmin taucht die Nase in ihren Schal.

Marta schließt die Wohnungstür und schaut Michael nach. In seiner schwarzen Lederjacke, an der an allen möglichen Stellen Reißverschlüsse angebracht sind, sieht er aus wie ein Gangster. Er bewegt sich hektisch und tritt viel zu fest auf. Im Türrahmen zum Schlafzimmer bleibt er endlich stehen und schaltet die Deckenlampe ein. Ein unangenehm grelles Licht überschwemmt das Schlafzimmer jetzt. Am Boden hockt, in sich zusammengesackt, die Mülltüte mit den Fischen. Auf dem Nachttisch steht der Topf mit Essigwasser. Die Fetzen von Arthurs Schlafanzug, Martas Rock und Bluse liegen ausgebreitet auf dem Teppich, umgeben von Wasserpflanzen, Sand, einem Küchentuch. Und im Bett: Arthur, tot, nackt, mit Asche im Gesicht und unzähligen Sandkörnern, die noch an seinem Körper haften.

Jasmin raunt »Ach du Scheiße«, als sie die Leiche sieht.

—

Michael flucht. Er läuft die Wohnung ab, Jasmin folgt ihm, und Marta sehnt sich nach der Ruhe der vergangenen Tage. Der Boden wackelt ob der vielen Schritte. Sämtliche Lampen schalten die beiden an, inspizieren jeden Raum: das Wohnzimmer mit dem bemalten Aquarium, der schwimmenden Porzellanpuppe und den eingetrockneten Wassertropfen auf dem Laminat, von denen Marta dachte, sie hätte alle weggewischt. Das Bad mit dem abgehängten Spiegel und dem herumliegenden Schminkzeug. Das verwüstete Arbeitszimmer, dessen Tür Michael, nachdem er einen Blick hineingeworfen hat, wütend zuzieht. Dann die Küche mit dem schmutzigen Geschirr der letzten Tage, dem verschütteten Kaffeepulver, dem aufgeschnittenen Wels, dem daneben ruhenden Messer und dem Regenschirm auf dem Boden.

Michael nimmt die Karte, die Arthur ihr zum neunundfünfzigsten Geburtstag geschenkt hat, vom Tisch und klappt sie auf. Die Kinderstimmen beginnen zu singen.

Alles Gute zum Geburtstag,
alles Gute für dich.
Alles Liebe …

Marta hält sich die Ohren zu. »Hör auf, hör auf!«, ruft sie. Es ist der erste Satz aus ihrem Mund, seit Michael und Jasmin da sind.

—

An ihrem neunundfünfzigsten Geburtstag – es war kein Schaltjahr – stand Marta wie immer eine Dreiviertelstunde vor Arthur auf, um sich einen Vorsprung zu verschaffen. Sie machte sich zurecht, deckte den Frühstückstisch und stellte eine schlanke, weiße Kerze in die Mitte.

In der Zwischenzeit war auch Arthur aufgestanden. Er erledigte seine Morgentoilette, was etwa zwanzig Minuten dauerte. Die Hälfte davon verbrachte er damit, den Schleim abzuhusten, der sich über Nacht in seiner Lunge gesammelt hatte. Als er das Badezimmer verließ, schaltete Marta die Kaffeemaschine ein. Arthur durchquerte den Flur und trat durch den Muschelvorhang ins Wohnzimmer. Marta meinte sogar, ihn »Guten Morgen!« in Richtung seiner Fische sagen zu hören; eine Begrüßung, die ihr in der Regel nicht zuteilwurde.

An allen Geräuschen – am Rhythmus seiner Schritte, an der Intensität seines Hustens, am Schwung, mit dem er die Toilettenspülung gezogen, und am Takt, in dem er den Rasierschaum vom Hobel geklopft hatte – hatte Marta bereits ausmachen können, dass Arthur guter Laune war, bedrohlich guter Laune. Selbst der Muschelvorhang hatte heller geklackert als sonst.

Arthur kam in die Küche. Er hatte sich beim Rasieren geschnitten. Ein kleiner Streifen Klopapier haftete an seiner Wange. Marta nahm die Kaffeekanne in die Hand, eilfertig wie eine Kellnerin, die ihre Kundschaft nicht warten lassen wollte.

»Oho!«, sagte er. »Eine Kerze. Festlich, festlich!«

Wenn er so sprach wie jetzt, in diesem zeremoniellen Ton, wusste Marta, dass er etwas vorhatte, irgendeine Gemeinheit.

»War die als kleine Erinnerung gedacht? Als könnte ich deinen Geburtstag jemals vergessen!«, sagte er und stichelte weiter: »Hast du dir einmal überlegt, wie es wäre, wenn du nur in Schaltjahren Geburtstag hättest, also nur alle vier Jahre? Bestimmt hättest du dich dann besser gehalten.«

»Dann wäre ich jetzt vierzehn. Dass dir das besser gefallen würde, glaube ich sofort«, entgegnete Marta und schenkte Arthur eine Tasse Kaffee ein. »Willst du mir nicht gratulieren?«

»Natürlich, das werde ich. Aber erst später. Ich habe sogar ein Geschenk für dich.«

Marta brachte es nicht fertig, die Geburtstagskerze anzuzünden. Von diesem kurzen Gespräch fühlte sie sich bereits ausgelaugt. Sie stellte die Kaffeekanne ab und setzte sich. Der Rest des Frühstücks verlief gewohnt wortlos, mit dem Unterschied, dass Arthur sich mehrmals zu ihr drehte und ihren Blick suchte, um ihr angriffslustig zuzulächeln. »Bist du schon gespannt?«, sagten seine Augen, obwohl sie müde aussahen. Die Freude an seinem Spielchen schien ihm Energie zu liefern.

Nach dem Frühstück stellte er seine Tasse und seinen Teller ins Spülbecken, setzte sich an den Küchentisch zurück und löste ein Kreuzworträtsel. Während er rätselte, spülte Marta das Geschirr. Arthur trug das Lösungswort am unteren Seitenrand ein, anschließend legte er den Rätselblock aufs Fensterbrett, stand auf und wies Marta an, den Raum nicht zu verlassen. »Warte hier, ich bin gleich zurück!«, sagte er und ging in sein Arbeitszimmer. Nach einer Minute kam er mit seinem Geschenk in die Küche. Mit sichtlicher Mühe hatte er es eingepackt, das Papier war mit Hunderten weißen Orchideenblüten bedruckt.

Aus beinahe einem Meter Distanz reichte Arthur Marta die Hand und sagte: »Herzlichen Glückwunsch!« Seine Stimme klang gleichermaßen ironisch wie förmlich.

Marta sagte »Danke«, nahm ihr Geschenk entgegen und stellte es auf den Tisch. Es war schwer, und sie ahnte bereits, was es sein könnte. Ohnehin erlaubte die Form keinen Zweifel.

Auf dem verpackten Geschenk lag eine Grußkarte, ebenfalls mit Orchideenmotiv. Marta klappte sie auf – und zuckte im gleichen Moment zusammen, denn aus der Karte heraus begannen Kinderstimmen zu singen:

Alles Gute zum Geburtstag,
alles Gute für dich.
Alles Liebe
von ganzem Herzen
wünschen wir dir feierlich.

Begeistert von dieser Albernheit, lachte Arthur lauthals auf. Der Klopapierstreifen klebte noch auf seiner Wange und tränkte sich mit neuem Blut. Arthur hatte nichts in die Karte hineingeschrieben, auf der Rückseite klebte noch das Preisetikett.

Marta klappte die Karte zu und legte sie zu ihrem Geschenk auf den Tisch. Dann nahm sie aus dem Hängegestell in der Ecke die größte Zwiebel, die sie finden konnte, und begann zu hacken. Arthur sollte nicht merken, dass ihr echte Tränen kamen.

»Willst du dein Geschenk nicht auspacken?«, fragte er.

»Später«, antwortete sie. »Jetzt habe ich zu tun.«

Arthur setzte sich zurück auf seinen Stuhl. »Nun gut. Ich warte solange.«

Eigentlich wollte Marta Wäsche waschen, ihr Geburtstag war schließlich ein Tag wie jeder andere auch, aber nun änderte sie ihre Pläne und blieb lieber in der Küche. Selbst wenn Arthur dabei war, fühlte sie sich in diesem Raum am sichersten. Sie versuchte, geschäftig zu wirken. Das Hacken der Zwiebel verschaffte ihr ein wenig Zeit zum Überlegen. Sie schniefte und gab die Würfel in ein Schälchen, das sie mit Folie abdeckte und in den Kühlschrank stellte. Dabei kam ihr die Idee, den Kühlschrank abzutauen. Das brauchte viel Zeit, es war also genau das Richtige.

Normalerweise benutzte sie einen Föhn zum Abtauen, diesmal aber entschied sie sich dagegen. Sie wollte nichts beschleunigen. Während der Kühlschrank offen stand – eine weiße, tropfende Höhle –, stieg Marta auf ihre Trittleiter und staubte die Oberschränke ab. Danach wischte sie die Schubladen gründlich aus, obwohl sie das erst vor einer Woche getan hatte. Hin und wieder schaute sie unauffällig in Arthurs Richtung. Meist saß er mit verschränkten Armen da oder kämmte sich die wenigen Haarsträhnen, die er noch hatte, nach hinten. Ein paarmal öffnete er die Grußkarte, die Kinderstimmen trällerten, und Arthur feixte wieder. Einmal stand er auch auf, holte sich ein einzelnes Pfefferkorn und biss darauf herum. Das hatte er, soweit Marta wusste, noch nie getan. Auch wunderte sie sich darüber, dass er noch keine Zigarette geraucht hatte.

Er schien müde zu werden. Nach zwei Stunden fing er an, häufiger die Position zu wechseln. Gegen Mittag stand er ruckartig auf und rannte ins Bad. Marta hörte, dass er sich mehrmals übergab und dazwischen aus voller Kehle hustete. Sie ließ sich nicht beirren, erledigte weiter ihre Hausarbeit und kühlte ihre emsigen Finger an den Eisklumpen, die von der Rückwand des Kühlschranks rutschten. Irgendwann verließ Arthur das Bad und ging ins Schlafzimmer. Er musste sich wirklich schlecht fühlen, wenn er nun sogar sein Spielchen abbrach. Oder war das Kranksein bloß inszeniert und Teil des Ganzen?

Bis zum Abend ging Arthur noch einige Male zur Toilette, ließ sich aber nicht mehr in der Küche blicken. Als es dämmerte und Marta mit allem fertig war, öffnete sie ihr Geschenk so vorsichtig, als müsste sie damit rechnen, dass es explodierte und ihr die Hände zerfetzte. Es war ein hellgrüner Blumentopf ohne Pflanze. An der Innenwand klebte ein bisschen altes, vertrocknetes Orchideensubstrat.

Der Blumentopf, der früher auf der Anrichte ihres Wohnzimmers gestanden hatte. Der Blumentopf, den Arthur gegen sein Aquarium ausgetauscht hatte. Der Blumentopf, in dem die Orchidee so prächtig gediehen war.

Marta stellte ihn unter den Küchentisch, um ihn nicht länger sehen zu müssen. Das Geschenkpapier warf sie weg. Sie schaute noch eine Weile fern, anschließend ging sie zu Bett.

—

Während sie sich die Decke über die Beine schlug, lallte Arthur: »Und? Gefällt dir dein Geschenk? Dir wird sicher wieder etwas Besonderes einfallen, das du hineintun kannst.« Es klang so angestrengt, als hätte er sich bloß mit letzter Kraft wach halten können für diese Worte, die sich nun an Martas Schlaf festbissen.

Um drei Uhr morgens wurde sie geweckt vom Dröhnen der Kirchenglocke. Stockfinster und kalt war es und das Läuten durchdringend laut, weil Arthur aufgehört hatte zu atmen.

—

Michael legt die Geburtstagskarte zurück auf den Küchentisch und dreht sich zu Marta. »Du hast ja immer noch nichts an!«

»Oh!« Marta holt ihren Morgenmantel, zieht ihn über.

»Du spinnst völlig, weißt du das eigentlich? Was hast du mit ihm gemacht?«

»In der Jacke siehst du aus wie ein Gangster«, sagt Marta und streicht über das Leder an Michaels Unterarm.

Michael reißt seinen Arm weg und hebt ihn hoch. Für Marta sieht es so aus, als würde er sie gleich schlagen.

Jasmin hat offenbar denselben Gedanken. Sie packt Michaels Arm in der Luft und lenkt ihn nach unten. »Gehen wir ins Wohnzimmer. Dort sieht es nicht ganz so schlimm aus.«

Michael nickt.

Der Muschelvorhang klackert, als sie hindurchgehen, sekundenlang klackert er nach. Jasmin steuert direkt eines der Fenster an und zieht die Gardinen beiseite.

Marta schreit: »Nein! Finger weg!«

»Wieso denn nicht? Hier muss dringend gelüftet werden.«

»Die gafft. Weil die gafft.«

»Wer gafft?«, will Michael wissen.

»Die Alte.«

Michael zeigt schräg aus dem Fenster. »Da meinst du?«

»Ja.«

»Da ist niemand. Die Wohnung steht leer. Die steht seit Jahren leer, die stand schon leer, als ich noch hier gewohnt habe.«

»Nein, Michael, dort wohnt die alte Frau. Gestern war sie hier. Sie hat ihr Kissen vergessen.« Marta zieht die Gardine zu, nimmt das bunte Häkelkissen und drückt es Michael in die Hand.

Er wirft es zurück aufs Sofa. »Dieses bescheuerte Kissen habe ich dir geschenkt. Wochenlang habe ich mich im Handarbeitsunterricht gequält damit.« Seine Stimme vibriert. »Hast du das etwa vergessen? Du hast mich zur Handarbeit angemeldet, obwohl du genau wusstest, dass ich lieber Werken belegen wollte.«

—

Lange starrt Marta an Michael vorbei ins Nichts. Sie hat nicht gehört, was er zu ihr gesagt hat. Sie schüttelt den Kopf, ohne zu wissen, worüber.

»Es hat so lange gedauert, bis du gekommen bist. Warum hast du dich denn nicht beeilt?«, fragt sie nun.

»Ich habe dir doch gesagt, dass es nicht schneller ging. Die Straßen sind spiegelglatt.«

Jasmin tippt ihm auf die Schulter. »Micha, das führt zu nichts«, sagt sie durch ihren grauen Strickschal hindurch.

Marta findet, dass sie sich genauso gut eine Fußmatte hätte umbinden können. Wieso nennt sie ihn eigentlich »Micha«? Das hasst er doch. Marta setzt sich aufs Sofa und ermahnt Jasmin: »Nennen Sie ihn ja nicht ›Micha‹!«

Jasmin und Michael bleiben in der Mitte des Raums stehen. Eingemummt in ihre Jacken und Schals und in ihren Stiefeln, ignorieren sie Marta und tuscheln.

Irgendwann wendet Michael sich Marta wieder zu. »Wann, sagst du, ist er gestorben?« Er spricht jetzt leiser. Sein Ton klingt nachsichtig, ein bisschen so wie der ihres Hausarztes, wenn sie ihn wieder einmal aufsuchte, ohne krank zu sein.

»Vor ein oder zwei Tagen, ich bin mir nicht sicher«, antwortet Marta.

»Könnte es sein, dass er schon länger tot ist?«

»Du hast meinen Geburtstag vergessen.«

»Warum hast du nicht sofort angerufen?«

»Ich habe doch angerufen.«

Michael stützt den rechten Ellenbogen auf die linke Hand und beginnt, sich die Schläfen zu massieren. Wie sein Vater sieht er aus, genau wie sein Vater. Keine drei Kilo wog der Junge bei der Geburt, ein Gewicht, das offenbar nur gereicht hatte, um Arthurs Gene unterzubringen. Aber keine von ihr.

Jetzt bittet Jasmin Marta darum zu erzählen, wie Arthur genau gestorben ist. Marta reagiert nicht. Das geht diese Frau nichts an, denkt sie. Michael wird erst vierzig, das beste Alter für einen Mann, während diese Frau zweiundfünfzig ist. Wegen dieser Frau wird sie nie Enkel haben. Und diese Frau trägt jetzt Michaels Nachnamen. Ihren Nachnamen.

»Ihr Hochzeitskleid hat mir überhaupt nicht gefallen«, sagt Marta.

»Es ist zwecklos«, keucht Michael, »vollkommen zwecklos.« Er fängt an zu weinen. Erst klingt es, als würde er losprusten, aber dann zieht sich sein Gesicht zusammen und entgleitet ihm. Er hält sich die Hände vor die Augen, läuft blind und laut fluchend im Wohnzimmer herum. Jasmin stellt sich an den Rand, um ihm Platz zu machen. Er geht zu dem Muschelvorhang, zieht an den Strängen und versucht, ihn abzureißen.

Marta steht auf: »Was machst du denn da?«

Michael lässt den Vorhang los, dafür packt er nun Marta an den Schultern und beginnt, sie zu rütteln. »Was hast du mit Papa gemacht?«

Marta sieht seine roten Augen. »Jetzt tu noch so, als wärst du traurig«, sagt sie.

»Ich bin traurig!«, schreit er und rüttelt noch einmal an Marta, dann lässt er sie los. »Mir wäre es lieber, *du* wärst tot. Du bist so verrückt, das hält doch kein Mensch aus.« Michael beginnt, wieder an dem Vorhang zu zerren. Er nimmt mehrere Stränge in die Hand und hängt sich daran wie an eine Liane. »Kein Wunder, dass er immer in die Wohnung geflüchtet ist.«

»Was redet er denn da? Wissen Sie, was er da redet?« Marta guckt entgeistert zu Jasmin. »Welche Wohnung?«

Jasmin lehnt an der Wand. Sie zieht ihren Schal vom Mund herunter, um sprechen zu können. »Er hatte eine kleine Wohnung. Die Wohnung, in der wir inzwischen wohnen. Als Michael ausgezogen ist, hat er sie uns überlassen.«

»Wo?«, schafft Marta zu fragen, bevor sie in Tränen ausbricht.

Jasmin nennt ihr die Adresse. Es ist die kleine Erdgeschosswohnung, die sie einmal miteinander besichtigt hatten.

Im nächsten Moment löst sich das Gestänge des Muschelvorhangs. Klackernd und scheppernd fällt es herunter.

»Endlich!«, ruft Michael und fängt wieder an, wie ein wildes Tier in einem engen Käfig von Gitter zu Gitter zu laufen.

Marta kriegt Angst, als er auf sie zukommt. Mehrmals drückt er mit seinem Zeigefinger gegen ihr Dekolleté. »Er hat mir geholfen, aus diesem Irrenhaus herauszukommen. Aus deinem gottverfluchten Irrenhaus!« Michael spuckt beim Reden. Der Druck seines Zeigefingers wird noch fester. »Und jetzt will ich endlich wissen, was du mit ihm gemacht hast, verdammt noch mal.«

Marta dreht ihren Kopf weg, wimmert, aber schweigt.

Michael stampft auf den am Boden liegenden Vorhang. Unter seinen Stiefeln knirschen die Muscheln, kalkweiße Scherben. Jasmin versucht, ihn wegzuziehen. Irgendwann gibt er nach und lässt sich in ihre Arme fallen.

—

Marta muss über die Scherben treten, um in den Flur zu gelangen und von dort aus ins Bad. Sie gibt sich dem Rohrrauschen hin, hält ihr Gesicht unters Wasser, trinkt gierig aus dem Hahn, als würde das jetzt noch helfen gegen das Vertrocknen von innen. Sie lässt das Wasser weiterlaufen und geht in den Flur zurück.

Jetzt, wo der Vorhang fehlt, kann sie vom Flur aus ins Wohnzimmer gucken. Michael und Jasmin sitzen auf der Couch. Sie haben die Jacken ausgezogen und auf den Schoß gelegt. Jasmins Mund ist nach wie vor von dem Schal bedeckt. Zum Reden zieht sie ihn jedes Mal runter, und wenn sie fertig ist, wieder hoch.

»Micha, wir müssen wirklich die Polizei rufen.«

»Aber die sperren sie doch sofort ein.«

»Wenn wir nicht bald anrufen, sperren die uns ein. Ich kann anrufen, wenn du es nicht schaffst.«

—

Ihr Wintermantel hängt an der Garderobe, stolz wie eine Uniform. Marta holt ihn herunter, beruhigt den leeren Bügel, indem sie ihn kurz festhält, damit er nicht gegen die Wand stößt und klappert. Den Mantel legt sie in ihrer Armbeuge ab, schleicht zur Eingangstür und drückt die Klinke herunter, zärtlich, denn Marta ist dieser Klinke in diesem Moment aufs Innigste dankbar. Wäre diese Klinke nicht an der Tür, könnte sie nicht flüchten.

—

Arthur mochte Windflüchter. »Die trösten mich darüber hinweg, dass es hier keine Berge gibt«, sagte er. Ganz am Anfang sagte er das, bei ihrem Spaziergang am Strand.

Windflüchter flüchten gar nicht, denkt Marta nun. Im Gegenteil: Sie arrangieren sich. Obwohl aus hartem Holz, schaffen sie es, sich mit dem Wind zusammenzutun, sich mit geöffneten Armen weit nach hinten zu lehnen, ohne umzufallen.

Nichts anderes hat sie versucht, als eine Windflüchterin zu sein.

—

Sie starrt aufs Wasser, auf die Gischt, auf die leuchtenden, wippenden Bojen. Der Sand, in dem sie sitzt, ist kalt wie Schnee. Trotzdem friert Marta nicht. Sie hat den Wintermantel über ihren Morgenmantel gezogen und ist zum Strand gelaufen, barfuß. Der Weg war gar nicht glatt, Michael hat gelogen, sowieso haben er und Jasmin mit allem gelogen.

Marta rutscht weiter nach unten. Die Wellen umspülen ihre Beine, Wassertropfen verfangen sich in ihrer Strumpfhose, glänzen wie Tau in einem Spinnennetz. In ihrer Manteltasche ertastet Marta den Zeitungsbericht, der in ihrem Briefkasten lag. Sie zieht ihn heraus, entfaltet ihn, knüllt ihn wieder zusammen. »Wenn auf den Gräbern all derer, die in Wahrheit ermordet wurden, nachts Kerzen brennen würden, wären unsere Friedhöfe hell erleuchtet.«

Marta wirft die Papierkugel in die Luft. Sofort schnappt eine Möwe mit ihrem Schnabel danach. Der Himmel ist bewölkt. Die Sonne dringt als diffuses Nebellicht durch die Wolken; es blendet. Binnen Sekunden wird aus der einen Möwe ein kreisender, kreischender Schwarm, der nach mehr verlangt. Aber Marta greift nicht noch einmal in ihre Tasche. Sie rührt sich nicht. Wozu auch? Mit der Forderung der Vögel hat sie überhaupt nichts zu tun.

Quellen

Der Satz »Wind ist kälter als Schnee« stammt von Herta Müller. Die Schriftstellerin hat ihn verschiedentlich als Beispiel für die »geraffte Sprache« ihrer Mutter genannt. Zum Beispiel in »Neue Zürcher Zeitung« vom 21.10.2006, S. 73, »Nullpunkt der Sprache«. Online abrufbar unter http://www.nzz.ch/articleEKT8B-1.69559

»An vollen Büschelzweigen (...)«: Das Kastanien-Gedicht ist dem »West-östlichen Divan« Johann Wolfgang von Goethes entnommen. Stuttgart, 1819. Online abrufbar unter http://www.deutschestextarchiv.de/book/view/goethe_divan_1819?p=165

Das Zitat »Wenn auf den Gräbern all derer, die in Wahrheit ermordet wurden, nachts Kerzen brennen würden, wären unsere Friedhöfe hell erleuchtet« wird dem ehemaligen Leiter des Bundeskriminalamts, Horst Herold, zugeschrieben. Vgl. »Der Spiegel« 15/1987, S. 94, »Messer im Rücken«. Online abrufbar unter: http://www.spiegel.de/spiegel/print/d-13521207.html

Danksagung

Es gibt viele wunderbare Menschen, die mich auf dem Weg zu diesem Buch begleitet haben.

Für ihre handwerkliche Unterstützung möchte ich Eleonore Frey und Silvio Huonder ganz besonders danken; die richtige Mentorin und der richtige Mentor zur richtigen Zeit.
Ein herzliches »Merci« geht auch an Stefan Humbel, Arno Renken sowie meine Kommilitoninnen und Kommilitonen an der Hochschule der Künste Bern für ihre Denkanstöße in den Seminaren.

Außerdem danke ich:
Meinen Agenten Hanne Reinhardt und Adam Heise für ihren Glauben an eine traurige Geschichte.
Meiner Lektorin Angelika Künne für ihren feinfühligen Umgang mit diesem Text.
Meiner Familie sowie Gisela und Jürgen für die Unterstützung.
Andrea für den Ansporn anzufangen.
Eva für den Ansporn weiterzumachen.
Axel für seinen Satz damals in der Oststraße.
Claudia für ihren wegweisenden Rat.
Martin für seine Bereitschaft, sich in jede Welt hineinzudenken.
Anne dafür, dass sie mir beigebracht hat, auf Details zu achten.
Anke und Julia dafür, dass wir zusammen zu dritt sind.
Ella und Florian – für alles.

Die Arbeit an diesem Roman wurde von der Fachstelle Kultur des Kantons Zürich mit einem Werkbeitrag gefördert. Die Autorin dankt herzlich.

ISBN 978-3-7160-4028-7

Ungekürzte Taschenbuchausgabe
1. Auflage 2020
© 2019 by Arche Literatur Verlag AG, Zürich-Hamburg
Alle Rechte vorbehalten
Umschlaggestaltung: hißmann, heilmann, hamburg / Gundula Hißmann
Umschlagmotiv: © plainpicture / Sally Mundy
Gesetzt aus der Arno Pro
Satz: Pinkuin Satz und Datentechnik, Berlin
Druck und Bindung: GGP Media GmbH, Pößneck
Printed in Germany

www.arche-verlag.com
www.facebook.com/ArcheVerlag
www.instagram.com/arche_verlag

Starke Stimmen bei Arche

»Wahrhaftig, kraftvoll, kantig – man kann diesen Roman nicht mehr aus der Hand legen.«

Natascha Geier, *NDR Kulturjournal*

Alina Herbing
Niemand ist bei den Kälbern
Roman
256 Seiten
Taschenbuch
12,00 € [D] / 12,40 € [A]
ISBN 978-3-7160-4008-9

Hochsommer in Schattin, einem Dorf im Norden Mecklenburg-Vorpommerns. Christin ist Mitte zwanzig und vor Kurzem auf den Milchviehbetrieb ihres Freundes gezogen, träumt aber eigentlich von der Großstadt. Unerschrocken und mit großer Wucht zeichnet Alina Herbing eine ehrliche Milieustudie über das Landleben und eine vernachlässigte Nachwendegeneration.

»Mit feiner Beobachtungsgabe erzählt Jenny Bünnig eine Roadnovel auf engstem Raum, spannt mit leichter Hand einen großen Generationen-Bogen und fesselt mit der Geschichte einer tiefen Freundschaft. Tolles Buch!«

Frank Goosen

»Man wünscht sich, es würde nie zu Ende gehen.«

Franziska Hauser

Jenny Bünnig
Meine fremde Freundin
Roman
272 Seiten
Gebunden mit Schutzumschlag
20,00 € [D] / 20,60 € [A]
ISBN 978-3-7160-2789-9

Josephine wandert durch das Ruhrgebiet und schlägt jede Nacht in einem anderen Garten ihr Zelt auf. Dieses Buch erzählt von den Menschen, denen sie begegnet, und vom Verlust einer übergroßen Freundschaft, der sie dazu treibt, immer weiterzuziehen.

LChoice App kostenlos laden,
dann Code scannen und jederzeit
die neuesten Arche-Titel finden.